Gata Branca, Cão Preto

CONHEÇA TAMBÉM:

Os contos de *Arrume confusão* levarão você, de maneira profunda, a um inesquecível universo ficcional.

Gata Branca, Cão Preto

Kelly Link

Tradução de Luiza Thomaz
Ilustração de Shaun Tan

TORDSILHAS
Rio de Janeiro, 2024

Gata Branca, Cão Preto

Tordesilhas é um selo da Alaúde Editora Ltda, empresa do Grupo Editorial Alta Books (Starlin Alta Editora e Consultoria LTDA)

ISBN: 978-65-5568-193-2

Impresso no Brasil – 1ª Edição, 2024 – Edição revisada conforme o Acordo Ortográfico da Língua Portuguesa de 2009.

Dados Internacionais de Catalogação na Publicação (CIP)
(Câmara Brasileira do Livro, SP, Brasil)

Link, Kelly
Gata Branca, Cão Preto / Kelly Link. --
Rio de Janeiro : Tordesilhas, 2024.

Título original : White cat, black dog.
ISBN 978-65-5568-193-2

1. Contos norte-americanos I. Título.

24-197657 CDD-813

Índices para catálogo sistemático:

1. Contos : Literatura norte-americana 813

Tábata Alves da Silva - Bibliotecária - CRB-8/9253

Produção Editorial: Grupo Editorial Alta Books
Diretor Editorial: Anderson Vieira
Editor da obra: Rodrigo de Faria e Silva
Vendas Governamentais: Cristiane Mutüs
Gerência Comercial: Claudio Lima
Gerência Marketing: Andréa Guatiello

Produtora Editorial: Caroline David
Tradução: Luíza Thomaz
Copidesque: Giovanna Chinellato
Revisão: Beatriz Medina
Diagramação: Rita Motta

ALTA BOOKS
GRUPO EDITORIAL

Rua Viúva Cláudio, 291 – Bairro Industrial do Jacaré
CEP: 20.970-031 – Rio de Janeiro (RJ)
Tels.: (21) 3278-8069 / 3278-8419
www.altabooks.com.br – altabooks@altabooks.com.br
Ouvidoria: ouvidoria@altabooks.com.br

Editora **afiliada à:** ABDR · ASSOCIADO CBL Câmara Brasileira do Livro

Para Ellen Datlow e Terri Windling,
por segurarem a porta aberta para mim.

Sumário

O divórcio da gata branca

(A gata branca)

Todas as histórias sobre divórcio precisam começar em algum outro momento, então comecemos com um homem tão rico que, bastando estender a mão, podia ter quase tudo que queria, além de muitas coisas que não queria. Era dono de tantas casas que nem seus contadores conseguiam manter-se a par de todas. Possuía aviões particulares e jornais, além de políticos que faziam seus desejos tornarem-se leis. Tinha pomares, ilhas, times de beisebol e até uma equipe de entomologistas cuja missão era encontrar novas espécies de besouro, que receberiam variações do nome do milionário. (Pois, se é verdade que Deus ama os besouros, não amaria ainda mais o homem rico? A boa sorte que ele tinha não era prova disso?)

O homem tinha tudo isso e mais do que tenho espaço aqui para descrever. Tudo que você já teve na vida, saiba que ele também já possuiu. E, caso contrário, poderia ter lhe pago o preço que fosse para obter.

Todos os homens querem ser ricos; nenhum quer envelhecer. Para combater a idade, o milionário pagava *personal trainers*, próteses de joelho e procedimentos estéticos que mantinham seus olhos permanentemente um pouco arregalados, como se não fosse um homem de setenta anos, mas ainda uma criança que encarava a vida como uma enxurrada de eventos maravilhosos e surpreendentes. Ele fazia transplantes capilares e usava cremes especiais para eliminar os lentigos solares. No jantar, seus *chefs* particulares serviam peixe, frutas vermelhas e nozes, como se ele fosse um urso em vez de um homem rico. Toda manhã, nadava três quilômetros em um lago que, graças a um mecanismo engenhoso, era mantido com temperatura agradável o ano todo. À tarde, ele recebia transfusões de sangue de doadores adolescentes, condição para estes receberem bolsas de estudo oferecidas pelo milionário em várias universidades. À noite, dava grandes festas, cercando-se de pessoas jovens e belas. Quanto mais velho ficava, mais novas eram suas esposas, e assim, por um tempo, ele conseguiu se convencer de que era, também, ainda jovem, e de que assim continuaria para sempre.

Porém, embora um homem possa conseguir esposas cada vez mais jovens e belas para manter a farsa de também não ter sido alcançado ainda pela velhice, o milionário, havia muito tempo, teve uma primeira esposa, e essa esposa gerou três filhos. Os filhos, criados com todas as regalias por babás, tutores, terapeutas e *coaches* de vida pagos para seguirem os melhores preceitos de educação infantil, eram atraentes, gentis e, em todos os aspectos, o tipo de filho do qual qualquer pai teria orgulho. No entanto, o homem rico não os via com orgulho. Em vez disso, olhava para os seus três filhos, o mais novo agora com dezenove anos, e via apenas a prova de sua própria mortalidade. É difícil permanecer jovem quando seus filhos, egoístas, insistem em crescer.

Para piorar, todos os filhos estavam morando na casa onde o milionário passava o inverno. O mais velho estava no meio de um divórcio difícil (seu primeiro), o segundo se escondia da mídia e o terceiro não tinha um bom motivo, exceto o amor verdadeiro que sentia pelo pai e o desejo de que ele o aprovasse. (Isso e o fato de ter sido jubilado na universidade.) Aonde quer que o homem rico fosse, tropeçava em um filho.

À noite, ele passou a ser visitado por um determinado sonho. Nesse sonho, a primeira coisa que o incomodava era a ideia de que tinha um quarto filho. E, no sonho, assim que tinha essa ideia, tomava consciência de que esse quarto filho estava também hospedado na casa. Embora, pela manhã, o milionário nunca conseguisse se lembrar da aparência dessa criança — Era grande ou pequena? Esguia e alta ou tão enorme que tapava os arredores? Como soava sua voz? —, sabia que esse último rebento era a Morte. No sonho, ele oferecia à sua filha Morte tudo o que tinha em troca de mais vida, mas nada que o homem rico pudesse oferecer interessava a Morte. A Morte desejava apenas a companhia de seu pai.

Em algumas noites, o milionário tinha esse sonho três, quatro vezes seguidas. Durante o dia, passou a odiar ver seus filhos.

Por fim, perplexo, ele buscou a ajuda de seus assistentes para resolver o problema dos filhos, e antes do fim da semana um plano muito elegante foi posto em prática. O homem rico, seguindo o planejado, convocou seus três filhos. Após abraçar cada um com carinho e conversar com eles sobre as notícias do dia e sobre as fundações e conselhos dos quais os três eram nominalmente líderes, ele disse:

— Meus filhos, embora seja verdade que estou no meu auge, e embora eu saiba que é duro para vocês pensar nisso, chegará o dia no qual eu me aposentarei para me dedicar a algum hobby na vida privada, como plantar orquídeas, caçar os animais mais perigosos do mundo ou enviar embarcações não tripuladas em direção ao Sol só para ver o que acontece. E, embora ainda demore, estamos cada vez mais próximos do dia no qual um time de especialistas em criogenia congelará meu corpo e o de minha atual esposa até a medicina avançar o suficiente para me ressuscitar em um futuro infernal e desconhecido, em um corpo que possa satisfazer, simultaneamente, mais de três mulheres, ao mesmo tempo em que luta contra lagartos mutantes apocalípticos e conquista o que quer que reste da Bolsa de Valores de Nova York.

Os filhos trocaram olhares uns com os outros, e o mais novo disse:

— Meu querido pai, parece impossível para nós que você algum dia tenha menos vitalidade do que tem neste instante.

O homem rico continuou:

— Todavia, chegará um momento no qual tudo mudará. E, quando penso no futuro, há duas coisas que desejo mais do que todo o resto. Uma é escolher meu herdeiro. Meu segundo desejo é ter uma companhia que me conforte nos anos do meu declínio.

O filho mais velho indagou:

— Perdoe-me, meu pai, mas está nos dizendo que pretende se casar novamente?

O milionário respondeu:

— Não, não! Alyssa e eu somos muito felizes. O que eu quero é apenas um cachorro. O menor, mais sedoso, obediente e amigável cãozinho que um homem já teve. Decidi dar a vocês, meus filhos, essa tarefa. Terão um ano e um dia para vasculhar o planeta em busca de tal animal, e no fim desse período, aquele entre vocês que o encontrar herdará tudo o que eu tenho.

— Mas, pai — disse o segundo filho —, cães fazem o senhor espirrar. Por isso nunca pudemos tê-los como bichinhos de estimação.

— O cãozinho mais amigável e hipoalergênico — insistiu o milionário, com firmeza.

Os assistentes haviam comentado que, se os filhos do homem rico fossem mandados para longe, pareceria que nunca haviam nascido. Após o patrão vetar o filicídio, devido a seu bom coração, os assistentes formularam aquela missão: uma espécie de experimento beta para ver se a qualidade de vida do milionário melhorava sem os filhos por perto.

Os três filhos do homem rico concordaram, por fim, em fazer o que o pai lhes pedira. O mais velho disse:

— Nosso pai acumulou tanto dinheiro que, mesmo ele escolhendo só um de nós como sucessor, os outros dois nunca passarão necessidade.

O filho do meio acrescentou:

— É possível que nosso pai esteja sofrendo de demência, mas ao menos seu pedido, apesar de bizarro, é inofensivo.

E o caçula concluiu:

— Não é como se eu tivesse algo melhor pra fazer.

Os filhos despediram-se uns dos outros, concordando que, não importava qual trouxesse para casa o cachorro mais adorável, os outros dois levariam tudo na esportiva.

Os dois filhos mais velhos viveram muitas aventuras no ano seguinte, mas é do mais novo que trataremos. Por ter noções idealizadas sobre a América do Norte e suas estradas, ele pegou emprestado o conversível vermelho-cereja do pai e partiu com um exemplar antigo de Kerouac e uma sacolinha de petiscos para cães. Não tinha um destino específico em mente — na verdade, sem perceber, comportou-se como fazia quando jogava *video game*: explorando com prazer novos ambientes e vendo o que tinham a oferecer. Visitou *pet shops* em centros de conveniência de bairros residenciais, abrigos de animais, eventos de cães e canicultores de todas as raças. Assim, nas primeiras três semanas de sua jornada, encontrou muitos cachorros maravilhosos, e várias vezes foi embora com um filhote ainda mais amável e adorável do que os que encontrara antes. Com o tempo, já que o conversível era pequeno demais para levar todos os cachorros, ele comprou uma motocasa velha e contratou um marceneiro para mobiliá-la com nichos, de forma que cada cachorro tivesse seu cantinho. O conversível seguiu preso atrás, com um engate de reboque. Na motocasa, ele dormia em paradas na estrada e em acampamentos, e enquanto viajava, postava atualizações no Facebook, em seguida checando, várias vezes, se o pai as havia curtido.

No fim do primeiro mês, o filho caçula do milionário estava no sopé das Montanhas Rochosas, onde, reza a lenda, havia um dono de canil que conseguira cruzar raposas-do-deserto com mini-cocker spaniels. Ele pagou uma pequena fortuna por um filhote vermelho de pelo aveludado, com patas e orelhas enormes, e o resto tão ínfimo que pôde seguir viagem com o bicho no bolso do casaco. Ao passar pela cidade de Creede, começou a nevar muito, e a estrada ficou perigosa. Nunca antes havia sido responsável por outrem; agora tinha o carro cheio de cães que o amavam, que na maioria precisavam de adestramento. Para sua surpresa, estava descobrindo que ser amado podia causar tanta ansiedade quanto não ser.

Quando consultou um mapa, percebeu que estava perto da parte do Colorado na qual a família de sua mãe já tivera uma fazenda. O filho caçula não tinha muitas lembranças da mãe. O pai ganhou a guarda total após o divórcio e, não muito depois, a mãe voltou para o Colorado, apenas para morrer em um acidente de trânsito em uma noite chuvosa. Ela havia sido decapitada em uma colisão na rodovia com um caminhão de galinhas. Depois do funeral, o irmão mais velho disse ao mais novo que o motivo de o caixão estar fechado era que nunca haviam encontrado a cabeça. (Ou era porque nunca haviam encontrado o corpo, e o caixão continha apenas a cabeça?) O caçula teve pesadelos por anos.

Era possível que o lugar onde a mãe havia morrido fosse aquela mesma estrada na qual o filho mais jovem agora se encontrava, com a neve caindo de tal maneira que começou a sentir, peculiarmente, como se ele e os cachorros não fossem criaturas vivas, mas apenas bonequinhos em um globo de neve. (Ele já havia sentido aquilo antes? Sim. Não era como todo mundo se sentia? Não seria essa a explicação para o fato de nos encontrarmos presos? Incapazes de fazer mudanças para melhor? Separados de tudo que queremos por uma barreira intransponível?)

O rapaz continuou dirigindo. Mesmo quando alienados de nós mesmos, ainda mantemos os pequenos movimentos mecânicos de uma tarefa imposta (como quando uma mão pega um globo de neve e o sacode).

A neve caía, cobrindo o mundo inteiro. O para-brisa da motocasa ia ficando opaco, brilhando de gelo, então o filho caçula parava o carro e raspava a cobertura congelada, em seguida dirigia mais um pouco até precisar parar e fazer tudo de novo. As roupas dele logo se mostraram inadequadas ao tempo, e todos os cães estavam cansados de ficar presos em suas baias. Eles choramingavam, implorando para serem soltos. O menor dos cachorros, no entanto, ainda dormia tranquilo no bolso do filho mais novo, como se nada de ruim pudesse acontecer. O rapaz interpretou isso como um sinal de que ele também devia confiar na Divina Providência e seguir em frente, embora o combustível estivesse acabando.

Uma hora se passou, e a neve não parava de cair. A luz da gasolina reserva se acendeu, e o caçula começou a se perguntar se, de alguma forma, havia saído da rodovia principal sem perceber. Além do som do rádio e dos limpadores de para-brisa, ele acreditava ouvir vozes baixas, embora fizesse um tempo desde que vira outro carro ou caminhão na estrada. Quando o para-brisa encheu-se de gelo outra vez, ele estacionou e desligou a ignição. Saiu do carro e caiu em um monte de neve tão fundo que chegava acima dos joelhos. A neve rodopiava a seu redor com tanta força que ele sentiu como se um grande monstro o rondasse, o flanco branco e macio se esfregando afetuosamente contra a lateral de seu corpo. *Se ao menos não estivesse tão frio*, pensou ele. *Se ao menos houvesse algum lugar onde eu e meus cachorros pudéssemos nos abrigar.*

Se ao menos, ele pensou ouvir uma voz dizer. *Se ao menos, se ao menos…*

— Olá? — chamou o filho mais novo. — Há alguém aí?

O cachorrinho no bolso do casaco pôs a cabeça para fora, bocejando, e, antes que o rapaz entendesse sua intenção, pulou para a neve.

Embora a neve fosse fina, o cãozinho era tão pequeno que ficou sobre a superfície, como uma pena vermelha sobre um casaco branco. O caçula, muito mais pesado, tropeçou, com as mãos estendidas. Caiu de joelhos, e o cachorro saltitou para a frente, fora de alcance, pegando flocos de neve com a boca.

— Não, volte! — disse o filho mais novo. Ao levantar-se, a neve alcançava sua cintura.

O cão começou a correr pela crosta branca. O caçula se pôs a atravessar a neve em seu encalço. O frio o aferroava, e quanto mais se movia, mais a neve penetrava as camadas de roupa, como se ele estivesse nu feito um bebê. Mal podia identificar o pontinho avermelhado que era o filhote à sua frente, e ao virar-se para trás, já não avistava a motocasa. *Cometi um erro terrível*, pensou. Sabia que devia voltar. Com certeza seria capaz de seguir o próprio rastro de volta.

O filho mais novo, porém, não se sentia capaz de abandonar o cãozinho que dormira tão docemente em seu bolso a tarde inteira. Não podia chamá-lo pelo nome, pois ainda não lhe dera nenhum, mas gritou palavras de carinho, tentando fazê-lo voltar.

O caçula pensou ouvir de novo aquelas vozes ao seu redor, na neve, repetindo suas palavras. O filhote não dava atenção nem ao rapaz, nem às vozes, só continuava a saltitar como se soubesse exatamente aonde ia.

Então o filho mais novo acreditou ver para onde o cachorro queria ir. À frente, havia losangos de luz esverdeada, destacando-se como joias dos véus açucarados de neve. Ao se aproximar, viu que eram casarões enormes feitos de vidro, e ao chegar perto o suficiente para atravessar uma porta — também feita de vidro —, o cãozinho se esticou contra ela, batendo as patinhas para que o deixassem entrar, e o rapaz viu que não era uma casa para pessoas, e sim uma estufa.

Ao abrir a porta, uma massa de ar quente e úmido o golpeou, imediatamente se transformando em cristais de gelo em seu cabelo, barba e cílios.

Dentro, para onde quer que se voltasse, havia fileiras e fileiras de *Cannabis*. Mas o mais estranho não era encontrar uma plantação de maconha no meio de uma nevasca. Mais estranhas ainda eram as pessoas cuidando das plantas, que não eram pessoas de jeito nenhum, e sim gatos vestindo jalecos, de pé, sobre as patas traseiras, segurando pranchetas, tesouras de poda e cestos para a colheita.

O filhote começou a latir alto e, com essa interrupção, todos os gatos na estufa se viraram e olharam, pasmos, para o rapaz. Se não fosse pela tempestade lá fora, ele teria saído correndo, mas, em vez disso, desesperado, gritou:

— Por favor! Preciso de sua ajuda!

Ouvindo isso, os gatos largaram suas ferramentas e se aproximaram dele. O filho mais novo pegou o cachorro no colo, sem ter certeza se os gatos eram amigáveis. Não falaram nada, mas um deles gesticulou em direção ao jovem, que disse:

— Abandonei minha motocasa na beira da estrada. O tanque está vazio, e o carro está cheio de cãezinhos que morrerão congelados se eu não levá-los para um lugar seguro. Por favor, podem me ajudar? Preciso ligar para o reboque, mas estou sem sinal aqui.

Um belo gato listrado pôs a pata no quadril do rapaz. Olhou para ele e, em seguida, para a porta. O filho caçula entendeu que era para ele sair, e foi tomado pelo desespero. Mesmo assim, voltou-se, como o gato havia indicado e, pondo o filhotinho outra vez no bolso, atravessou a porta em direção à neve com o gato listrado.

Para seu alívio, o gato não o abandonou para que encontrasse sozinho o caminho de volta, em vez disso indicando uma passagem aberta. Passaram por meia dúzia de estufas, cada uma, o rapaz imaginava, cheia de gatos cuidando de mudas ou de pés de maconha maduros. Ou talvez não fossem gatos, e sim camundongos, doninhas ou morcegos inteligentes. Tudo parecia dentro do possível ali.

Por fim, chegaram a uma casa de fazenda, dentro da qual havia um salão similar a uma caverna, com uma fogueira acesa na lareira de pedra. O gato guiou o filho mais novo por um longo corredor até um quarto no qual a cama já estava pronta para que ele se deitasse. Havia também uma poltrona confortável, com uma mesinha ao lado, na qual havia uma bandeja com sopa, pão, queijo e uma garrafa de vinho. A porta do banheiro estava aberta, e lá dentro via-se uma banheira fumegante.

Ele disse ao gato:

— Mas, meu cães...

O bicho gesticulou como se indicasse que estavam cuidando disso também. Ele pegou a mão do caçula com a pata e examinou-a com cuidado, em busca de queimaduras de gelo. Satisfeito, curvou-se em saudação e saiu do quarto, fechando a porta.

O jovem tirou as roupas molhadas e entrou na banheira. Ficou lá até se sentir aquecido outra vez e, então, ao sair, descobriu que alguém colocara um pijama de flanela e um roupão grosso sobre a cama. Vestiu-se, constatando que as roupas serviam perfeitamente, e então se pôs ao lado da janela, dando pedacinhos de pão ao cãozinho.

Ao olhar para fora, o filho mais novo viu uma estranha procissão atravessando a nevasca. Duas dúzias de gatos, usando cachecóis e toucas de inverno, seguiam em direção à casa. Cada um levava um cachorrinho carinhosamente nos braços. Tão grande foi seu alívio ao ver esse resgate que um profundo cansaço o dominou, e ele relaxou sobre a poltrona, onde adormeceu.

Durante toda a noite, sonhou ouvir vozes na neve outra vez, murmurando afetuosamente. Sonhou que alguém alisava seu rosto, pegava-o no colo e levava-o para a cama. De manhã, ao acordar, o cãozinho estava no travesseiro ao seu lado, lambendo seu rosto. Se não fosse por isso, o conforto da cama era tamanho que ele pensaria ter voltado para casa.

— Que sonho estranho eu tive — disse o caçula para seu cachorro. — Gatos que andavam como pessoas, e estufas, e perseguir você na neve.

— Ora, mas não foi um sonho — contestou uma voz feminina, que tossiu baixinho perto de seu ouvido.

Quando o rapaz virou a cabeça, viu que do seu outro lado, ainda mais clara que os lençóis, estava uma bela gata branca com olhos cor de esmeralda.

— Por favor, não tenha medo — disse ela. — De alguma forma, você nos encontrou aqui no meio da nevasca. E não tema pelos seus cachorros. Estão sendo muito bem cuidados.

O caçula sentou-se.

— Que tipo de lugar é este? — perguntou. — E que tipo de gato é você?

— De um tipo bem comum — respondeu a gata, com modéstia. — Quais artifícios me permitem falar não são de muito interesse, e nem eu mesma os entendo, de qualquer forma. Basta dizer que eu e meus funcionários vivemos aqui há muitos anos. Levamos a vida como cultivadores de *Cannabis sativa* e *Cannabis indica*, assim como de espécies híbridas que nós mesmos engendramos. Como você deve saber, a maconha é legalizada no Colorado. Nossa marca, Gata Branca, é conhecida por sua eficácia e intensidade. Você a conhece?

Sem querer parecer mal-educado, o rapaz disse achar o nome familiar. Para falar a verdade, ele era mais um usuário casual, não um grande conhecedor.

— Seria um prazer lhe mostrar o lugar — disse a gata branca — e reuni-lo com seus cães. É muito bom ter a chance de hospedar um amante de animais como você. Recebemos tão poucos visitantes.

Assim, levado por um sentimento de encantamento, além de educação, o jovem deixou que sua anfitriã lhe mostrasse as instalações. O dia estava claro e limpo, com a neve brilhando por todos os lados, mas nem ela era tão branca quanto o pelo da gata.

O filho mais novo visitou seus cães e foi brincar com eles ao ar livre. Experimentou várias misturas e produtos, e quando, depois, teve fome, recebeu tamanho banquete — ovos de codorna escalfados e postos sobre açafrão e pétalas de flores, espetinhos de rins de coelho, cogumelos e tâmaras, peixinhos pequenos com ossos tão macios que ele fez como os gatos e comeu-os inteiros — que quase não conseguia se mover.

A gata branca disse que não poderia deixá-lo ir embora por pelo menos mais um dia. Dessa forma, ele passou a noite em companhia dos gatos, jogando jogos de tabuleiro e bebendo, enquanto os cães permaneciam deitados e felizes nas lajotas próximas à lareira. De manhã, ao acordar, novamente o cachorrinho vermelho estava deitado de um lado de sua cabeça, a gata branca do outro. Lá fora, nevava.

Nevou naquele dia e por mais três, e a gata branca informou-o de que as estradas estariam bloqueadas. Depois disso, também não dava para deixá-lo partir, pois no fim de semana haveria um festival da colheita. E depois do festival, veio o aniversário de alguém, e uma das estufas foi decorada como uma discoteca, com luzes coloridas, e gatos de todos os tipos vestiram chapéus de festa. Houve corridas de motos de neve e patinação no gelo sobre um lago, e os cachorros do filho caçula estavam tão felizes que ele não suportou a ideia de colocá-los outra vez na motocasa. Semanas se passaram e a primavera chegou, depois o verão, e o rapaz permaneceu lá.

Fazia caminhadas nas colinas com a gata branca, ajudava nas estufas e, à noite, fumava um baseado e escutava os gatos tocarem canções populares em guitarras e banjos. Assim como seus cachorros, ele estava feliz.

Quando criança, o filho caçula fora proibido de ter bichos de estimação. Ratos e camundongos eram pragas. Pássaros traziam má sorte. Gatos eram indiferentes e aproveitadores. Produziam alérgenos causadores de irritação na pele e crises de espirro. Suas fezes transmitiam doenças. O filho mais novo, ao obter e cuidar de cada vez mais cachorrinhos, vinha questionando o desejo de seu pai por um cachorro de companhia. Será que esse pedido representava uma mudança radical? Seu pai, tão controlado e controlador, finalmente queria amar e ser amado? O caçula era apenas cinco anos mais novo que o do meio e seis anos mais novo que o primogênito, mas essa distância sempre lhe pareceu intransponível. Os dois eram próximos de uma maneira que, por amar a ambos, ele invejava. Assim como o pai, eles não precisavam do mais jovem. Diferente deste — e já que tinham um ao outro —, nunca pareceram precisar da aprovação paterna.

No entanto, durante todo o tempo em que permaneceu com a gata branca, o jovem quase não pensou no pai. Era como se houvesse sido afetado por um feitiço de tranquilidade, até que uma manhã acordou e viu a neve cair outra vez, percebendo, chocado, quanto tempo se passara.

— Querida gata branca — disse ele —, me diga, que dia é hoje?

A gata branca respondeu:

— Dia dois de dezembro, creio eu.

— Então já fiquei tempo demais — acrescentou o caçula, em pânico —, pois meu pai me espera em sua casa amanhã de manhã.

— Se é para ser assim — disse a gata branca —, que seja assim. Vou comprar uma passagem para você partir de Denver esta noite.

O rapaz grunhiu e pôs as mãos na cabeça, dizendo:

— Você é a mais bondosa das gatas, mas temo que a situação seja mais complexa do que isso. Devo levar para o meu pai um cachorro, o mais belo e amigável do mundo, e não sei como decidir entre os que tenho.

Na verdade, o problema era que não sabia se aguentaria se separar de um de seus cães. O cachorrinho vermelho era, dentre todos, o menor e mais extraordinário em todos os sentidos, mas o jovem amava muito o bichinho. E, embora nunca fosse admitir isso para si mesmo, tinha medo de que o pai não amasse o cãozinho avermelhado tanto quanto deveria (se chegasse a amá-lo).

— Isso não é problema — disse a gata, depressa. — Não é necessário escolher um de seus cães, pois eu sei de um que é menor e ainda mais maravilhoso. Você precisa apenas confiar em mim, e seu pai ficará muito satisfeito com o cachorro que você levará para ele.

Embora ele houvesse passado menos de um ano em companhia dela, o filho caçula confiava na gata branca com todo o coração.

Sendo assim, ele se despediu dos cães e pediu ao cachorrinho vermelho que cuidasse da gata branca enquanto ele estivesse longe. Abraçou todos os trabalhadores da estufa, fez a mala e então chegou a hora de partir. A gata branca fez com que trouxessem o conversível cereja para a casa. Enquanto o filho mais novo esteve hospedado com os gatos, ela havia mandado o carro para lavagem completa e manutenção, de forma que parecia ter acabado de sair da fábrica.

O rapaz ajoelhou-se e a gata branca subiu em seu joelho. Ela ronronou em seu ouvido enquanto ele a abraçava.

— Volte — pediu ela —, pois sentirei sua falta a cada segundo que permanecer longe.

— É tudo o que eu quero — disse o jovem, com franqueza. Em seguida, encabulado, acrescentou — Só não vejo nenhum cachorro. Mas não tem problema! Posso levar o cãozinho vermelho.

— De forma alguma! Aqui está seu cachorro — interpôs a gata.

Entregou a ele então uma macadâmia ainda com casca. Quando o rapaz levou-a ao ouvido, pôde ouvir um latido baixo.

— Quando estiver com seu pai, e só então — disse a gata — quebre a casca da macadâmia e terá seu cachorro. Mas certifique-se de não estar levando nenhum comestível ou erva de cannabis, pois, embora seja legalizada no Colorado, nossos consumidores dizem que às vezes enfrentam problemas ao passar pela segurança do aeroporto.

Como se toda a felicidade do ano anterior houvesse sido apenas um sonho passageiro, o caçula acordou na manhã seguinte na casa de seu pai. Tomou o café da manhã com os irmãos, que viveram muitas aventuras durante as buscas. Admirou o cão de cada irmão, um chihuahua e um mini dachshund, embora nenhum chegasse aos pés do cãozinho vermelho que ele deixara para trás.

Quando os irmãos perguntaram que tipo de cachorro trouxera para o pai, ele deixou a cabeça cair e hesitou. Também não compartilhou as experiências que teve.

Após toda a comida ser devorada, o homem rico entrou no aposento, bocejando e coçando a cabeça. Sua barba estava ficando branca. Ele usava um roupão branco. Embora se sentisse genuinamente feliz por ter os filhos em casa, estava outra vez indisposto naquela manhã. O último rebento, a Morte, havia visitado seus sonhos na noite anterior e, por isso, já passara a maior parte da manhã ao telefone com os assistentes.

— Vamos, então — disse aos filhos. — Acabemos de vez com isso.

O filho mais velho e o do meio apresentaram ao milionário seus cães. Ele os acariciou com ar de insatisfação, então voltou-se para o mais novo:

— E você? Ou nem se incomodou?

O caçula pôs a mão no bolso e pegou a macadâmia. Enquanto o pai e os irmãos observavam, pôs a noz na mesa e a golpeou com uma colher. A casca se quebrou e de dentro saltou um cão branco, entre pratos sujos de ovo, cascas de laranja, migalhas de torrada e geleia vermelha. Não era maior do que um besouro.

— Ora! — disse o homem rico, reprimindo um tremor. Não gostava nem de besouros (mesmo os que recebiam o nome dele), nem, é claro, de cães. — De fato, é um cachorro bem pequeno. Está adestrado? Sabe fazer truques?

Ah, se sabia! Deu cambalhotas e andou nas patas traseiras. O filho mais novo jogou um cubo de açúcar e o cãozinho o trouxe de volta.

— Excelente, excelente — disse o homem rico. O caçula, porém, notou que ele franzia o cenho. — Está claro que você me trouxe exatamente o tipo de cachorro que eu mais queria. Os outros também são belos espécimens, embora talvez não tão extraordinários como este. Não importa, ficarei com todos. E agora, meus filhos, me pergunto se vocês três não me fariam mais um favor. Eu me dei conta de que, se vou me aposentar, precisarei dar uma festa de aposentadoria, o que exigirá certo planejamento. Vamos definir para daqui a um ano. E o que mais desejo é que vocês três partam em outra missão. Quero vestir, nessa festa, um terno de material tão bom, tão bem tecido, que ninguém nunca tenha visto igual. Vasculhem o planeta! O tecido deve ser tão fino que seja possível passá-lo por dentro de uma aliança. Aquele entre vocês que me trouxer o melhor terno será meu herdeiro.

Embora não fosse o combinado, como os filhos do milionário eram tão prestativos, amigáveis e bem-educados quanto o cachorro que o pai havia dito querer, acataram aquele pedido e, após se abraçarem, partiram outra vez. O filho mais novo prometeu a si mesmo que dessa vez encontraria o que faria seu pai finalmente amá-lo. (Talvez o cãozinho fosse pequeno demais? Havia algo inquietante em seu tamanho, não? Seu pai fora diplomático, na verdade, ao não escolher um dos cachorros. Assim, não magoou os sentimentos de ninguém.)

O caçula faria melhor da próxima vez. Mas, antes, precisava retornar para a gata branca e agradecer-lhe por toda a ajuda.

Quando o filho mais novo chegou outra vez ao estabelecimento da gata branca, encontrou fogo na lareira e um cheiro bom vindo da cozinha. A própria gata estava adormecida ao lado da janela que dava para a frente da casa. O cãozinho vermelho estava ao lado dela. Ela acordou e se espreguiçou quando o rapaz entrou.

— Estive tão preocupada com você — disse ela. — Conte como foi.

O caçula sentou-se ao seu lado, no banco sob a janela. O cachorrinho lambeu suas mãos e rosto, e os olhos do jovem encheram-se de lágrimas, embora ele não soubesse por quê.

— Foi tudo bem — disse ele. — Mas é tão bom estar de volta.

Embora não fosse a intenção do rapaz, o ano seguinte se passou da mesma forma que o primeiro, até que por fim a gata branca veio até ele e disse:

— Temo ter chegado a hora em que você deve voltar para a casa de seu pai.

O filho mais novo sentiu uma onda de pavor dominá-lo. Embora soubesse que não era respeitoso de sua parte sentir-se assim, ele disse:

— Talvez eu não deva ir. Minha missão era levar a ele um terno sob medida, o mais maravilhoso terno feito do melhor tecido que já existiu. Ele disse que queria usar um terno que passasse por dentro de uma aliança e, para ser honesto, isso não me parece algo que possa existir.

A gata branca olhou para o jovem com seus olhos verdes e sábios.

— Claro que não — disse ela. — Assim como uma gata falante nunca poderia existir. Ou um cão pequeno o suficiente para caber em uma noz.

— Ou macarrão com queijo e maconha — acrescentou o caçula, pensativo.

— Ainda acho essa uma péssima ideia — disse a gata branca —, embora original. De qualquer forma, já comprei sua passagem para casa. Ele pode até ser uma pessoa horrível, mas continua sendo seu pai. E dentro deste pistache está o terno que ele deseja.

— Mas você não tem as medidas — protestou o rapaz.

— Isso realmente não é um problema — afirmou a gata.

Mais uma vez, o filho mais novo voltou à casa do pai com uma noz no bolso. Tudo continuava como sempre, o que significava que o homem rico parecia ocupado e distraído da maneira habitual, e o caçula sentia o que havia sentido quase toda a vida, como se apenas a menor parte de si fosse visível, uma parte que permanecia infantil, insignificante e desesperadamente carecendo de algo que ele nunca mereceria de verdade e que jamais poderia encontrar. Nem mesmo dentro de uma noz. O pai parecia mais velho? Sim, apenas um pouco. Os irmãos também estavam mais velhos, então o rapaz supôs que o mesmo valia para si.

No ano anterior, o mais novo havia descoberto certo talento com as plantas. Vinha experimentando com enxertos híbridos: drupas e uma cepa particularmente resistente da variedade White Widow. (Havia chamado o resultado de Kalma Kardashian.) Isso significava que todos os gatos das estufas o tratavam como um colega estimado. Na casa do pai, porém, era como se fosse um fantasma. Quando perguntou sobre a madrasta, o pai respondeu:

— Às vezes, você descobre que nunca conheceu de verdade uma pessoa.

E começou a enumerar, em seguida, as virtudes do vinho que estavam bebendo.

— Onde estão seus cães, pai? — perguntou o caçula, insistindo. Os irmãos trocaram um olhar, mas não disseram nada.

— O acordo de divórcio — respondeu o pai. — Sua madrasta levou os três. Uma pena. Fiquei de coração partido.

Talvez o pai sentisse mesmo falta dos cães ou da ex-esposa, pois, na manhã seguinte, pareceu ao filho mais novo que o pai não dormira bem. Pela primeira vez, o caçula o considerou um homem velho, e que talvez ele até morresse um dia.

O milionário disse aos filhos:

— Temo trazer más notícias. Deixei a maior parte do planejamento da festa com a madrasta de vocês, então não será surpresa ouvir que ela arruinou tudo. Por isso, adiei minha aposentadoria. Há trabalho demais a fazer no momento, de qualquer forma.

— Não quer ver o que trouxemos para o senhor? — indagou o filho do meio.

— Sim, sim — disse o homem rico. — Tudo bem.

Ele gesticulou para que os filhos apresentassem o resultado de suas buscas.

O terno que o primogênito trouxe era de um tecido brocado vermelho, porém tão leve que poderia ser feito de seda de paraquedas. O filho do meio havia mandado fazer um terno preto de um material sintético com microfibras integradas que absorviam a luz solar e produziam o próprio brilho. O caçula, então, pegou seu pistache e partiu-o, revelando um terno de veludo verde tão bem feito e tão na moda que estava claro que ele havia superado novamente os irmãos.

O milionário não usava mais aliança, é claro, mas tentou pôr um pedaço da barra do terno por dentro de seu anel de sinete, e os filhos o observaram passar tanto a jaqueta quanto as calças inteiras pelo acessório.

— Um pouco extravagante, não? — perguntou ele.

Ao experimentar a roupa, porém, não pôde evitar o contentamento. Sempre havia sido um homem pavão.

— Venho pensando e acho que uma festa de casamento seria melhor que de aposentadoria — disse ele. Seus assistentes, é claro, haviam criado uma nova missão. Haviam sugerido algo ilegal, como plutônio enriquecido, esperando que os filhos acabassem presos, mas o homem rico tinha um coração benevolente e caprichoso. — Então por que vocês três não voltam ano que vem neste mesmo dia com uma noiva? Aquele que conquistar a moça mais bela e inteligente se tornará o meu herdeiro. Talvez eu até vista este terno no casamento.

Os três filhos trocaram um olhar e então concordaram em fazer o que o milionário pedia.

— É como se ele achasse que estamos em um *reality show* particular — disse o primogênito, enquanto eram levados de carro até o aeroporto. Para o irmão do meio, em particular, ele acrescentou: — Embora seja mais difícil pra você.

— Do que ele está falando? — perguntou o caçula. — Por que é mais difícil pra você?

— Porque eu sou gay — respondeu o do meio.

— Ah — disse o mais novo, percebendo que realmente não conhecia seus irmãos.

— Vou apenas trazer um noivo em vez de uma noiva — continuou o do meio. — Ao menos ganharei pontos pela originalidade. Apesar de que... quais são as chances de ele realmente escolher um herdeiro desta vez?

— 50% — disse o caçula.

— 0,25% — disse o mais velho.

Todos, porém, concordaram que, o milionário mantendo ou não a palavra, aquela seria a última vez que deixariam o pai tratá-los como estagiários.

— Três já é demais — concluiu o primogênito.

O do meio se voltou para o caçula e disse:

— E se você me aparecer com uma garota dentro de um coco, vou te encher de porrada. Chega dessa merda, ok?

— Ok — disse o mais novo. Tinha bastante certeza de que, depois de chegar à fazenda da gata branca, nunca mais retornaria.

Durante todo o ano que se seguiu, ele brincou com os cachorros, ajudou nas estufas e festejou com a gata branca e seus funcionários, sem nunca pensar no pedido do pai. A gata, vendo o interesse dele, começou a iniciá-lo nos mistérios da contabilidade e da gestão de estoque, e ambos ficaram felizes em descobrir que ele levava jeito para o lado administrativo, assim como para o plantio.

Porém, quando um ano se passou, a gata branca foi até o rapaz e disse:

— Amanhã é o dia no qual você deve voltar à casa de seu pai.

— Eu não quero — disse o filho caçula. — Sou feliz aqui. De qualquer forma, não adiantaria. Eu deveria levar uma noiva para casa e, olhe! Não tenho nenhuma. E nem venha me dizer que tem um pote de iogurte, um Kinder Ovo ou sei lá o quê com uma garota dentro. Não quero a menor noiva do mundo. Talvez algum dia eu me case, mas prefiro que seja com alguém que ao menos alcance meu ombro.

A gata branca estava deitada de costas sob um raio de sol, ouvindo o jovem enquanto balançava o rabo de um lado a outro.

— Esquece a noiva — disse ela. — Leve-me com você para a casa de seu pai. Vou admitir: estou curiosa. Gostaria de vê-lo.

— O quê? De jeito nenhum! — exclamou o filho caçula. — A curiosidade matou o gato, lembra?

— Mas a satisfação o trouxe de volta — retrucou a gata. E continuou insistindo até ele enfim concordar que iria para casa e a levaria consigo no avião, em uma caixa de transporte. A gata também fez questão de que levassem com eles, sem abrir, uma mala específica, trancada, que era estreita e longa, como se contivesse um narguilé excepcionalmente grande.

Quando chegaram à casa do homem rico, a gata branca pediu para sair da caixa. O anfitrião estava em seu escritório, e os dois irmãos mais velhos ainda não haviam chegado, de forma que o caçula e a gata fizeram um *tour* pela casa e pelo resto do terreno da propriedade.

— Bonita — disse a gata, observando uma cascata que caía sobre uma piscina de pedrinhas brilhantes na qual, ao olhar de perto, constatava-se que cada componente era uma pedra semipreciosa esculpida para parecer uma versão melhorada e diminuta da cabeça do homem rico. — Mas é um pouco de ostentação demais pro meu gosto.

— Ele tem outras casas — comentou o rapaz. — Se quiser, podemos ir embora agora mesmo. Posso levá-la a uma das outras propriedades.

— Não, não. Estou contente aqui. E ansiosa para finalmente conhecer sua família.

No entanto, quando voltaram para a suíte, ela adormeceu na mala aberta do jovem e se recusou a acordar para o jantar.

O milionário e seus filhos jantaram informalmente na varanda. O primogênito havia deixado crescer uma barba meio grisalha, e o pai demonstrou seu desagrado com diversos comentários.

O filho mais velho sorriu, no entanto, e disse que sua amada achava que a barba lhe dava aparência distinta. É possível que um observador na escuridão além dos candelabros pendurados nas árvores tomasse os quatro homens à mesa por irmãos. Ou talvez até cresse por engano que o primogênito era o pai dos outros três. Porém, gatos, evidentemente, têm visão boa demais para isso.

Quando o caçula voltou para seus aposentos, encontrou a gata branca em seu travesseiro.

— Às vezes acho que meu pai é meio escroto — admitiu ele.

— Mas você me ama — disse a gata, e bocejou tanto que parecia ser só boca.

— Sim — concordou ele. — Amo.

— E confia em mim.

O rapaz concordou que confiava nela inteiramente.

— Então prometa que amanhã fará tudo que eu pedir.

— Ok — disse ele, deitando-se na cama ao lado da gata. — Só não me peça para vestir aquele suéter de caxemira, mesmo que eu o tenha posto na mala. Sei que todos vocês acharam que eu fiquei bem nele, mas não é meu estilo. Também não pergunte por que eu gaguejo perto do meu pai às vezes. Acho que só fico meio nervoso.

O jovem fechou os olhos antes mesmo de a gata branca poder concordar.

Ajeitando-se sobre a cabeça dele, a felina começou a lamber seu cabelo, como se cuidasse de um filhotinho.

— Sabe que eu nunca faria nada para machucá-lo — disse ela.

Esperou para ver que resposta receberia, mas o rapaz havia adormecido. Ele dormiu profundamente a noite inteira, porém a gata sequer fechou os olhos. Pela manhã, ela pediu que ele abrisse a mala trancada, e quando ele retirou a espada que havia dentro, a gata lhe disse o que era necessário fazer. O caçula se recusou várias vezes, mas ela lembrou-lhe da promessa que fizera na noite anterior, e outra vez disse que tudo terminaria bem se ele obedecesse.

Por fim, o jovem concordou que faria o que a gata branca tinha pedido, e desceram para o encontro.

Os dois irmãos mais velhos já estavam com o homem rico, que espumava de raiva claramente direcionada ao do meio, parado no salão de mãos dadas com outro homem.

O caçula notou, com certa surpresa, que o mais velho trouxera a ex-esposa.

— Suponho que deva perguntar qual dos dois é a noiva — disse o milionário, parecendo muito enojado.

— Não — disse o filho do meio, que também estava furioso. — Não deve mesmo. E se não for capaz de ser civilizado, nós vamos embora.

— E suponho que você queira se casar com essa gata! — exclamou o homem rico para o mais novo.

— Não exatamente — disse o rapaz, levantando a espada que levava consigo e cortando a cabeça da gata branca com um só golpe.

Em seguida, houve muita confusão e gritaria, mas quando todos viram o resultado das ações do caçula, o silêncio se instaurou.

— Talvez ele tenha usado computação gráfica? Tipo um truque mágica? — sugeriu a ex-esposa do primogênito. — Meio exagerado, mas legal.

Pois, onde antes estava a gata branca, havia agora uma jovem, totalmente nua e muito bela.

O filho mais novo tirou o suéter verde, que por fim concordara em vestir, e entregou-o à moça para que se cobrisse. Era da mesma cor de seus olhos.

— Extraordinário! — exclamou o homem rico.

— Obrigada — disse a jovem, sorrindo.

Depois disso, encontraram roupas adequadas para ela e teve início o almoço. O milionário fez a moça que antes era a gata branca sentar-se ao seu lado para, disse ele, poder conhecê-la melhor. Instruiu o caçula a se sentar entre o filho do meio e o noivo, que trabalhava com hotelaria e era dono de uma rede de hotéis boutique. O mais velho e a ex permaneceram de mãos dadas durante toda a refeição.

Depois do almoço, o homem rico convidou todos ao estábulo e lá escolheu pessoalmente um cavalo para a moça. E, depois do jantar, chamou o filho mais novo e disse:

— Veja, este foi o dia mais estranho da minha vida. Um dos meus filhos disse que vai se casar com um homem. E então você corta a cabeça de uma gata e de repente surge a garota mais linda e adorável que eu já vi. Estou completa e perdidamente apaixonado. E está claro que vocês não combinam nem um pouco. Quer dizer, a própria moça me disse que você achava o tempo todo que ela era uma gata! Enfim, um minuto atrás eu a pedi em casamento e ela aceitou. O que acha disso?

O caçula disse não saber o que pensar. Tudo estava de ponta-cabeça; sentia que havia sido enganado. A jovem que antes era a gata branca juntou-se então a eles. Pegou a mão do rapaz na sua e disse:

— Sei que é repentino, mas acho que é o que eu sempre quis. É como se seu pai e eu nos conhecêssemos a vida inteira.

— É isso mesmo que você quer? — perguntou o filho mais novo.

O milionário, supondo que a pergunta era para ele, disse:

— Sabia que entenderia.

A jovem sorriu e respondeu:

— É sim.

O homem rico e a jovem que antes era a gata branca se casaram no dia seguinte. A noiva usou um vestido Balenciaga clássico e o milionário vestiu o terno verde que seu filho mais novo trouxera dentro de um pistache. Todos disseram que não parecia ter mais de sessenta anos.

Durante a festa que se seguiu, o caçula foi para seu quarto e fumou um baseado bem grande. Não sentia que o homem rico houvesse roubado o amor de sua vida. Mas sentia, sim, que o pai roubara sua gata. Havia amado muito a gata branca. Não sabia o que sentia pela madrasta.

No entanto, quando ela foi até seu quarto, não protestou ao senti-la se sentar ao seu lado e abraçar seus ombros.

— Seu pai decidiu adiar a aposentadoria — disse ela.

— Não me diga — respondeu o caçula.

A nova madrasta continuou:

— Comprei uma passagem de avião para você voltar ao Colorado. Ficarei ocupada durante um tempo, então talvez você possa tocar os negócios por mim?

O mais novo respondeu, um pouco irritado:

— Gostaria que as pessoas parassem de me dizer o que acham que devo fazer.

— Acho que deve fazer o que o faz feliz — disse a madrasta. — Mas talvez leve um tempo até descobrir o quê, exatamente. Pode muito bem ficar na fazenda enquanto pensa nisso.

— Tudo bem.

— Ainda confia em mim?

— Não muito — respondeu o caçula. Mas então, a contragosto, acrescentou — Não sei. Talvez.

— Ótimo — disse a madrasta, beijando sua bochecha. — Prometo que tudo ficará bem no fim.

E, nos anos seguintes, todos continuaram razoavelmente felizes. O primogênito e a ex-esposa se casaram novamente, após descobrirem que eram mais felizes sendo infelizes juntos do que sendo infelizes separados. O filho do meio e o noivo também se casaram e nunca mais sentiram necessidade de falar com o homem rico. O caçula voltou para a fazenda da gata branca e reformulou o *website* da empresa, além de criar uma série de receitas que, por fim, se tornaram o livro de culinária favorito dos maconheiros. Ficou surpreso ao descobrir que todos os gatos da fazenda, assim como a chefe, haviam se tornado humanos, embora parecessem não querer falar sobre como isso acontecera. Todos os cães, no entanto, continuavam cães. Mas, afinal, a natureza canina é mais confiável.

Já o homem rico se sentia mais jovem do que havia anos. Tinha uma bela esposa que o amava muito. Para expressar sua devoção, ela lhe dava os mais preciosos presentes dentro de nozes ou ovos de codorna. E sempre que a vida sexual deles ficava sem graça, ela o instruía a cortar sua cabeça, e o resultado era sempre agradável. Ficava mais alta, mais loira, com mais ou menos curvas, de maneira que nunca deixava de inspirar nele novos desejos. Às vezes, parecia que ela ficava mais nova, também, o que o intrigava. O que pode ser mais prazeroso em um casamento tardio do que a novidade? Ele cortava a cabeça dela à noite e *voilà*, lá estava uma bela estranha. Aproveitavam a companhia um do outro a noite inteira e, pela manhã, ele cortava outra vez sua cabeça, e ela voltava a ser como antes.

O milionário começou a imaginar uma nova vida com a nova esposa. Imaginou até que, um dia, talvez quisesse ter filhos outra vez. Imaginou a esposa como mãe, como seus filhos seriam lindos, como ela prepararia os lanches para levarem à escola, dentro de uma noz-pecã ou de uma avelã. Seria uma gracinha. O único problema que via era estar envelhecendo apesar de seus esforços. Como seria triste para esses filhos hipotéticos perder o pai tão jovens.

Pensando nisso, o homem rico começou a sonhar de novo. Sonhava que sua jovem esposa oferecia a ele uma noz e pedia que a abrisse. Mas dentro da noz estava aquele último rebento, cujo nome era Morte.

Um dia, a esposa do milionário, sentindo que algo o incomodava, implorou para que o marido lhe contasse o problema. Embora ele não quisesse preocupá-la, confessou por fim tudo que estivera pensando.

A esposa escutou em silêncio e disse:

— Se deixarmos o medo da morte nos impedir de fazer aquilo que mais queremos, qual seria a razão de viver? Por mais tempo do que você pensa, imaginei como seria ter uma família com você.

— Não tenho medo de nada — disse o homem rico. — Porém, fico pensando. Você nunca me explicou direito o mecanismo, mas sempre que corto sua cabeça, você renasce. Ao menos, é o que parece. Fico pensando sobre isso.

— Costumo pensar nisso também — disse a esposa. — Para ser sincera, não entendo como funciona. Mas fico contente que os resultados lhe agradem.

— Dói?

— Um pouco, acho. Mas quase nada. Como tirar um dente. Ou bater com a porta em um dedo. Sofrer um corte feio de papel. Na primeira vez em que fui decapitada, confesso, não foi o melhor dia da minha vida. Mas hoje já estou acostumada. Quantas vezes você já me decapitou? Um golpe e acabou, não preciso mais pensar na dor. Na verdade, quando volto a ser eu mesma, me sinto renovada, como se estivesse passado o dia em um spa.

— Interessante — disse o milionário. — Você acha que os mesmos efeitos restaurativos valeriam para outra pessoa?

— Imagino que doa, não importando quem esteja sob a lâmina — respondeu a esposa.

— Você não entendeu — disse o homem rico o mais pacientemente que pôde. — Quis dizer que, se outro alguém tivesse a cabeça cortada por aquela lâmina, também renasceria, renovado?

— Acho que sim! — exclamou ela, parecendo impressionada com a ideia.

— Imagine as possibilidades — disse o homem rico. — Médicos e remédios não seriam mais necessários. Uma cura para a gripe!

— Que cabeça você tem para os negócios, querido. Embora eu ache que muitos não considerariam esse procedimento como ortodoxo.

— Eu me pergunto, no entanto — continuou o homem rico. — Se cortássemos a minha cabeça, eu ficaria mais jovem?

— Sim — disse a esposa. — Mas gosto de você como é agora.

— Mas acho que gostaria mais ainda se nossa diferença de idade fosse menor — insistiu o milionário.

Quanto mais debatiam, mais ele superava a compreensível relutância da esposa. No fim, decidiram que naquela mesma noite dispensariam todos os empregados e a esposa do homem rico cortaria a cabeça dele.

A moça levou a espada até a varanda depois do jantar, e o milionário juntou-se a ela lá.

— Não sei como me sinto quanto a isso — disse ela.

O homem ajoelhou-se devagar.

— Quem nunca quis cortar a cabeça do cônjuge em algum momento da vida de casado? — perguntou ele. — Apenas lembre-se de que, não importa quantas vezes eu tenha cortado a sua, o que sinto por você nunca mudou. Quantos corpos você já habitou? Conheci e amei você em todos eles.

A esposa ajoelhou-se ao lado dele e beijou sua testa.

— Nesse caso… — disse ela, levantando-se e golpeando o pescoço do milionário com a espada. A cabeça dele voou e foi parar na banheira de hidromassagem.

Pela manhã, quando os empregados voltaram à casa do homem rico, encontraram o corpo do patrão na varanda. Levou mais tempo para encontrarem a cabeça, que havia sido um pouco cozida na água quente. A jovem esposa, a quem ele havia deixado todos os seus bens e que, aparentemente, o havia matado, desaparecera — o único ser vivo na propriedade era a gata branca encontrada acocorada ao lado da espada que havia decapitado o milionário. Lambera quase todo o sangue da lâmina. Houve algumas conversas sobre se deveriam sacrificá-la ou não, mas, quando os filhos voltaram para casa pela última vez para o funeral do pai, o mais novo retornou de avião para o Colorado com a gata branca em uma caixa sob seu assento. Ela viveu uma vida longa e feliz lá com o caçula, embora nunca mais tenha falado palavra alguma. Quando morreu, muitos anos depois, o rapaz a enterrou sob uma lápide simples e sem nome.

Príncipe Gorro no submundo

(Leste do Sol, oeste da Lua)

E quem, exatamente, é Príncipe Gorro? Gary, que vive com ele há mais de três décadas, ainda se faz essa pergunta às vezes. Antes de mais nada, que tipo de nome é esse?

— Injusto — é o que Príncipe Gorro responde. — Não fui eu quem escolheu. E Gary também é ridículo. Nem é uma palavra. Bom, existe "guéri-guéri".

Então, por um tempo, Príncipe Gorro refere-se a tudo que Gary faz como sendo "cheio de guéri-guéri". É irritante, então depois de um ou dois dias Gary vai e pesquisa o significado do próprio nome. Isso também se prova irritante, mas ele conta a Príncipe Gorro mesmo assim, pois isso o deixará feliz e Gary gosta de fazer o marido feliz, mesmo a suas custas.

— É um nome antigo. Vem dos normandos, significa "lança" e "rei".

Príncipe Gorro acha hilário.

— Príncipe Gorro — diz ele, apontando para si. — Prazer em conhecê-lo, Rei Lança.

Ele bate o dedo no nariz de Gary. Porque é claro que Príncipe Gorro faria esse tipo de coisa com um rei.

Príncipe Gorro, aos cinquenta e quatro anos, tem uma beleza juvenil, o que convém a seu nome. É lindo, na verdade. Indolente, divertido, meio fiel. Que fique registrado que houve um período, quando tinham vinte e tantos anos, talvez indo até os trinta e poucos, ou mais, talvez mais, no qual Príncipe Gorro desaparecia por uma noite. Duas. Às vezes Gary ia buscá-lo, encontrava-o na cama de algum homem. Alguma mulher.

— Quem é você? — a pessoa perguntava.

Príncipe Gorro sorria e dizia:

— Gary.

E voltava com ele para casa, como se estivesse esperando que ele aparecesse, como se não soubesse o caminho de volta sem Gary para guiá-lo. Talvez não soubesse mesmo. E saber que tinha esse poder era meio maravilhoso, mesmo quando estava irritado. Olhar para Príncipe Gorro, dar as costas e saber que ele o seguiria. Este era o poder de Príncipe Gorro: ir parar na cama de qualquer um. E este era o de Gary: atraí-lo para fora dela de novo.

Príncipe Gorro, agora mais velho, já não some tanto. Parece satisfeito com Gary, com a vida deles. Parece só comprar briga nas ocasiões nas quais Gary precisa muito de alguém com quem brigar. Mas o café? Tem manhãs em que toma preto, e na seguinte quer com leite e quilos de açúcar. Em algumas manhãs, nem toma café, apenas água quente com limão. Não tem um restaurante favorito, lê meio livro em transe estático e em seguida o larga para sempre, adora tanto o tempo quente quanto o frio, nunca para no mesmo emprego por mais de poucos anos. Já foi modelo de catálogo, *barman*, instrutor de tênis, passeador de cães, escrevente de um intelectual famoso (não, Gary não lhe dirá o nome) que, ao que parece, só queria Príncipe Gorro por perto como enfeite para admirar. Bem, quem poderia culpá-lo? Gary ganha o suficiente para os dois, de qualquer forma, suficiente para pedir *omakase* no restaurante Blue Ribbon, atravessar a ponte de Uber e comer no Ugly Baby, em Carroll Gardens, pagar plano de saúde, viajar duas vezes ao ano para Reykjavík ou Dublin, para o Rio ou Hội An, qualquer que seja a praia questionável, povoado místico ou bairro restrito que desperte o interesse de Príncipe Gorro. Às vezes, quando viajam, Gary aprende algo novo sobre o passado do marido. Uma vez, em Praga, Príncipe Gorro menciona uma tia. Não, uma madrinha, diz ele. Mas ela gostava que a chamasse de tia. Teta Radomila. Preparava um *makový koláček* igual àquele que estavam bebendo. Em Reykjavík:

— Fui *barman* nesta rua durante um verão. Bem ali, na verdade. Quem diria, o lugar continua aberto! Tinham um problema monstruoso com ratos. Os maiores ratos que você já viu, embora eu já tenha visto maiores. Em alguns lugares, os ratos crescem tanto que ficam do tamanho de cães. Mas naquele verão, com os ratos, não havia o que fazer.

Quando Gary, porém, sugere tomar um *drink* lá, Príncipe Gorro diz:

— Ah, você não ia curtir o ambiente.

Algo em sua voz diz a Gary que é melhor não insistir. Eles costumavam ter brigas horríveis por tudo que Príncipe Gorro não dizia. No fim,

Gary cedia. Era como com os ratos. Não havia o que fazer. E agora estão felizes, viajam e sempre voltam para casa, no Upper West Side de Nova York.

Príncipe Gorro, no entanto, pensa que sabe muito sobre Gary. No começo do relacionamento, Gary achava que ele quase não prestava atenção, mas Príncipe Gorro, na verdade, está sempre atento. Ele é apenas dissimulado. Mesmo naquela época ele já juntava todas as pecinhas que Gary deixava cair. Lembra coisas sobre a infância de Gary, sobre os pais e ex-amantes dele, que o próprio, graças a Deus, já esqueceu. Todos os trejeitos, hábitos, cada pequeno prazer, Príncipe Gorro armazena. Todos os "guéri-guéris". O incômodo é suavizado por Gary saber que Príncipe Gorro, embora o conheça tão bem, ainda o ama, e muito.

Eles passam as datas comemorativas com amigos, às vezes com a família da irmã ou do irmão de Gary. (As crianças adoram Príncipe Gorro.) Nunca com a família do outro. Nunca com amigos que Príncipe Gorro tinha antes de Gary. Até onde Gary sabe, o marido não tem família. Ele gosta de dizer às pessoas que sua vida começou no momento em que seguiu Gary para fora de um restaurante, em uma cidade em que achou que só ficaria um final de semana. O que não costuma dizer é que visitava a cidade com a noiva. Gary nunca sugeriu que voltassem àquele restaurante, para o caso de ela ainda estar lá, esperando Príncipe Gorro voltar.

Em alguns domingos, Gary e Príncipe Gorro fazem um *brunch* na Folklore, cafeteria cujo nome extravagante não sugere a rapidez instintiva dos garçons nem o sabor previsível dos ovos beneditinos. Gary sempre os pede, e Príncipe Gorro escolhe o que tiver vontade. Nenhum dos dois engordou ainda. Gary suspeita que Príncipe Gorro nunca engordará, pois ainda é o homem mais belo que já viu. Gary, bem, Gary é o primeiro a admitir que nunca foi exatamente bonito, e no entanto, em seus vinte e poucos anos, costumava ter todos os homens que quisesse, não é? Só precisava pedir com os olhos e os homens o seguiam.

Na primeira vez em que Gary viu Príncipe Gorro, o *barman* havia acabado de lhe entregar um martíni de três dólares (sim, faz muito tempo!). Príncipe Gorro estava em uma mesa de frente para uma jovem (sua noiva) em quem Gary quase não prestou atenção. Estava focado no perfil de Príncipe Gorro. O homem com certeza deve ter sentido o calor de seu olhar. De fato, mais tarde ele confirmou que sentira.

Gary deixou sobre o balcão o *drink* intocado. Passou pela mesa de Príncipe Gorro, virando-se para trás uma vez no percurso, a fim de atrair para si o outro homem, como se prendesse nele o mais fino e forte dos fios. Partia de seus olhos, de seu corpo, de toda a sua vontade e enrolava-se no pulso, na cintura, no pênis de Príncipe Gorro. Ele chamou e o outro foi. Levantou-se da cadeira, abandonou sem dizer nada os croquetes de cordeiro e a companheira e seguiu Gary para fora do bar e para sua nova vida. Só no dia seguinte se importaram em saber o nome um do outro. E só uma semana depois Gary entendeu que a mulher com quem Príncipe Gorro estava jantando era sua noiva. Qual era o nome dela? Havia quanto tempo estavam noivos? Onde moravam? Essa outra vida, antes de Gary, era feliz? Satisfatória?

— Não vale a pena falar disso — disse Príncipe Gorro na época. — Não vejo motivo para se prender ao passado.

É incrível pensar que, por oito meses inteiros, Príncipe Gorro foi recepcionista de um analista renomado. As análises escorregam de Príncipe Gorro como água de um pato feito de matéria escura. Dos destroços de uma vida, Príncipe Gorro pulou na de Gary, e estão juntos desde então, mais ou menos fiéis, mais ou menos felizes, mais ou menos um conto de fadas, como dizem seus amigos. Como é bom ser invejado! Como é maravilhoso Príncipe Gorro ainda surpreender Gary, mas apenas de maneiras que não ameacem virar de ponta-cabeça aquela vida confortável!

Na noite anterior, voltando para casa de uma festa beneficente à qual Gary convenceu Príncipe Gorro a comparecer (essas coisas são sempre mais divertidas quando ele participa), passam por uma jovem de braço dado com um rapaz. Claramente turistas, apaixonados um pelo outro e, graças a isso, por todo mundo também. Sorriem para Príncipe Gorro e Gary, e o último não consegue evitar. Pergunta ao marido:

— Você pensa nela? Na sua noiva? Em como teria sido aquela vida?

— Não — responde Príncipe Gorro. — E prefiro não pensar nisso agora também, obrigado. O que prefere? *Brunch* amanhã na Folklore ou em algum lugar novo?

— Em algum lugar novo — responde Gary, pensando no que agradaria mais ao marido.

Príncipe Gorro, no entanto, sabe o que o outro está pensando.

— Na Folklore então — diz ele. — Uma refeição calma, sem conversas sobre o passado, apenas sobre o presente.

Demoram-se, então, em sua refeição na Folklore, com Príncipe Gorro descrevendo os colegas do emprego em que começou a trabalhar, um spa chamado Occult onde massoterapeutas oferecem pedras quentes, shiatsu, massagem de tecido profundo e, por uma taxa extra, exorcismo de quaisquer espíritos maléficos que causem dor e rigidez. São treinados para romper maldições, reverter a má sorte e afastar o demônio. Príncipe Gorro foi contratado como gerente. Gary não sabe se Príncipe Gorro de fato acredita no que o Occult oferece. Sempre foi evasivo em termos de religião, superstição e crenças.

Depois de um tempo, porém, Gary percebe que não consegue focar a atenção no que o marido está dizendo. Há uma jovem sentada sozinha perto da área dos funcionários. Há um prato de ovos mexidos e torrada à sua frente. Ela, porém, não come. Está olhando Príncipe Gorro. É comum as pessoas olharem Príncipe Gorro, mas essa mulher o observa com uma expressão tão profunda de satisfação e malícia que um sentimento se apossa de Gary. O sentimento é o seguinte: deve ir embora com Príncipe Gorro agora, de imediato, antes que a jovem faça o que quer que esteja prestes a fazer.

— Vamos para casa — diz ele. — Levamos a comida pra viagem. Podemos comer o resto na cama, vendo Netflix. O que você quiser.

Sugere isso mesmo não sabendo se o marido escolheria um filme de *slasher* adolescente ou algum documentário ucraniano sem dublagem sobre cogumelos.

— Se é o que você quer... — concorda Príncipe Gorro, atipicamente surpreso com o outro.

Antes, porém, que Gary consiga chamar o garçom, chega a moça.

— Príncipe Gorro — diz ela. — Há quanto tempo.

Gary não se lembra da aparência da noiva de Príncipe Gorro. Era bonita? Estilosa? Loira ou morena? Não era ruiva, teria se lembrado disso, mas essa mulher também não é. Queria que fosse. É jovem demais para ser a garota que seu marido abandonou à mesa há três décadas; porém, de alguma forma, Gary sabe que a mesma moça está ali agora, em frente a eles.

— Agnes — diz Príncipe Gorro.

Agnes está com o cabelo preso em uma trança apertada; tem o nariz arrebitado. É esbelta e veste jeans de cintura alta que não a favorecem nem estão fora de moda. A camiseta, de um rosa infantil, está bem amassada. As sandálias são espadrilles, e há um band-aid no calcanhar. Seu perfume é esfumaçado, mas agradável. Combina com ela, de algum modo. Fora o perfume, ela poderia ser qualquer turista que subestima o quanto é necessário andar em Nova York. Como está aqui? Esteve aqui todo esse tempo? Buscando Príncipe Gorro?

— Sou Gary — diz Gary.

— Gary. Muito bom sermos finalmente apresentados — comenta Agnes. — Posso me sentar?

— Por favor — diz Príncipe Gorro. Gary acha difícil saber em que ele está pensando, mas é sempre assim.

Agnes se senta. Agora está entre eles.

— Você deve estar se perguntando quem sou eu — diz ela a Gary.

— Não — responde ele. — Acho que não estou pensando nisso.

Ela sorri animada ao ouvir essa resposta. Como é jovem! Seus dentes são pequenos, brancos e retos, e Gary imaginaria que ela tirou recentemente o aparelho.

— Bem, nesse caso, você se importa se eu pegar Príncipe Gorro emprestado um pouquinho? Um passeio rápido, tipo pelo quarteirão e pelas vias da memória? Adoraria passar um tempo conhecendo você, mas só tenho cerca de uma hora na cidade. Depois volto para casa.

— E sua casa fica...? — indaga Gary.

— Onde mora o coração! — responde Agnes. — Você com certeza sabe tudo sobre Príncipe Gorro e o terrível, terrível destino do qual o salvou tanto tempo atrás.

— Claro — disse Gary. Vê que Agnes sabe que ele está mentindo, mas continua. — É só que eu não sabia... nós não sabemos onde é sua casa agora.

Príncipe Gorro está se levantando.

— Estou pronto — diz ele a Agnes. — Se for necessário, é necessário.

Gary começa a se levantar também, mas o marido põe a mão em seu ombro.

— Fique aqui. Termine os ovos antes que esfriem. Peça para embalarem minhas panquecas. Vou comer depois.

Ele se inclina e beija a testa de Gary. Então Príncipe Gorro e a ex-noiva partem da Folklore. Gary os vê virando a esquina. Tudo o que quer é correr atrás deles, atrás do marido, como se fosse uma criança ou um cachorro. Permanência do objeto! Mas ele é um homem adulto, de cinquenta e sete anos, e há muito parou de tentar arrancar os segredos de Príncipe Gorro. Ostras são felizes, gatos nunca estão satisfeitos, casamentos têm como base a confiança. Príncipe Gorro sempre volta para casa. Só que desta vez, não volta. Gary espera uma hora na Folklore. Nem manda mensagem para Príncipe Gorro. Talvez já saiba que não adianta. Príncipe Gorro não retorna à Folklore e não responde quando Gary finalmente manda uma mensagem, manda outra e depois liga. Liga de novo e, em desespero, deixa um recado na caixa postal.

Quando Gary chega em casa, panquecas úmidas na caixinha esperançosa, o marido também não está lá. Mas o cheiro de perfume esfumaçado está no ar, e a menor mala de Príncipe Gorro sumiu, assim como o terno cinzento da Barneys, comprado logo antes de a loja fechar as portas, um presente extravagante de Gary para o marido no Natal passado. Durante as quatro semanas seguintes, as panquecas se tornam mármore na geladeira, enquanto Gary fica cada vez mais fora de si. Príncipe Gorro sumiu da face da terra.

E o que Gary deve fazer agora? Envelhecer e morrer sozinho? Sem Príncipe Gorro? Ele não atende o celular. Não é possível rastrear os dados do aparelho. Ele não fez retiradas da conta conjunta, não usou o cartão de crédito. Há muito tempo, quando eram jovens, Gary sempre conseguia encontrar Príncipe Gorro, mas naquela época ele sabia que devia ficar de olho no outro em festas, observar com quem ele saía. Fazia perguntas até conseguir nomes, buscava endereços em listas telefônicas (você se lembra delas? Não,

não lembra, tudo bem), saía andando atrás dele. O que poderia fazer com o nome "Agnes"? Se Príncipe Gorro voltou para casa com ela, onde fica esse lugar? Por que não havia ao menos tirado uma foto com o celular? Os amigos simpatizam com a situação, estão preocupados, mas não podem ajudar. Príncipe Gorro nunca lhes disse nada sobre o passado. E Gary é incapaz de fazê-los entender o quanto tudo isso é estranho, a juventude sobrenatural daquela noiva, o olhar de triunfo que ela lhe lançou antes de partir.

Ele comunica o sumiço à polícia, publica em fóruns de pessoas desaparecidas, mas às vezes isso acontece, dizem a ele. Um cônjuge vai embora. O outro é abandonado. Talvez Príncipe Gorro retorne. Gary acha que não. Um homem mais esperto aceitaria, mas, embora já tenha idade suficiente agora para aceitar coisas que não conseguiria no passado, ele é incapaz de aceitar que Príncipe Gorro tenha partido para sempre. Consulta uma vidente, que não consegue lhe dizer nada, apenas que o marido está escondido de pessoas como ela. Em vez disso, vende a ele um bombom disforme e reembrulhado na embalagem original. Ela afirma ter feito algo com ele para que revele informações ocultas e cobra cinquenta dólares pelo produto. O gosto é de chocolate barato.

Na noite seguinte, ele janta perto da livraria Strand com amigos que com certeza em breve cansarão de se oferecer para ouvir, para consolar. Na volta ao metrô, ele caminha pela margem do Union Square Park e, parando para checar suas notificações caso Príncipe Gorro tenha ligado ou mandado mensagem, ouve duas vozes sussurrando no escuro.

— Olha esse velho tolo. Sofrendo por alguém como Príncipe Gorro — diz uma.

— Você faria o mesmo se Príncipe Gorro já tivesse prestado atenção em você — diz a outra.

Gary olha em volta para ver quem está falando. O parque está vazio a não ser pelos ratos que o habitam à noite, e de fato são dois ratos que conversam sob as cerejeiras, agora vazias e escuras.

— Eu não sofreria — diz o primeiro rato. — Sou um rato proativo. Iria procurá-lo.

— Você? Você é um rato bem burro e não saberia onde olhar primeiro — diz o segundo.

— Já roí as páginas dos melhores livros de detetive — argumenta o primeiro rato. — Arthur Conan Doyle, Sue Grafton, Kinky Friedman. Faria o que eles sugerem e começaria minha investigação pelo que sei do passado dele.

— Eu, por outro lado, sugeriria que você vá para o Inferno — disse o segundo rato. — Daria no mesmo.

O primeiro rato xinga o segundo e corre para longe. Gary volta para casa. Pela manhã, decide que fará o que sempre fez. Os ratos podem ter sido um sonho, o resultado de vinho em excesso ou do que quer que a vidente tenha colocado naquele chocolate. Não importa, certo? Gary encontrará Príncipe Gorro e o trará para casa. Se ele não quiser voltar, ao menos será possível perguntar por que partiu.

Gary sabe pouquíssimo sobre a vida anterior de Príncipe Gorro. Há a madrinha e seus doces, como os que ele e o marido comeram em Praga. Mas onde quer que Príncipe Gorro morasse quando a conheceu, com certeza não foi em Praga. Não teria dito algo, se fosse o caso? Mencionado outras lembranças? Tudo que ele sabe sobre o marido é assim. Pequenos detritos, nada que indique um local de origem em particular, exceto um bar numa rua de Reykjavík. Gary não se lembra do nome da rua, mas com certeza conseguiria encontrá-la se tentasse. Foram lá faz apenas alguns anos. Cinco, no máximo. Decerto o bar ainda está lá. Ele pede uma licença não remunerada no trabalho. Um amigo de Nova Jersey ficará no apartamento, receberá a correspondência e ligará caso Príncipe Gorro volte. E lá se vai Gary para Reykjavík.

Quando foi com Príncipe Gorro anos atrás, era verão. A luz, protetora e carinhosa, lavava tudo e todos, espiava pelas frestas das cortinas do quarto de hotel. Ela pressionava os olhos, lambia com calor a pele e o golpeava como uma onda quando ele tentava dormir. Ele e Príncipe Gorro iam a clubes, dançavam, bebiam, voltavam às três da manhã e encontravam a luz, preguiçosa, ainda à espera. Agora é inverno, e o frio predomina, crepitante, sussurrando nos ouvidos, nas narinas, nos ossos e no coração. Agora, como Príncipe Gorro, o sol é dissimulado, foge assim que é avistado, fica escondido como se quisesse permanecer oculto para sempre. No verão todos usavam roupas coloridas. Agora a cidade inteira parecia vestida de preto ou cinza, como se estivesse de luto, os rostos soturnos. Como reconhecer essas ruas quando toda a luz se extinguiu, quando não tinha Príncipe Gorro a seu lado? Gary só esteve lá uma vez. Visitaram o museu de arte Einar Jónsson quando passaram pelo bar? Ou ele ficava perto de Kolaportið, onde Príncipe Gorro precisou ser convencido a não comprar uma escrivaninha antiga, com uma gaveta trancada e sem a chave? Ai, Príncipe Gorro. Gary revisita os lugares dos quais se lembra, caminha por todas as ruas pelas quais podem ter perambulado. Por fim, no terceiro dia (se é possível existir dia na ausência de luz), ele encontra a rua, a dois quarteirões do Museu Falológico Islandês. O bar no qual Príncipe Gorro trabalhou se chama Norðanvindurinn. Não é do nome que ele se lembra, quem se lembraria de um nome desses? O que ele se lembra é das letras todas em luz vermelha, exceto duas, o primeiro *r* e o último *i*; essas estão apagadas. Lá dentro, umas mesas caindo aos pedaços, dois velhos bêbados apoiados à direita do balcão. O *barman* parece ter idade próxima à de Gary, e ele se permite ter esperança de que a viagem não foi uma grande besteira.

O *barman* é um homem magro de pulôver, estranhamente volumoso no meio.

— *Gott kvöld* — diz Gary, esfregando as mãos para aquecê-las, e o *barman* inclina a cabeça de maneira solene.

O islandês de Gary é limitado, e sua situação, complicada. Ele continua:

— Você fala minha língua? — O *barman* nega com a cabeça. — Ah, bem...

Incomum, mas ele tem um aplicativo no celular para ajudar. Ele digita: "Busco um homem chamado Príncipe Gorro. Ele trabalhou aqui nos anos 1980." O aplicativo traduz suas frases, que maravilha, que mágico, e Gary passa o celular pela bancada.

O homem olha para baixo. Digita algo e devolve o celular a Gary.

Está escrito: "Beba. Depois falamos." É justo.

— *Gin og tonic* — diz Gary, em islandês. Bebe três antes de o *barman* dizer sequer uma palavra. Na terceira gim tônica, está bêbado como não fica há anos; o *barman* é generoso com o gim, e ele sabe que está bêbado porque a pele do homem à sua frente parece se mexer sob o casaco pesado, de forma enjoativa, lenta, constante.

O *barman* gesticula em direção ao celular de Gary. "Eu o conheci há muito tempo", ele escreveu. "Esquisito, mas boa companhia."

— Sim! — grita Gary. — Meu Príncipe Gorro é exatamente assim!

"Príncipe Gorro e eu somos casados", ele digita. "Nós nos amamos. Mas encontramos uma mulher, alguém do passado dele, há umas semanas, e ele foi a algum lugar com ela."

Ele pensa em como descrever Agnes. "Eu a encontrei uma vez antes. Ela não parece ter envelhecido um dia sequer! Uma jovem insinuante chamada Agnes, com rosto agradável e cabelo trançado. Do tipo que não chama a atenção. Mas eles se conheciam no passado e talvez você também a conheça. Não conheço o suficiente sobre a antiga vida de Príncipe Gorro para saber como ou onde encontrá-lo. Mas preciso conseguir. Ele nunca me deixaria por vontade própria. Éramos felizes."

O homem lê isso; olha para Gary, pensativo. O volume em sua cintura se move devagar, de um lado pro outro. Talvez ele esteja pensando na coisa errada, se alguém pode mesmo saber de verdade se seu relacionamento é feliz. Talvez esteja tentando se lembrar do que sabe sobre Príncipe Gorro, tentando se lembrar de uma jovem de trança.

Um dos bêbados no bar chama o *barman* e ele vai atendê-lo. Ao voltar, digita no celular e o entrega de volta.

— Fada? — pergunta Gary. — Ah, que ótimo. Você é homofóbico.

— Huldufólk — diz o *barman*.

Gary procura isso na internet.

— Ok, tá bom, não é homofóbico. Mas, fala sério, fadas roubaram meu marido?

Ele digita: "Fadas não roubaram meu marido. Por favor, não brinque."

E isto foi o que o homem escreveu de volta: "Príncipe Gorro cresceu entre os huldufólk. Frequentou a Escola Sombria. Estava prometido ao Inferno. Mas, primeiro, veio morar no mundo, pois estava curioso para ver como eram as coisas nos reinos superiores. Queria beber e trepar, ver a noite virar dia e o dia virar noite. Foi o que ele me disse uma vez. Talvez tenha satisfeito a curiosidade e voltado para casa."

O que o *barman* diz não pode ser verdade, porém uma parte de Gary sente que parte daquilo *é* verdade. Ele está bêbado e pode perceber verdades inadmissíveis aos sóbrios.

— Tá — diz ele. — Príncipe Gorro foi para o Inferno. Então eu vou também.

Teve então de repetir isso por escrito, adicionando: "Ele mencionou, naquela época, que caminho usou para chegar aqui?"

O homem ri, dá de ombros, diz algo. Então digita: "Todos vamos para o Inferno, cedo ou tarde, mas o caminho não é revelado enquanto se está neste mundo. Talvez você descubra mais na Escola Sombria."

— Ótimo — diz Gary.

Ele digita: "Como encontro a Escola Sombria?"

O *barman* dá de ombros outra vez. Digita: "Não sei o caminho. Mas esta aqui sabe."

Ele põe a mão para dentro do casaco enquanto Gary lê, e por um momento de insanidade Gary acha que o homem vai arrancar o próprio coração e oferecê-lo, molhado e sangrento. Em vez disso, quando a mão reaparece, algo verde está enrolado nela, da grossura de um punho.

— Que porra é essa? — pergunta Gary, mas o *barman* apenas sorri, com seus dentes cinzas e tortos, e continua puxando, curva a curva, a serpente que estava aparentemente enrolada em sua cintura esse tempo todo. Mede pelo menos um metro e vinte.

— *Hún veit* — diz o homem. Tenta passar a cobra para Gary, e quando este recusa, põe o animal sobre a bancada. — *Hún heitir* Brennivín — diz ele.

Pegando o telefone, digita: "Brennivín, ela encontrará a Escola Sombria para você."

Antes de sair de Norðanvindurinn, Gary vai ao banheiro. Sabe de duas coisas: a primeira é que, assim que estiver lá fora, se sentirá duas vezes mais bêbado do que agora. A segunda é que, se não mijar agora, se arrependerá uns três quarteirões depois. Uma outra coisa que sabe: aceitará a oferta do *barman* e verá se a cobra chamada Brennivín o levará aonde precisa ir. Ele, porém, se demora entre os mictórios, lendo na penumbra os rabiscos velhos na parede. Rastros para aquele que busca: números, pintos, lamentações, poesia ruim, exortações em idiomas que não conhece, nomes. Nenhum com caligrafia conhecida. Nenhum dos nomes é Príncipe Gorro. Ai, para onde ele foi?

A pele de Brennivín é mais quente do que Gary esperava, com textura agradável. Também não esperava isso. Talvez fosse apenas porque, na ausência de Príncipe Gorro, sentia falta do toque de outro ser. O *barman* indica que Gary deve desabotoar a camisa e pôr a cobra por dentro, e ele faz isso. Brennivín se enrola em seu torso, bem aconchegada, deixando a cabeça protuberar — como o cabo de uma faca! — de seu peito, e Gary fecha outra vez a camisa, deixando dois botões abertos. Ele veste o casaco e não o fecha.

Digita no celular: "Como ela me mostrará o caminho?"

O homem olha e gesticula como se isso não importasse.

Gary digita: "O que devo fazer com ela depois que souber o caminho?"

O *barman* pega o celular, digita e o devolve. Escreveu: "Não se preocupe. Brennivín cuida de Brennivín."

Lá fora, a escuridão vinha esperando todo esse tempo, e o frio enfia seus dentinhos em Gary. Que caminho deve seguir? Mas assim que pensa isso, sente a cabeça de Brennivín virar para a direita, então segue pela rua na direção em que a serpente deseja que vá. Ele vira quando ela assim deseja e segue reto até que ela indique que deve virar outra vez. Passam por ruas nas quais há restaurantes, lojas e bares, por ruas que cruzam outras; avistam casas pintadas de cores que seriam alegres durante o dia, mas que agora são apenas melancólicas, obras onde em breve estarão mais casas, pequenos aviões voando no céu. Ele está perto do aeroporto doméstico. Amontoados de neve velha lançam sombras longas e não familiares pelo caminho que Gary deve seguir. Já no fim da meia-idade, é inesperado se encontrar dentro de um conto de fadas, mas, contanto que o resultado seja reencontrar Príncipe Gorro, Gary suportará a peculiaridade sem reclamar muito.

Ele pega o celular para ver se o marido deixou alguma mensagem. É um hábito; talvez a esperança também seja puro hábito, algo que Gary deve largar, mas não por enquanto. Ponha a mão no fogo. Sinta-a queimar. O que Príncipe Gorro faria se visse Gary com a mão naquele fogo? Ele a afastaria, dizendo "Que merda você está fazendo?". Ou talvez riria, dizendo "Você nunca muda, Gary. Pobrezinho".

Gary checa o aplicativo de mapas, o que vinha intentando fazer, para ver aonde Brennivín o leva. Estão perto de Öskjuhlíð, onde fica o museu Perlan. Ele e Príncipe Gorro o visitaram, almoçaram no restaurante. Mas com certeza o lugar deve estar fechado agora, sim, está fechado, e nem ele, nem Príncipe Gorro gostaram do almoço o suficiente para querer voltar.

— Tenha cuidado para não gastar a bateria. Pode se arrepender mais tarde.

Quem havia falado? Gary ergue o olhar, mas não há ninguém na rua além dele e de Brennivín. É a cobra em sua cintura que está falando.

— Você fala também?

— Se precisa fazer perguntas, que ao menos não sejam inúteis — diz Brennivín. Ela indica que devem virar à direita, sair da rua e seguir um caminho entre dois rochedos, no qual a neve se acumulou por muitos metros. Não há postes de luz ali, apenas a iluminação do luar, que dá ao caminho à frente um aspecto azulado e gélido, como comida que se deve evitar.

A passagem está coberta de gelo e neve, e Gary segue com cuidado. Seria ruim cair em cima de sua guia. Ela talvez o mordesse. Estão agora entre esqueletos de árvores e a trilha se torna mais íngreme. Em silêncio, ele formula e descarta muitas perguntas até, finalmente, dizer:

— Você conhece meu marido, Príncipe Gorro?

— Já conheci outros como ele — diz Brennivín. Não aprofunda o assunto, mas alguns momentos depois, uma imagem começa a se formar na mente de Gary, uma lembrança, e ele sabe que a serpente a colocou lá. Nessa lembrança, ele e Príncipe Gorro estão em uma festa lotada em um apartamento. Príncipe Gorro está sentado de pernas cruzadas em uma mesinha de centro, com uma tigela cheia de biscoitos da sorte no colo. Gary está de frente para ele, apoiado em uma parede, segurando uma garrafa de Moscato. São mais jovens do que agora, não têm nem 30 anos. Estão bêbados, felizes, os rostos avermelhados pelo vinho e pelo calor do apartamento.

Sempre foram tão felizes! Ele se põe ao lado de Príncipe Gorro, encarando a si mesmo, sentindo aquela mistura de carinho, inveja e vergonha que sempre sentimos ao relembrar nosso eu mais jovem. Príncipe Gorro tira biscoitos da tigela e os lança em direção aos convidados da festa.

— Aqui vai a sua sorte! — grita ele. — Descubra seu futuro, se tiver coragem.

E agora Gary se lembra dessa festa. É véspera de ano novo, estão chegando à virada do milênio; ele não lembra qual foi sua sorte, mas a de Príncipe Gorro, sim. Era a seguinte: "Seu amor criará um paraíso". E não foi exatamente assim? Mas Príncipe Gorro está quebrando o biscoito, e isso é o que Gary consegue ler: "Não arrisque a segurança pela esperança de amor verdadeiro, que não existe neste lugar."

— O que está escrito? — pergunta o outro Gary.

— O quê? — pergunta Príncipe Gorro, fingindo não ter escutado devido aos sons da festa, das pessoas, da música.

O Gary mais novo pergunta outra vez, mais alto. Príncipe Gorro segura o papel e diz, sorrindo:

— "Seu amor criará um paraíso"! — Enfia então a tira de papel na boca e a engole. — Agora vai se realizar! — Como se estivesse fazendo uma mágica em vez de escondendo uma mentira.

— Isso é verdade? — perguntou Gary. — Era aquilo mesmo que estava escrito?

A serpente não diz nada, apenas indica que agora devem sair da trilha e ir para o meio das árvores. Cada passo de Gary perfura a camada superior da neve, então suas botas afundam 30, 60 centímetros, às vezes mais. O chão está desnivelado, a noite, fria, e ele está deixando uma cobra guiá-lo por um lugar desconhecido. Existe algo que não suportaria por Príncipe Gorro? E ali, logo à frente deles, há uma rachadura em uma pedra, tão estreita que Gary pensa que não conseguirá passar por ela. Mas é para lá que a serpente indica que deve seguir.

Gary atravessa a escuridão. Ativa a tela do celular, para que haja um pouco de luz, apoia uma mão na parede de pedra, avança devagar. Talvez esteja em um túnel de lava, como Raufarhólshellir, que ele e Príncipe Gorro visitaram, usando chapéus de plástico grosso com luzinhas. Voltaram mais tarde naquela noite para um concerto; só havia cinquenta ingressos disponíveis, mas de alguma forma Príncipe Gorro conseguiu dois. Gary havia gostado da música? Lembra-se apenas do marido agora. Aqui quase não há espaço suficiente para ficar de pé e, ao avançar, ele precisa encolher os ombros, encostar o queixo no peito: o teto da passagem fica cada vez mais baixo. Príncipe Gorro é mais magro, verdade, mas também é mais alto. Gary tenta imaginar o marido nessa passagem, agachado e rastejando para a frente. Com certeza ele foi por algum outro caminho.

Gary tem a impressão de caminhar ao menos um quilômetro e meio, talvez mais, com o peso frio de Brennivín apertando suas costelas, sua coluna. A passagem finalmente se alarga, embora permaneça baixa, e então termina, e aqui no fim há uma pequena porta com uma maçaneta que gira e abre para um espaço alto o suficiente para Gary ficar de pé outra vez. Ele não sabe dizer até onde vai o teto sobre sua cabeça. Há apenas escuridão. Ele dá alguns passos, apoiando-se na parede à direita da porta. Sob seus dedos sente marcas na superfície e, ao iluminá-la, vê que há palavras esculpidas na pedra. Nomes e mais nomes, gravados aonde quer que ele olhe. Sob seus dedos, Guðrún Guðmundsdóttir. Ingólfur Smárason. Heiður. Este está esculpido bem fundo.

— Trouxe você aonde queria vir — diz Brennivín. — Esta é a Escola Sombria. — Ela se solta de Gary, deslizando para o chão da caverna.

— Espere — diz o homem. — Vai me deixar aqui?

Com certeza Príncipe Gorro não está nesse lugar, e Gary não quer ficar sozinho em um local chamado Escola Sombria.

Mas Brennivín já está além do feixe de luz do celular. Mantendo a mão na parede, Gary se vira para trás para conferir onde está a porta por onde entraram. Deixará as luvas aqui para marcar onde começa a passagem que o levará de volta para fora. Mas não consegue achar a porta. Está sozinho no escuro, apenas com a luz do celular.

Não adianta entrar em pânico. Primeiro, Gary faz o que planejou. Põe as luvas no chão da caverna e então checa o celular. É claro que não há sinal aqui, mas a bateria ainda tem mais da metade da carga. Com uma das mãos na parede, ele avança devagar para descobrir aonde a porta foi parar. A cada meia dúzia de passos, ele para e lê os nomes próximos à cabeça, como se servissem de guia. Gary acha que a parede faz uma curva quase imperceptível. Deve estar em algum tipo de espaço circular gigantesco. Talvez seja um lugar no qual aventureiros se reúnem para *raves*, orgias ou rituais misteriosos. Não há, porém, lixo, latas de cerveja ou camisinhas usadas, nada além da escuridão e dos nomes sob os dedos de Gary, os formandos da Escola Sombria. Há também uma sensação que parece emanar do centro do espaço, uma sensação de poder em repouso, algo estranho e magistral apenas esperando. Gary talvez abandone a busca por Príncipe Gorro, talvez se aproxime desse poder, aprenda coisas que lhe seriam úteis. Pode ele mesmo se tornar um grande poder, se for bom aluno e se entregar à Escola Sombria.

Gary, porém, continua contra a parede, avançando devagar, com cuidado. Não quer poder, seja deste ou de outro mundo; deseja apenas Príncipe Gorro. O tempo passa e Gary não encontra a porta, mas, depois de ainda mais tempo, ele percebe que não procura mais a porta. Busca o nome de Príncipe Gorro. Ele volta, no entanto, aos nomes que encontrou primeiro: Guðrún Guðmundsdóttir. Ingólfur Smárason. Heiður. E então, suas luvas, exatamente onde as deixou para marcar a porta. Mas não há porta, não há mais porta. Ele segue pela parede única da Escola Sombria outra vez, buscando o nome de Príncipe Gorro. Dá a segunda volta, depois a terceira, e na quarta ele encontra o nome que busca bem perto do chão. Lá está o nome de seu amado. A bateria do celular agora está baixa, então Gary desliga o aparelho e se senta no chão, com os dedos pressionando o nome de Príncipe Gorro. Não é justo que o marido o tenha deixado assim, sozinho no escuro, mas já houve outras noites nas quais Gary ficou sentado, desperto, no escuro, esperando Príncipe Gorro voltar para casa. Está acostumado com a escuridão.

Gary permanece sentado muito tempo, mas, por fim, precisa se levantar outra vez. As pernas estão formigando, os pés estão dormentes de frio e ele precisa encontrar algum lugar para mijar. Mas, ao ligar o celular para encontrar um espaço sem nome, vê que algo pálido e gorducho se contorce a seus pés.

Parece um tipo de larva: sem olhos, membros ou cor, maior que o dedão de Gary. Talvez o lugar esteja cheio delas ou, pior, talvez se sintam atraídas pela luz do celular ou a vibração dos passos sobre a pedra. É neste momento, claro, que a bateria acaba e ele volta à escuridão. O que o homem sente então, no entanto, não é desespero. Em vez disso, sente que a larva no chão da caverna é o que ele esperava. Ele deve pegá-la: é o que faz. Ao segurá-la, sabe seu nome. É Sæmundr, o Sábio, que veio ser o segundo guia de Gary, já que Brennivín foi a primeira. O homem entende que deve pôr Sæmundr na boca e carregá-lo dessa forma. Não é o que quer fazer, mas faz mesmo assim. Afinal, já não botou coisa pior na boca? Ah, não estamos falando do pênis de Príncipe Gorro! Este é uma gracinha, assim como todas as outras partes dele.

Sæmundr tem gosto de pedra velha, carne seca. Assim que toca o palato de Gary, começa a se mexer como se fosse a língua do homem e a falar com a voz dele. Estas são as palavras que Sæmundr diz:

— Não conheço aquele que você busca, mas talvez saiba para onde ele foi. Leve-me com você e o guiarei por mais um trecho do caminho.

O desespero era a única companhia de Gary nas últimas semanas. O desespero o faz aceitar conselhos de ratos, de uma cobra, o leva à escuridão sem fim, onde não há porta. Você pega uma coisa branca e estrebuchante e a põe na boca como se fosse uma hóstia sagrada, dando a ela sua voz na esperança de que diga o nome de seu amado, Príncipe Gorro, Príncipe Gorro, Príncipe Gorro.

Se pudesse falar, Gary diria a Sæmundr "leve-me onde for, contanto que Príncipe Gorro esteja lá".

Mas não é exatamente isso o que o Sábio promete.

— Ponha a mão contra a parede — diz Sæmundr. — Não tema a escuridão, mas proceda com cautela e lhe direi qual caminho deve seguir.

Os nomes dos muitos alunos da Escola Sombria passam sob os dedos e a palma de Gary. Quantos frequentaram, aprenderam as lições ali! Imagine o seu próprio nome, os nomes daqueles que você ama, imagine como a escuridão se infiltra nos talhos de cada letra até enchê-las, sujando as pontas dos dedos de Gary com manchas que nunca sairão, não importa o quanto esfregue. E aqui, na escuridão, ele encontra uma porta aberta que leva a um lance de escada.

— Sim — diz Sæmundr na boca do homem. — Este é o caminho.

Para Gary, cada degrau parece mais largo do que deveria ser, mais alto do que se fosse projetado para seres humanos. Para quem aquelas escadas haviam sido feitas? Ele podia sentir, no meio de cada pedra, a marca desgastada de uma pegada que não era humana. Precisa tatear à frente para encontrar a beira de cada degrau, testar a superfície do seguinte. Com cuidado, eles descem as escadas na escuridão, até chegarem ao fim, onde há outro lance de escada.

— Sim — diz Sæmundr. — Mais um pouco adiante. Ainda falta um pouco.

Eles descem e descem, até as panturrilhas de Gary doerem e ele ver *flashes* azuis no breu à medida que os olhos tentam encontrar o caminho. Contou 599 degraus, e no 600º ele se senta para descansar. Se continuar, sabe que acabará caindo.

— É ainda mais adiante — diz Sæmundr. — Só mais um pouco. Se precisa descansar, então descanse só um pouco, depois deve continuar. Lembre-se de sua noite de núpcias. Talvez isso o revigore.

Ah, Gary se lembra. Casou-se com Príncipe Gorro no cartório pela manhã, e em seguida eles dirigiram para noroeste até chegarem a Old Orchard Beach, no Maine, bem depois da meia-noite. Hospedaram-se em um chalé na praia, a chave estava sob o tapete de entrada, havia pétalas de rosa na cama. Príncipe Gorro adormecido nos braços de Gary, até este por fim também pegar no sono, e acordar algumas horas depois, sozinho. Ao sair para a varanda, lá estava Príncipe Gorro na orla, nu e com a água da maré vazante até os joelhos.

Mas o que ele vê agora, embora tudo seja escuridão à sua volta, é ele mesmo adormecido na cama. Ele agora é Príncipe Gorro, deixando seu novo marido, seu leito nupcial, o chalé da lua de mel, deixando abertas as portas de vidro que dão para a areia opalescente e úmida, coberta pela espuma da água que recede.

Há uma enorme criatura mais ao longe, uma massa negra de membros que se contorcem, bicos e olhos. Sobre uma de suas cabeças está Agnes, vestindo uma armadura cravejada de pérolas do tamanho de ovos de passarinho e uma coroa de ouro na cabeça. Ela pergunta:

— Já está pronto para vir para casa, Príncipe Gorro?

Ele não responde. A noiva, um trono e todos os reinos do submundo aguardam enquanto ele se diverte. Não era sua intenção se demorar tanto. Ele dá um passo, depois outro. Nem ele sabe por que continua nesta vida, por que pôs a aliança de Gary no dedo. Seres como Príncipe Gorro não se metem muito com o amor. São feitos para sentimentos mais estranhos, porém ele não vai com Agnes ainda. Caminha apenas mais um pouco para dentro do oceano e então a manda embora quando sente que Gary está acordando e em breve virá encontrá-lo e levá-lo para dentro, preparará um banho quente para aquecê-lo, depois o secará e o guiará de volta ao leito nupcial.

A lembrança termina e Gary volta a ser somente Gary, sentado sobre a pedra gasta em meio à escuridão, uma larva mágica falando em sua boca.

— Vamos seguir em frente — diz Sæmundr. — Há outros que usam estas escadas, e seria bom você estar longe antes que algum deles o encontre aqui.

Gary se levanta, os joelhos reclamando, e retoma a jornada para baixo. Dói, é claro que dói saber o quanto de si Príncipe Gorro manteve escondido, mas não é verdade que ele escolheu Gary todas as vezes? É isso que importa. Segue com Sæmundr pela escuridão até perder a conta dos degraus, até já não saber quanto desceu. De vez em quando tropeça; duas vezes perde o equilíbrio e cai, apoiando-se nas paredes íngremes da escada. Passam-se horas, um novo dia deve ter começado no mundo acima da Escola Sombria, embora, é claro, a escuridão invernal também prevaleça lá. Mas aquela não é esta escuridão. Quando as escadas finalmente terminam, Gary não entende direito. O breu adentrou seus olhos, sua boca, suas orelhas, seu nariz, de forma que tudo na mente é escuridão, apenas escuridão. Ele testa para ver onde está o fim do degrau, mas não o encontra. Começa a chorar, ou talvez já esteja chorando há um tempo. A sensação úmida no rosto é a língua da escuridão, lambendo e consumindo com carinho o que resta do mundo acima.

— Abra a boca — instrui Sæmundr. — Vou providenciar um pouco de luz para que siga adiante.

Gary abre a boca obedientemente, e Sæmundr agora brilha, emitindo luz que corre como urina pelo chão de pedra sobre o qual estão.

— Vá em frente — diz Sæmundr. — Só falta mais um pouco.

Gary continua caminhando. Que sentido faria desistir agora? A luz de Sæmundr se estende dois passos a sua frente, e em seguida mais, como se jorrasse da boca de Gary. Ele agora vê que atravessa uma grande câmara. O ar se move à sua volta em uma série de exalações, como se uma boca gigante respirasse no mesmo ritmo que ele. Há pegadas lamacentas, de pés humanos, ele acha, mas descalços, e são elas que está seguindo. As pegadas também brilham como se a luz de Sæmundr as polvilhasse. O ar está seco e frio, mas o caminho de Gary cruza outros rastros também, como os que uma serpente gigante deixaria, ainda úmidos quando ele se abaixa para tocá-los. Sua mandíbula dói de tanto ficar aberta, e nunca sentiu tanta sede na vida. Também sente fome. Imagina morder Sæmundr, devorá-lo, mas o gosto da larva é amargo. Em todas as vezes que Sæmundr falou, Gary sentiu esse amargor. Mas chegam então ao local ao qual o Sábio os queria levar. Sæmundr se move na boca de Gary, pula para fora, enrola-se formando uma bolinha rechonchuda e continua rolando à frente do homem.

Gary corre atrás de Sæmundr. A luz da larva aumenta à medida que avança, e agora há mais iluminação, roxa, verde e branca, feixes de luz brilhante no teto da caverna. O Sábio o trouxe à margem de um grande lago subterrâneo, com a superfície toda coberta por uma crosta de depósitos minerais, como escamas de um peixe, que crepita e desliza sobre a água, tão fina em alguns cantos que a luz que efervesce das profundezas do lago a atravessa, refletindo-se desordenadamente pela câmara com o ondear e salpicar da água sobre o cascalho na margem de pedra.

Há uma casa aqui, feita de xisto, e sobre o peitoril da janela aberta há uma vela acesa. Gary vê Sæmundr saltar pela janela para dentro da casa. O homem vai até a varanda bater à porta, mas antes de fazê-lo, uma voz fala em língua desconhecida.

Gary sente tanto alívio que tem vontade de chorar ao se virar e ver que quem fala é um homem. Um idoso, com cabelos selvagemente longos e embaraçados, assim como a barba. Veste um terno antiquado, gasto nos cotovelos e nos joelhos, mas está descalço. Brande um pincel na mão direita.

— Sinto muito — diz Gary. — Não sei o que disse. Procuro um homem chamado Príncipe Gorro. Você o conhece?

— "E quem vem sem convite à morada final de Gerhard Gotaas?" — pergunta Sæmundr, da janela. — Foi isso o que ele disse.

Ele então diz algo ao idoso, Gerhard Gotaas, que ri e responde à Sæmundr. O Sábio traduz novamente:

— Ele disse: "E quem não conhece Príncipe Gorro, aquele puto galinha?".

E como Gary poderia se ofender com isso, se o próprio Príncipe Gorro teria rido e concordado?

Gerhard Gotaas fala outra vez, e Sæmundr traduz:

— Ele disse que não se lembra da última vez em que Príncipe Gorro passou por aqui, mas que é um homem ocupado. Quando não se dedica a seu mais recente empreendimento, está dormindo, e, trabalhando ou dormindo, não presta atenção em quem passa, salvo quando o perturbam com perguntas idiotas.

— Sinto muito por ter interrompido o que quer que ele esteja fazendo aqui embaixo, de verdade — diz Gary. — Mas pergunte se ele sabe onde posso encontrar Príncipe Gorro.

— Perguntarei, se quiser, mas uma sugestão: talvez seja bom elogiar o trabalho dele antes.

É bem peculiar, pensa Gary, *levar uma lição de etiqueta de uma larva em uma caverna sem sol.* Mas Sæmundr não está errado, então ele vai ver o que Gerhard Gotaas está fazendo. O velho grita algo e o Sábio diz:

— Cuidado onde pisa, imbecil!

E Gary então vê que, por todo o chão da caverna onde está, pintados com traços finos e brilhantes, há pequenos rostos e monstros sorridentes, de olhos esbugalhados, com chifres e priápicos. Nenhum é igual a outro. Cada um é expressivo, e todos são tão vivos que parecem dançar sob as ondas de luz que o lago jorra. É um trabalho extraordinário, e Gary diz isso.

— Quase nem comecei ainda — Gerhard Gotaas retruca, repressivamente, pelo que Sæmundr traduz, mas o elogio faz efeito. — Aquele que você busca pode ou não estar no Inferno — continua ele —, mas é para lá que você deve ir. — O velho solta um grunhido estranho enquanto Sæmundr traduz, e Gary percebe que ele está rindo do que acaba de dizer. — Você me trouxe o que eu precisava, então peça e oferecerei uma guia voluntária. Ela prefere estar lá, de qualquer forma.

Sæmundr traduz isso também, e em seguida solta um grito horrível. Uma gata cinza pulou no parapeito a seu lado e agora o abocanha. Gerhard Gotaas afasta-se cuidadosamente de seus demônios sorridentes e dançantes e põe um balde de metal vazio em uma parte do chão sem pintura. A gata corre até lá e sacode Sæmundr entre seus dentes, fazendo com que seu sangue brilhante comece a gotejar dentro do balde de Gotaas.

Como Gary deve encarar tudo isso? E quem traduzirá para ele agora? Quando todo o sangue de Sæmundr escorre para o balde, a pele da larva parecendo uma camisinha usada no chão, Gerhard Gotaas agacha-se e acaricia a gata, falando carinhosamente com ela. Ele gesticula para Gary, então molha o pincel no balde e recomeça a pintar.

A gata cinza pisa delicadamente na superfície encrustada do lago, e então volta o olhar para Gary. É sarnenta, com olhos opacos. Ambas as orelhas estão rasgadas, e ela tem uma grande cicatriz preta de um lado do corpo, onde não cresce pelo. Gotas do sangue brilhante de Sæmundr ainda estão em seu bigode. Gary não entende nada. Nem a Escola Sombria, nem a longa e perigosa jornada pelas escadas escuras, nem o pintor e seu projeto, nem a larva ou por que ele deveria seguir esta gata infame. Não entende nada do que aconteceu desde que Príncipe Gorro saiu da Folklore. Mas não é necessário entender as coisas. Seguir em frente é o que basta. Ele dá um passo para dentro do lago e, como não afunda, dá outro.

A gata é mais leve que Gary. Ela não teme que a crosta de minerais não aguente seu peso. Já o homem testa cada passo que dá, tenta estimar onde a crosta está mais grossa. Quanto mais ele avança, mais a água transborda e flui por cima dos minerais, molhando suas botas confortáveis de turista. Lá no fundo, a luz resplandece, bem abaixo da superfície. Tudo brilha. Depois de uma hora de esforço, ele está bem longe da margem, talvez a quase um quilômetro de onde Gerhard Gotaas continua eternamente pintando sua galeria de demônios. A gata guia Gary pelo lago como se seguisse uma linha traçada com um transferidor. Talvez o Inferno os espere do outro lado, talvez Príncipe Gorro também esteja lá aguardando. Será possível?

A gata olha para trás, com desdém.

Ele grita:

— Vamos lá. Com certeza você também tem alguma história para me contar sobre Príncipe Gorro. Alguma revelação, algo que fui burro demais para notar.

Mas a gata não diz nada. Apenas balança o rabo e segue em frente. Ao chegar bem no meio do lago, ela para e espera Gary alcançá-la. A crosta é mais fina aqui, mas ainda grossa o suficiente para sustentar seu peso. As luzes sob os pés estão mais rápidas e brilhantes e formam padrões repetidos que Gary não consegue impedir a si mesmo de imaginar que são o nome Príncipe Gorro, Príncipe Gorro, Príncipe Gorro.

— Achei que estivesse me levando para o Inferno — diz ele —, mas não estamos lá, certo?

A gata continua olhando fixamente em sua direção; o homem, por fim, pisca, e neste momento ela entra em ação, saltando em direção ao ombro dele. Aquele peso somado ao seu é o suficiente: a crosta no centro do lago começa a estilhaçar e se rompe, fazendo Gary e a gata desabarem para dentro.

Gary se debate ao cair de cabeça, as garras da gata enterradas em seu ombro, puxando-o para baixo como um lastro. Primeiro parece estar submerso na água, mas esta água é mais fina do que deveria ser, de alguma forma, e ele não consegue voltar à superfície. Então não parece mais estar na água, e sim caindo de cabeça pela escuridão enquanto à sua volta pássaros voam para cima e para baixo, cada um carregando uma vela acesa no bico.

Eles caem por muito tempo, cada vez mais pássaros aparecem no ar até haver luz suficiente das velas para domar a escuridão. Então, de súbito, há um momento de vertigem e Gary está de pé sob uma árvore em uma calçada de bairro residencial que parece não acabar nunca. A gata relaxa sobre seu ombro. Embora seja inverno no mundo acima deles, aqui parece o fim de um longo dia de verão. O ar está veludoso, chamuscado, e a grama sob seus pés é arroxeada e escurecida, o topo de cada folha de relva parecendo esconder a face.

Quando Gary olha para cima, não há sol no céu, nem qualquer sinal do lago subterrâneo. Em vez disso, muito acima de sua cabeça no crepúsculo violeta, estão as linhas inquietas e incandescentes feitas pelos pássaros e suas velas. Não há pessoas na rua. Há carros em frente às casas, mas Gary não reconhece os modelos ou placas. As árvores também são estranhas de uma maneira que não sabe ao certo explicar. Ele estende a mão para tocar uma folha, e então se retrai. A folha, coberta de dentes felpudos e inclinados, arrancou uma gota de sangue. O tronco é semitranslúcido, e por baixo dele rios de fluido brilhante sobem.

A gata pula para a calçada.

— Aqui é o Inferno? — pergunta Gary, sugando a gota de sangue do dedo.

— Não soe tão decepcionado — responde a gata.

— Não estou decepcionado — diz Gary. Mas será verdade? Em seu coração, não estará um pouquinho decepcionado por se ver num bairro, por mais estranho e sanguinário que seja? Foi realmente aqui que Príncipe Gorro cresceu? — Só não é o que eu estava esperando.

— Vá fazer o que precisa para chegar ao desfecho com seu Príncipe Gorro — diz a gata. — Pode levar o tempo que quiser. Ficarei sentada aqui sob esta árvore esperando.

— Você vem aqui pra se sentar sob uma árvore? — pergunta Gary.

A gata vira a cabeça para observar dois ratos do tamanho de dobermans descerem a rua correndo.

Gary dá um passo para trás, mas os ratos continuam correndo e parecem não notar nem ele, nem a gata. Quando olha em volta, ele vê que há ratos tão grandes ou até maiores em muitos quintais ao redor, descansando, explorando moitas ou deixando montinhos de fezes. Quando olha para a gata, ela fita um dos roedores com uma expressão de anseio.

— Não é possível que você esteja querendo pegar um desses — diz Gary.

— Todos queremos aquilo que seria melhor não querer — responde ela. — Corremos atrás mesmo assim, não é?

O homem não tem como argumentar. Olha de um lado para outro na rua. Está em um bairro residencial: casas amplas de um andar só, outras em imitação do estilo Tudor e sinais de trânsito com símbolos que ele não sabe interpretar. Não reconhece a linguagem da placa mais próxima: sente-se um pouco enjoado quando tenta entender.

— Se tem alguma sugestão da direção que devo seguir para encontrar Príncipe Gorro, sou todo ouvidos — diz Gary.

— Pergunte a qualquer um que encontrar — responde a gata. — Todos aqui conhecem Príncipe Gorro.

— Então posso simplesmente bater a uma dessas portas?

— Bem — diz a gata —, isso eu não recomendo. Alguns aqui não são particularmente amigáveis. Mas acho que é noite de bingo no centro comunitário. É só subir a rua por cinco quarteirões, virar à direita e seguir por mais dois. Mas guarde bem o caminho de volta para cá.

— Maravilha — diz Gary. — Obrigado.

Ele tira a jaqueta e o suéter. O ombro da camisa está manchado de sangue onde a gata enfiou as garras, mas isso não dá pra consertar, e ao menos o tecido é preto. Ele deixa a jaqueta e o suéter sob a árvore com a gata e parte, seguindo a direção indicada. Não há carros nas ruas; parece que são só para os ratos correrem de cima a baixo. Os carros estacionados pelos quais passa, na verdade, estão cheios de pequenos globos gelatinosos do tamanho de uvas ou bolinhas de gude. Pequenas coisas se enrolam e se sacodem de um lado para o outro dentro dos globos enquanto ele os examina, cada vez mais agitadas, e então Gary se afasta antes que se animem ainda mais.

Ao chegar lá, ele vê que o centro comunitário é reconhecivelmente um prédio público, com tijolos quadrados e vidro, embora também tenha duas asas negras dobradas dos lados. Isso lhe confere um aspecto agourento e gótico, e o homem não deixa de sentir que esse detalhe transforma as várias janelas em olhos sem pálpebras, a porta dupla em uma boca aberta. No entanto, ele pensa em Príncipe Gorro (Príncipe Gorro!) e atravessa a porta, chegando a um saguão onde uma mulher bem comum (se você ignorar o tamanho dos dedos e dos dentes, quando sorri) arruma vários comes e bebes em uma mesa dobrável. Donuts, ponche vermelho, copinhos de café e pacotinhos de açúcar, uma tigela transbordando com larvas bem parecidas com Sæmundr, mas menores.

A mulher ergue os olhos, vê Gary e pergunta:

— Posso ajudá-lo, querido?

— Ah, espero que sim — responde ele. — Obrigado. Estou procurando Príncipe Gorro.

— Ah, Príncipe Gorro! — exclama ela. — Com certeza não o encontrará aqui, em meio ao povão. Não o Príncipe Gorro, querido. Ele deve estar se arrumando para o casamento com a Rainha do Inferno.

— Agnes. — conclui Gary.

— Ora, você deve ser mesmo um amigo íntimo, para chamá-la assim — diz a mulher. — Pegue um donut e um café, se quiser.

— Sou amigo do noivo, na verdade. Não sou daqui, estou visitando.

Ele escolhe o donut com mais cara de donut enquanto a mulher lhe serve um café, tão quente que queima sua língua ao dar um gole. O donut tem gosto de gordura, cinzas e açúcar. Mesmo assim, faz tanto tempo que não come ou bebe nada que tudo parece delicioso. E ele precisa muito recuperar as energias antes de reencontrar aquela vadia da Agnes. Pega outro donut.

— Eu me esqueci, quando é mesmo o casamento?

— No sábado — responde a mulher. — Em três dias. Mas, querido, você certamente recebeu um convite, se é tão amigo de Príncipe Gorro.

— Bem, você sabe como é o correio. Sem dúvida meu convite está lá em casa me esperando. Diga, qual é o jeito mais rápido de chegar onde Príncipe Gorro está?

— Ele está hospedado na casa da Rainha do Inferno. Porém, não posso lhe dar o endereço. Não fica em um lugar só, é grandioso demais para isso. E ela, é claro, tem muitos inimigos. Mas você encontrará o lugar, se ela quiser. Mas é melhor se refrescar no banheiro antes de ir procurar, querido. Tenho certeza de que há uma blusa que lhe sirva no achados e perdidos ali no canto. A que está usando fede a sangue humano, e isso, neste bairro, pode despertar a fome de alguns. Mas coma mais um donut. Três noites até o casamento, três donuts o sustentarão. Não coma mais nada enquanto estiver aqui.

— Obrigado — diz Gary. — Mas não entendo por que está sendo tão prestativa. Na verdade, também não entendo por que os outros me ajudaram.

— Não chame de ajuda, querido. Quando se faz um favor, ficam lhe devendo um favor. Você pagará suas dívidas um dia. Não precisa agradecer.

Ah, tudo aquilo estava além das capacidades de Gary. Mas isso não era verdade desde que conheceu Príncipe Gorro? Ele faz o que a mulher sugere. Deixa o centro comunitário se sentindo mais limpo, porém menos esperançoso. Príncipe Gorro se casará em três dias, em uma casa que só pode ser localizada se quiser que Gary a encontre. E por que Agnes ou a casa dela iriam querer que ele encontrasse o caminho e Príncipe Gorro, se o plano de

Gary é levar o marido embora outra vez? Mas talvez Príncipe Gorro prefira reinar no Inferno a voltar com ele ao pequeno apartamento em Nova York. Esse pensamento também é depressivo.

Gary caminha sem rumo pelo Inferno, evitando ratos, pensando que essas casas silenciosas, acocoradas sobre quintais arroxeados, são boas, mas deve haver um bairro mais luxuoso em algum lugar, se ele puder encontrá-lo. Com certeza a Rainha do Inferno deve morar em uma imensa mansão cafona feita de crânios e obsidiana, com pilares de açúcar e um fosso de sangue, milhares de asas que a levem aonde quiser. Mas, afinal, o lugar que procura revela-se uma casinha de um andar só igual a todas as outras pelas quais Gary passou em sua longa caminhada. O que o faz saber que este é o lugar que procurava é um peso indescritível, uma sensação de poder que emana dali. O revestimento vinílico é velho e cheio de bolor. As persianas decorativas precisam muito de uma pintura nova: o sangue já está velho, sabe-se lá quanto, e descasca. Mas não é possível confundir esta casa com outra: cada traço lhe diz que é ali que mora a Rainha do Inferno.

Ele perdeu a noção do tempo. É dia? Noite? Os pássaros ainda carregam suas velas no céu. Talvez aqui não haja noite ou dia, então como saber quando chegará o sábado? Talvez o casamento já tenha acontecido e Gary esteja agora em um novo e terrível dia pelo qual não sabe navegar. Mesmo assim, joga os ombros para trás, vai até a porta da frente e pressiona a campainha, que não toca, e sim grita estridentemente:

— Ele chegou, ele chegou, o velho tolo enfim está aqui!

Ah, devia doer ser chamado de velho tolo, mas Gary, em vez disso, se sente eufórico. Quando a porta se abre, lá está a própria Agnes, Rainha do Inferno. Com certeza Príncipe Gorro está por perto.

— Você — diz ela. Gary nunca teria imaginado que aquela mulher era rainha de nada, nem de uma associação de moradores. Faltava a ela a energia feroz da casa, ou talvez a mulher apenas a mantivesse mais reprimida.

— Vim falar com Príncipe Gorro — diz Gary.

— Bem audacioso da sua parte — comenta ela. — Tentar roubá-lo não uma, mas duas vezes.

Sua expressão agora é cínica. O cabelo está preso em um rabo de cavalo alto e ela veste um top de ginástica e calça legging. Um programa de TV está passando no aposento atrás da mulher. *Zumba?* Pensa ele. *Aqui é mesmo o Inferno.*

— Só quero ter certeza de que ele está feliz — diz Gary. — De que essa é a escolha dele. Se ele me disser que é isso que quer, irei embora.

— Ele está dormindo — diz Agnes. — Temo que, durante as horas frenéticas de sexo intenso que se seguiram à nossa reunião, eu o esgotei completamente. Não sei dizer quando ele estará apto para conversar.

Se o que ela queria era ferir Gary, conseguiu. Mas ele já havia lidado com outros amantes de Príncipe Gorro. A Rainha do Inferno não era especial.

— Não quero lhe dar trabalho — insiste ele —, mas não pretendo ir embora até ter a chance de falar com Príncipe Gorro.

Agnes coça a bunda. Fica na ponta dos pés em seus tênis e desce de novo algumas vezes.

— Você veio de longe — reconhece ela. — Então que tal fazermos assim? Pode ficar com ele pelas próximas três noites. Acorde-o se quiser, diga o que tem para dizer. Durante o dia, porém, ele é meu. Temos várias coisas a resolver para o casamento. A escolha do bolo, o jantar de ensaio, a despedida de solteiro, os rituais de sangue, tudo isso. Você terá três noites e, durante o dia, ficará pendurado no armário do quarto principal, fora do caminho. Se não conseguir convencê-lo a partir com você até sábado de manhã, acabou. Ele se casa comigo e você vai embora, nos deixa em paz, ele é meu e você volta para sua vidinha triste e solitária com todas as outras pessoas tristes e solitárias que não interessam a Príncipe Gorro. E então?

Gary pensa sobre aquilo. Claramente há um porém, uma pegadinha ali, e ele diz isso.

— Claro que tem uma pegadinha — admite Agnes. — É óbvio. Mas já que está hesitando, vamos aumentar a aposta. Vá embora agora se quiser. Não o impedirei. Fique e, se não conseguir convencer Príncipe Gorro a partir, no sábado você será meu, poderei fazer o que quiser com você. Entre. Mas tire os sapatos antes, por favor. Estão imundos. — Os tênis dela eram branquíssimos.

Assim convidado e avisado, Gary entra na casa da Rainha do Inferno, deixando as botas na varanda. O lugar é mal cuidado, hostil. O sofá e as poltronas estão cobertos por plástico e tudo cheira a incenso tentando, inadequadamente, cobrir o fedor do lixo que alguém precisa mesmo levar para fora.

— Segunda porta à esquerda, no fim do corredor. — Agnes mostra com a mão. — Dormirei aqui, no sofá. O banheiro é na suíte, mas se usar a escova de dentes no copo vermelho, esfolarei você e usarei a pele para fazer um par de luvas feias. E mais uma coisa: depois de entrar, feche a porta e a tranque para o caso de eu mudar de ideia e decidir arrancá-lo de lá para esfolá-lo logo. Não o aconselho a sair antes que a noite acabe. Durmo mal e tendo a ser violenta quando me acordam.

Gary atravessa o corredor e chega à porta atrás da qual Príncipe Gorro está dormindo. Príncipe Gorro! Seu coração salta como um peixe em uma frigideira ao abrir a porta. As cortinas estão fechadas e o quarto está escuro, sem pássaros ali, mas mesmo assim Gary consegue identificar a silhueta de seu amado sob as cobertas floridas e cheirando a sexo.

Gary tranca a porta. Senta-se na cama, que ondeia. Colchão de água? Quem ainda dorme nisso? Ele puxa o cobertor. Beija a bochecha com barba por fazer de Príncipe Gorro. Saboreia o hálito dele, azedo por estar dormindo.

— Acorde, idiota. Sou eu.

Mas Príncipe Gorro não se move, não acorda. E não importa o que Gary faça (ele faz tudo que você faria nessa situação, além de algumas outras coisas), o marido não acorda. E Gary está tão, tão cansado. Por fim ele se deita ao lado de Príncipe Gorro, conta todas as suas aventuras e, depois disso, adormece, sonhando com pássaros voando sem descanso, levando velas nos bicos.

Quando Gary volta a acordar, cedo demais, já é manhã e Príncipe Gorro está acordando. Antes de poder dizer qualquer coisa a ele, a Rainha do Inferno entra no quarto, sem ser impedida pela tranca, ao que parece. Ela abre as cortinas e pega Gary pelo colarinho. Com isso, ele se sente esvaziar, ficando magro, leve e maleável como uma gaze. Ela então o carrega até o armário, coloca-o em um cabide e pendura-o lá, entre uma infinidade de roupas informais de trabalho e amassados macacões de linho sem mangas.

— Pronto — disse ela. — Seja um bom menino e fique pendurado quietinho. Eu o tirarei daí à noite.

Por trás das roupas e da porta do armário, Gary ouve a voz de Príncipe Gorro. Ele e Agnes estão conversando, mas não dá para entender exatamente o que dizem. Será que Príncipe Gorro sente que Gary está próximo? Há mais sons, Príncipe Gorro e a vadia da Agnes estão transando, depois ele os ouve tomar banho, mais sexo, e então por fim devem ter saído do quarto, pois ele não ouve mais nada por bastante tempo. Em algum momento a casa começa a vibrar violentamente, e então a balançar de um lado a outro. Deve estar levando a si e a Gary para outro lugar, e ele se pergunta se está indo para mais perto de Príncipe Gorro ou se este está agora mais distante do local onde a casa finalmente para. Não importa: no fim do dia, Agnes e Príncipe Gorro retornam, ele os ouve no outro lado do corredor. Transam de novo, mas Gary acha que dessa vez soa mais como uma tarefa rotineira, embora sinta-se ferver de ciúme erótico mesmo assim. Como ele sente falta do mais banal dos atos sexuais, do quão lascivo, delicioso e surpreendente sempre foi o boquete mais básico, o mais simples estímulo anal, contanto que o parceiro fosse Príncipe Gorro.

Depois disso, o quarto fica em silêncio e logo Agnes vem e tira Gary do cabide, sacode-o e lhe dá forma outra vez.

Príncipe Gorro está novamente adormecido sobre o colchão de água.

— Ele é bem especial, né? — diz Agnes. — Não é como você ou eu. Somos bem comuns em comparação.

Algo estranho para a Rainha do Inferno dizer, mas Gary já vinha marinando nesse sentimento desde que Príncipe Gorro foi para casa com ele. Já está acostumado.

— Mais duas noites — Agnes lembra. — Esse é todo o tempo que ainda lhe resta com Príncipe Gorro. Todo o tempo que lhe resta em geral, na verdade, se não conseguir acordá-lo. Talvez eu o empalhe e pinte de maneira engraçada, dê você a ele como presente de casamento. Poderia continuar com ele dessa forma, ao menos. Ou posso servir você no jantar de casamento. Todo enrolado, com uma maçã na boca e bastante tempero pra esconder o gosto de carneiro velho.

— Você está usando o tempo que me deu — diz Gary. — Isso me faz pensar que está com medo de eu quebrar seja qual for o encantamento que pôs nele. Que teme que ele a esnobe uma segunda vez.

— Não — disse Agnes. — Só estou entediada, e preciso dormir no sofá pois fui burra o suficiente para lhe dar essas três noites, e atormentá-lo é divertido. Não tolero bem o tédio.

— Por que não sai? — pergunta Gary. — Se tem tanta certeza de que se casará no sábado, por que não aproveita um pouco essas duas últimas noites em que ainda é livre e solteira? Ficarei de olho em Príncipe Gorro.

— Não é má ideia — diz Agnes, parecendo pensar. — Vou sair com minhas amigas, ir à cidade. Mas caso esteja pensando em carregar Príncipe Gorro adormecido para fora daqui, saiba que minha casa ficará de olho em você. Ela tem ordens de não deixar Príncipe Gorro ir a lugar algum sem mim. E você não pode sair deste quarto. Se o fizer, nosso acordo será quebrado e você sofrerá muito por isso.

Ela então sai, e Gary senta-se no terrível colchão de água ao lado de seu marido adormecido. Mais uma vez conversa com ele, implora para que abra os olhos. Canta o mais alto que pode, primeiro músicas das quais Príncipe Gorro gosta, depois as que sabe que ele mais odeia. Belisca seu braço, puxa fios de seu cabelo, acaricia seu pênis até endurecer, morde a boca, o ombro, a bunda dele. Talvez Príncipe Gorro note essas marcas, mas sua pele de veludo já está marcada onde Agnes chupou e mordeu. Como ele poderá distinguir uma marca de outra?

Gary procura papel e caneta pelo quarto, algo com que possa deixar um bilhete para o marido, mas não encontra nada útil, exceto uma receita médica de antiácido, duas lâmpadas e um resto de lápis de olho. Ele escreve na parte de trás da receita: "Amo você, Príncipe Gorro, e acho que também me ama. Fiquei a seu lado por duas noites. Fique acordado amanhã à noite ou nunca mais me verá."

Onde esconder o bilhete para que a Rainha do Inferno não o encontre? Dobra-o bem, por fim, enfiando-o em uma camisinha que encontra na gaveta do banheiro. Põe a camisinha na boca de Príncipe Gorro quando pensa que a manhã se aproxima.

Acontece outra vez da mesma forma, Agnes entrando, sorrindo como se adorasse ver Gary; depois o esvaziando, pendurando-o no armário. Há algumas conversas, talvez Príncipe Gorro tenha encontrado o bilhete e agora esteja brigando com Agnes por ter tratado Gary como tratou. Ou talvez esteja lendo o bilhete para ela, os dois rindo de sua tolice. Depois de um tempo saem do quarto, saem para viver o dia anterior ao casamento, e durante este segundo dia, Gary fica lá, pendurado, preocupado, pensando em estratégias melhores que poderia ter usado.

Quando Agnes vem tirá-lo do armário, Gary não se controla. Diz:

— O que aconteceu com o bilhete? Príncipe Gorro o leu?

— Bilhete? — pergunta Agnes. — Não lembro. Ah, querido, espero que ele tenha recebido esse bilhete. Onde o deixou? Devo ajudá-lo a procurar?

— Deixei na boca dele!

— Que lugar estranho para deixar um bilhete — diz Agnes. Ela vai até a cama, e olha em volta, como se buscando a mensagem de Gary. — Com certeza ele o engoliu antes de acordar. Se ele o cagar, não será mais possível ler, então talvez deva apenas me dizer qual era a mensagem e eu a transmitirei em nossa noite de núpcias.

— Deixa para lá — diz Gary. Ele está do outro lado da cama; os dois conversam por cima de Príncipe Gorro como se ele nunca fosse acordar. — Contarei hoje à noite quando finalmente acordá-lo.

— Sua persistência é tocante — retruca Agnes. — É como se eu o conhecesse, amorzinho. Não porque Príncipe Gorro fala de você. Ele não fala. É porque eu me vejo em você. Também não desisto. Você o teve por um tempinho, mas agora o peguei de volta.

— Se tem tanta certeza de que o tem de volta, por que não me deixa falar com ele de dia? — pergunta Gary.

— *Touché* — responde Agnes. — Talvez eu não tenha tanta confiança, mas você tem mesmo certeza, lá no fundo, de que é melhor que Príncipe Gorro possa decidir, possa talvez escolher você outra vez? Se ele ficar aqui comigo, reinará sobre o Inferno a meu lado. Se ficar, darei a ele um corpo novo, jovem e saudável, para que viva para sempre. O que ele tem agora está passando da data de validade. Mais uma década e a doença sanguínea que ele ainda não sabe que tem lhe causará muito sofrimento. Em seguida, o levará à morte. Então, veja bem, não é muito melhor não dar a ele opção, para que não escolha aquilo que lhe fará mal?

— Você está mentindo — diz Gary.

— Minto quando me convém, mas neste caso, a verdade me vale mais — admite Agnes. — Imagine, porém, que eu esteja mentindo e que Príncipe

Gorro ainda possa chegar à velhice. Mesmo então, teria só mais duas, três, quatro décadas! A vida mortal é breve. Ele morrerá um dia e nem você, seu velho teimoso, pode evitar isso, mas alguém como eu pode. Deixe-o comigo e ele viverá para sempre, jovem e belo e eternamente Príncipe Gorro. Não seria melhor escolher isso para ele? Voltar para casa, contentando-se em saber que Príncipe Gorro sempre será Príncipe Gorro? Seria muito egoísmo acordá-lo, mesmo que você conseguisse. Pedir que ele o escolha, sabendo que também estará escolhendo a morte.

Que coisa a se dizer! Gary quase cai no chão ao ouvir. Agnes, sorrindo, espera para ver qual será a resposta, e como ele não consegue dizer nada, ela acrescenta:

— Sua última noite com Príncipe Gorro! Espero de verdade que a aproveite. Você e eu nos encontraremos outra vez pela manhã, mas me perdoe se eu me desfizer de você sem muita cerimônia. Estarei muito ocupada com o casamento, a coroação, o banquete e tudo mais. Talvez haja tempo para cobrir seu pênis de bronze e levá-lo conosco para a orgia nupcial. Ouvi falar muito dele.

— Só coisas boas, espero — Gary consegue dizer.

A Rainha do Inferno sorri com desdém e sai do quarto. A porta bate atrás dela, mas é claro que Príncipe Gorro não acorda. Gary se deita ao lado dele, abraça o marido. Diz tudo aquilo que sempre quis dizer a Príncipe Gorro, lista todas as suas queixas, suas mágoas, diz que nada disso importa. Príncipe Gorro pode cometer o crime que for, e Gary continuará amando-o, mas ele precisa despertar apenas para responder a uma pergunta. O outro, porém, continua dormindo, tranquilamente, como se não houvesse escutado nada.

Em seguida, Gary diz a Príncipe Gorro tudo que já disse ou fez e escondeu do marido. É rigoroso em sua confissão, e ao final implora que ele acorde e o perdoe. Mas o homem continua adormecido. Os crimes de Gary não são nada para ele, e isso o fere mais do que esperava.

Se Príncipe Gorro dormisse para sempre e Gary pudesse ficar lá com ele naquela cama ondulante horrível, não seria o pior dos destinos, seria? Mas a manhã se aproxima. Gary se senta, o colchão mole se movendo sob seu corpo. Gary nunca entendeu qual era a graça desse negócio. Por fim tem uma ideia, vai até o banheiro, busca em todos os armários e gavetas até finalmente reconhecer que não há nada lá afiado o suficiente para fazer o que precisa ser feito.

No armário de Agnes, ele encontra um salto stiletto. Vai ter de fazer funcionar no lugar de uma tesoura. Ele volta até Príncipe Gorro e a cama, levanta o cobertor, puxa o lençol de elástico e o afasta para atacar o material polivinílico com o salto. Golpeia-o várias vezes até fazer um pequeno furo no revestimento. Uma gota de algo grosso e fétido escorre para fora, mas Gary agora está em fúria. Continua golpeando a cama com o salto até o rasgo ser largo o suficiente para pôr os dedos, e ele então rasga o invólucro com toda sua força. E depois? Sangue, sangue fétido jorra para fora, coagulado e grosso. Ele pinta Gary, Príncipe Gorro, espirra na armação da cama e nas paredes, no teto.

Gary grita, triunfante. Mas ao olhar para Príncipe Gorro, vê que ele, vestido de sangue, segue dormindo.

E agora lá está Agnes, invadindo outra vez o quarto.

— Ora, querido — diz ela —, que bagunça você fez com Príncipe Gorro, seu terrível! E para quê? Ele não acordou, e você o perdeu.

Ela pega Gary pelo braço, sacode-o até ele estar mole e leve, irreconhecível para si mesmo, mas ainda encharcado de sangue fedorento.

— Assim não dá — diz Agnes. — Como poderei pendurar você desse jeito? Não tenho tempo para brincar com você esta manhã, mas também não posso escondê-lo. Vai sujar minhas roupas de sangue.

Ela leva Gary até o banheiro, torce-o sobre a pia e começa a enxaguá-lo com água fria. Ele suporta, porque precisa. No quarto, Príncipe Gorro está despertando.

— Bom dia, meu amor! — exclama Agnes. — Espero que tenha dormido bem.

— Bem até demais, ao que parece — geme Príncipe Gorro. — Como isso aconteceu? Você me esfaqueou enquanto eu dormia?

Agnes torce Gary outra vez e então vai até Príncipe Gorro com ele preso no punho.

— Ah, querido, que bagunça! Você deve ter estourado o colchão de água enquanto estávamos dormindo. Sempre teve um sono inquieto. Bom, não importa. Comprarei uma nova cama para você quando voltarmos da lua de mel.

Príncipe Gorro toca o próprio rosto, vê o que cobre seus dedos ao afastá-los.

— Se ambos dormimos na cama, por que eu estou coberto de sangue e você não?

— Ah, querido, meu benzinho, eu admito. Você se debateu tanto ontem à noite que não consegui nem cochilar na nossa cama. Fui dormir no sofá. Agora se apresse! Vá já para o chuveiro, hoje é nosso casamento!

O homem cambaleia para fora da cama estourada e fica de pé, nu, em frente a Agnes, espreguiçando-se. Seu pênis está ereto e coberto de sangue.

— Sei que dia é hoje. Mas diga, amor, o que é isso na sua mão?

— Isso? — pergunta Agnes. — Só um pano velho pra limpar o sangue. Nada mais.

— Nesse caso, passe-o para cá para eu enxugar meu rosto.

Dizendo isso, Príncipe Gorro arranca Gary da mão de Agnes e o sacode rápido no ar como se estivesse em um vestiário e marido fosse uma toalha. E agora Gary volta à forma de antes e Príncipe Gorro está acordado, sorrindo ao olhar para ele.

— Viu? — diz para Agnes. — Falei que ele viria.

O rosto da mulher está cheio de ódio. Ela invocará raios, nuvens de insetos venenosos. Gary suportará. Perdeu a aposta para Agnes, mas morrerá sabendo que Príncipe Gorro o ama.

— Sinto muito — diz ele ao marido. — Devia ter pensado nisso antes.

Porém, ao que parece, Príncipe Gorro também havia feito uma aposta com Agnes, e era a seguinte: que Gary o encontraria antes da hora do casamento. Se ele vencesse a aposta, Agnes concordara em deixar os dois partirem sem atacá-los.

Príncipe Gorro, na verdade, não tinha o menor interesse em governar o Inferno.

Agnes deixa os dois saírem da casa ilesos, porém, em um arroubo de raiva, se nega a deixar o ex-noivo tomar uma ducha ou pegar suas roupas.

Ele e Gary vão para a rua de mãos dadas, Príncipe Gorro usando apenas um manto de sangue seco.

Caminham até encontrarem a árvore sob a qual está a gata, com o casaco e o suéter de Gary. Príncipe Gorro se agacha para acariciar a gata atrás de uma orelha rasgada e ela enfia os dentes com força na digital de seu polegar.

O homem afasta a mão depressa.

— Comporte-se! — exclama ele.

— Diz o idiota que esnobou a Rainha do Inferno duas vezes. Vamos partir logo, antes que o ataque de raiva inevitável comece? — pergunta a gata.

Gary geme, pensando na caverna escura, nas escadas infinitas. Não tem mais força, usou toda a que tinha no longo caminho até o marido.

— Ah — diz Príncipe Gorro quando Gary explica. — Há outras rotas que podem nos levar para casa. Você só pegou a mais paisagística. Quer ir para Long Island ou algum lugar mais animado? Roma, talvez?

— Long Island — diz Gary, e a gata pula nos braços de Príncipe Gorro, ronronando.

— Se é necessário... — diz o outro. — Abrace-me com força.

Gary mal tem tempo para fazer isso antes que Príncipe Gorro bata os pés, a gata se vire e se ajeite nos braços dele e o mundo vire de cabeça para baixo enquanto os três se movem para cima, ou para baixo, ou para alguma outra direção bem diferente, os pássaros com velas acesas voando a seu redor.

Então estão em uma praia invernal, e não há ninguém além de Príncipe Gorro e Gary, a gata tendo pulado dos braços do homem e partido, como é da natureza felina, em algum momento. Quando Gary olha para cima, os únicos pássaro lá são gaivotas e andorinhas. Não há nada em suas bocas e o sol está de volta no céu.

Príncipe Gorro ainda está nu e ensanguentado, claro, e Gary não consegue dissuadi-lo de se banhar na água salgada e gélida. Depois, ele veste a cueca boxer do marido e o suéter dele como uma saia, amarrando as mangas na cintura. Põe também a jaqueta, depois que Gary insiste. Caminham pela rua de acesso até chegarem à avenida Meadowbrook. Lá conseguem parar um carro conduzido por Martin e Danielle, casal que passou os últimos dias em uma conferência editorial em Montauk Manor. Hoje estão indo a Nova York assistir a uma peça e amanhã voltarão de avião para St. Louis.

Eles claramente querem saber o que Gary e Príncipe Gorro estão fazendo ali, vestidos como estão, o fedor leve, mas perceptível do Inferno ainda emanando de seus poros, a mancha da Escola Sombria como tinta de jornal em cada dedo de Gary. Príncipe Gorro começa a criar uma história. Enquanto isso, Gary adormece e só acorda quando Martin e Danielle os deixam em frente ao prédio onde ele e o marido passaram tantos anos felizes juntos.

E este é o fim da história, mais ou menos. Naquela noite, após muito sexo entusiástico e caloroso, Gary chora nos braços de Príncipe Gorro. Este também chora um pouco, e então diz a Gary:

— Pergunte o que quiser perguntar. Responderei tudo.

Dessa maneira, Gary fica enfim sabendo sobre o pai do marido, um lorde das fadas que se tornou senescal do inferno; sobre a mãe, uma notória pecadora; sobre a infância de Príncipe Gorro, passada parte entre os huldufólk, parte naquele vasto bairro infernal; sobre como foi prometido a Agnes quando era jovem demais para entender o que lhe pediam; sobre ter frequentado a Escola Sombria e começado a sonhar com uma vida diferente; sobre a fuga do Inferno e do noivado por capricho; sobre como Agnes o encontrou, o cortejou, o levou para passear em Nova York.

— O Inferno está na minha natureza — disse ele. — Fui criado para governar o lugar, mas assim que pisei em seu mundo nunca mais quis voltar. Lá não há liberdade nem surpresas. Apenas regras e punições, e depois de um tempo até as punições começam a parecer previsíveis, uma tarefa a ser cumprida.

Ele fala e fala, sua vida antes de Gary jorrando de si como algo expurgado daquele colchão de água. Por fim não há mais nada que o outro queira perguntar, e os dois adormecem.

Antes de dormirem, Príncipe Gorro diz:

— E agora que sabe tudo isso, espero que nunca mais precisemos tocar no assunto outra vez. Não por você não ter o direito de perguntar, ou por eu ter vergonha da minha vida antes de você, mas porque prefiro não pensar naquele lugar e nas pessoas de lá. Falar demais de algumas coisas as atrai.

Por Gary, tudo bem. Há coisas das quais também não quer falar: as dívidas que agora entende o suficiente para saber que tem com aqueles que o ajudaram, as coisas que Agnes disse sobre doenças sanguíneas, morte precoce. Mas ele se certifica, todo ano, de levar Príncipe Gorro para as consultas de rotina. A qualquer sinal de cansaço ou anemia, obriga o marido a fazer exames de sangue e imagem. Continuará atento até, por fim, seu inimigo (ou inimiga) se revelar.

A história está no fim, quase no fim. Os amantes estão reunidos. Eles transam, conversam, dormem. Em breve despertarão, desta vez Príncipe Gorro acordará primeiro e dirá a Gary "Acorde!", e o marido fará o que ele manda.

O sol nascerá e a escuridão irá embora. Gary e Príncipe Gorro tomarão o *brunch* na Folklore. Talvez sigam mais para o centro, caminhem pelo High Line ou pelo Hudson, tomem sorvete e acariciem os cães de estranhos. Gary gostaria de fazer qualquer uma dessas coisas. O que Príncipe Gorro gostaria de fazer? Ah, é sempre impossível saber. Mas então o dia terminará, os dias precisam terminar, e a escuridão voltará. E em algum momento haverá apenas o breu, e Gary ficará sozinho nesse breu, pagando suas dívidas, um pássaro voando com uma vela no bico. Ele abrirá o bico, deixando a vela cair, e gritará "Ah, onde está meu Príncipe Gorro? Para onde ele foi?".

A estrada branca

(Os músicos de Bremen)

Tudo isso aconteceu há muito, muito tempo, então creio que tenha tomado a forma de uma história, algo inventado, em vez de verdades que aconteceram comigo e com aqueles à minha volta. Coisas que fiz e que outros fizeram. Então escreverei dessa forma. Como uma história.

Você sabe que hoje o mundo é diferente do que costumava ser. Essa é uma história que todos conhecem, então não é a que contarei. Quem eu era antes também é uma história breve, tão breve que poderia caber numa caixinha a ser posta dentro de outra caixinha, esta ainda pequena o suficiente para levar no bolso. Se eu a tirasse de sua caixa, não sei se poderia colocá-la lá outra vez.

A história que contarei se passa quase vinte anos depois daquele momento no qual a primeira estrada branca surgiu. Vinte anos depois de aquela porta se abrir, eu era membro consagrado de uma companhia itinerante credenciada que descia e subia o caminho entre a Filadélfia e Hot Springs, em Arkansas, comprando e vendendo coisas para casa e relíquias de família, fazendo espetáculos e entregando correspondências e notícias. Éramos em maioria atores, por preferência, mas tínhamos uma espécie de médico conosco às vezes, que fazia consultas, arrancava dentes e vendia várias misturas e remédios que ele mesmo fazia. Então uma cidadezinha próxima a Roanoke, na Virgínia, comprou de nós o contrato dele, e o homem ficou por lá. Já tinha mais de setenta anos e estava pronto para dizer adeus aos cavalos, atores e dificuldades das viagens. Ainda não tínhamos encontrado ninguém para substituí-lo, mas ele havia deixado uma boa quantidade de seu elixir caseiro conosco. Era para diminuir febres e dores de cabeça, e talvez fizesse isso mesmo. Eu certamente tomava um pouco nas manhãs em que estava de ressaca de qualquer bebida que a última cidade tivesse oferecido e mal demais para me importar com o gosto.

Mas o que quero dizer é que não tínhamos um médico, o que foi uma grande decepção em todos os locais da nossa rota que havíamos visitado pela última vez menos de um ano atrás. Em especial para as mulheres grávidas em locais remotos sem atendimento médico. A geração anterior não teria se importado de viajar cinquenta, até cem quilômetros. Eu mesmo estive na Califórnia duas vezes quando criança, e uma vez fui ao México.

A maioria desses locais, é claro, era o tipo de povoado com no máximo algumas centenas de pessoas. Alguns eram cinco ou seis famílias ocupando um antigo mini-shopping ou hotel de beira de estrada, plantando verduras e cuidando de cabras e galinhas. Pessoas assim ficavam onde estavam por serem muito teimosas, por motivos religiosos que adoravam explicar longa e tediosamente ou pela desconfiança das cidades ser maior do que o medo da estrada branca e daqueles que a usavam.

É difícil para mim julgar. Se eu fosse uma pessoa mais ajuizada, teria passado tanto da minha vida vagando entre esses locais desesperados? Mas, afinal, nunca gostei de ficar muito tempo no mesmo lugar.

Éramos sete na companhia depois que o dr. Baqri nos deixou. Eu era o mais velho. Alice Palace tinha quase a minha idade. Ela dizia ter trinta e cinco anos, mas tinha vinte e nove quando se juntou a nós, nove anos antes. Talvez fosse mais velha do que tinha dito à época, talvez mais velha que eu. Às vezes ela dizia coisas sobre a vida que levara antes de todas as grandes mudanças cascatearem pelo mundo, coisas que a deixavam mais próxima da idade da minha irmã mais velha do que da minha. Eu tinha dezesseis anos quando as mudanças começaram, e minha irmã tinha vinte e dois. Alice às vezes falava de aulas na faculdade. De trabalhos temporários em escritórios de Manhattan enquanto fazia testes para papéis em peças de público bem, bem pequeno.

Aos vinte e dois anos, minha irmã, diabética do tipo 1, rodou mais de cento e sessenta quilômetros de bicicleta pela Old Boston Post Road, indo de Boston à nossa casa em Chicopee, apenas para morrer quando, finalmente, não havia mais insulina em lugar nenhum. Isso foi logo depois de completar vinte e três anos. Não havia nada de extraordinário em minha irmã e sua vida curta, assim como não há nada de extraordinário em mim. Ser ou não alguém impressionante é uma qualidade que não afeta muito a duração da vida. Nem, aliás, a felicidade.

Para ser sincero, a verdadeira idade de Alice Palace não importava. Ela era toda feita de ângulos acentuados — cotovelos, quadris, pezinhos ossudos, nariz bem arrebitado, queixo triangular, língua afiada. O dr. Baqri se referia a ela, em segredo, como Ralador de Queijo, mas apenas porque ela dormiu com ele duas vezes e depois nunca mais, para sua enorme decepção. Ela era encantadora, esperta, alegre por natureza; a maior parte da companhia já esteve apaixonada por ela em algum momento, eu incluso. Por um tempo, fazia cada um de nós sentir que ela poderia reciprocar aquele amor. Sua atenção era como a luz do sol atravessando uma lupa. O objeto era aumentado, iluminado e por fim um pouco chamuscado. Esse fim, que sempre vinha antes do que o mais presciente e sábio de nós achava que seria de se esperar, também era cortante. Mas talvez fosse uma gentileza. O interesse romântico dela começava e terminava tão rápido que a pessoa mal tinha tempo de perceber que estava com as bordas chamuscadas antes que ela apagasse o fogo e passasse para o próximo amante. Depois, ela fazia questão de ser uma boa amiga.

O único de nós que não atraiu a atenção de Alice Palace foi Laurent Godejohn. Ele estava conosco fazia apenas um ano. No momento, era o mais novo, com vinte anos, e tão extremamente bonito que até ele deve ter ficado confuso por Alice Palace ignorar suas tentativas de aproximação. Decerto era um mistério para o resto de nós, embora também uma fonte de muito entretenimento. Quanto mais Alice Palace o ignorava, mais aparente para todos ficava o desejo de Godejohn por ela, a não ser para a própria Alice Palace, que, sem parecer de propósito, apenas o ignorava de forma ainda mais provocativa, e a coisa seguia assim. Mas não quero dizer que Godejohn agia de forma inconveniente. Eu gostava muito dele, assim como os demais, incluindo, creio eu, Alice Palace.

Laurent Godejohn havia se juntado a nós em Atlanta. Era filho de uma pastora exagerada e fatalista, uma mulher que recebera uma mensagem divina sobre o fim do mundo, ao qual infelizmente havíamos sobrevivido. Ela pregava que os habitantes da Terra foram abandonados por Deus graças a nossa natureza pecaminosa. Os justos viviam agora em outros planetas. Estávamos no Inferno com todos os seus demônios, e, embora nunca mais pudéssemos escapar, nosso dever era louvar a Deus, pagar penitência e viver de acordo com os comandos Dele. A paróquia da mãe de Godejohn sobrevivia catando coisas e praticando cultivo de subsistência. Evitavam ao máximo a fornicação, o álcool, a dança e tudo mais que, é de se imaginar, tornaria o Inferno mais agradável. Godejohn aprendeu a ler sozinho em segredo, e duas vezes, quando a caravana passou por Atlanta, foi ver o espetáculo. Na segunda vez, veio conosco quando partimos. Talvez ter sido abandonado por Deus facilitasse aceitar a indiferença de Alice Palace. Deus podia até ter lhe dado as costas, mas Godejohn passava os dias na companhia de Alice Palace, e um deus indiferente é melhor do que deus nenhum. Embora ela não quisesse dormir com ele, havia muitas em muitas outras cidades que queriam e o faziam. A maioria de nós tinha amantes em uma ou outra cidade.

Era o fim da primavera. Passamos duas noites em Chattanooga, onde o público, em ambas, foi satisfatório. Na última vez que passamos por ali, apresentamos uma peça nova, uma comédia escrita por Amabeth e Carver, cheia de números burlescos, belas canções de amor dos tempos em que as pessoas viviam enchendo os ouvidos com qualquer música que quisessem e só um pouquinho de tragédia para que parecesse real. Eu não chego a ser feio, mas uma mulher que amei uma vez me disse que há algo em meu rosto que sugere uma capacidade para exercer força ou até violência. Além disso, sou barítono. Sendo assim, geralmente eu interpretava o vilão ou o rei trágico.

Todos brincamos de ser quem não somos, mas, de verdade, eu nunca quis o papel do jovem e audaz amante, nem quando era mais novo e mais tolo do que sou agora.

No desjejum da manhã em que partiríamos, Amabeth reclamou de dor de cabeça e começou a vomitar com tanta força que rompeu um vaso de um dos olhos. Logo em seguida, Phillip e Cece começaram a fazer o mesmo, como muitos outros na pensão onde estávamos. Constataram que os doentes haviam comido um cozido que continha cogumelos selvagens. Ficamos mais cinco dias esperando nossos amigos se recuperarem. Godejohn partiu, bem ostensivamente, com uma ruiva que destilava whisky. esperando, estava claro, que Alice Palace notasse. Ela não notou. Nunca notava.

Alice e eu passamos horas na biblioteca de Chattanooga, olhando libretos e partituras para ver se havia algo que valesse a pena copiar e tentando não nos preocupar com nossos amigos. Era um alívio sair da pensão, de qualquer forma. O cadáver que mantinham na sala estava apodrecendo, e apesar de todas as velas e ervas que queimavam, o cheiro impregnava o local todo. Era difícil não pensar que, se aquele cozido infeliz causasse a morte de um de nossos amigos, ele ou ela ficaria no lugar daquele cadáver e teríamos de deixar o corpo lá para cumprir sua função.

Levamos conosco Henry, nativo de Chattanooga, cujo tio, conhecido meu, havia nos contratado para levá-lo conosco até Memphis. Henry era um rapaz esperto de dezesseis anos, entusiasmado com tudo. Sua companhia era uma distração agradável — ele perguntava sobre o caminho que seguiríamos e sobre como era a parte do mundo que havíamos visto. Ele nunca se afastara mais de trinta quilômetros de Chattanooga, e estava ansioso não apenas para ser aprendiz em Memphis, onde, se bem me lembro, estudaria algo sobre um novo método de criar peixes, mas também pela jornada. Perguntava sobre os locais onde pararíamos e queria, também, saber as histórias de todos os membros da companhia. Ele admirava muito as nossas apresentações e tinha muitas perguntas a fazer a Alice Palace e eu sobre como fomos parar naquela vida.

Alice disse, sorrindo de leve, que ainda não tinha certeza. Eu disse que, quando tinha mais ou menos a idade dele, me vi sozinho. Meus pais não sobreviveram muito tempo depois da morte de minha irmã. Eu fui à feira e perguntei se havia trabalho, até que alguém me indicou a companhia que se ocupava em marcar rotas, territórios e sistemas pelos quais notícias e correspondências pudessem ser entregues. Além disso, tinham a ideia de que as companhias que atravessassem essas rotas. além de levar correspondência, também fizessem escambo de objetos portáteis de valor e oferecessem apresentações — concertos, peças, entretenimento de todos os tipos. Eu pedi para fazer um teste e, como as rotas ainda não eram seguras e tudo continuava tão incerto, fui aceito. Na época, pensei que era por ter muito talento. Mais tarde, porém, comecei a suspeitar que foi pelo baixo número de candidatos.

Não que eu tivesse oportunidades melhores em Chicopee, e viajar com a companhia me pareceu um modo de ver o máximo possível do mundo que permanecia alcançável. Por um tempo, imaginei que um dia encontraria o local que deveria ocupar. Em vez disso, porém, descobri que já estava no lugar certo para mim, que era uma órbita, não um ponto fixo.

Henry assentiu com a cabeça. Era órfão também e, embora seus tios tivessem sido bons para ele, não queria passar a vida inteira no mesmo lugar. Tinha muitas esperanças quanto a Memphis. Perguntou, então, se víamos muito a estrada branca quando estávamos entre cidades. Já havíamos ficado presos entre cidades, devido ao tempo ou a algum infortúnio? O que fizemos para nos manter em segurança?

— Não precisa se preocupar com isso — Alice Palace disse a ele. — Temos a rota bem mapeada e nos damos bastante tempo. Mesmo se todos os cavalos ficassem mancos e nos fizessem continuar a pé, ainda assim ficaríamos bem. E se o pior acontecer e a noite chegar antes de estarmos em local seguro, bom, somos atores profissionais. Um de nós interpreta o cadáver e fica deitado em pose de funeral a noite inteira enquanto o resto interpreta os enlutados. Agora, diga algo sobre você. Toca algum instrumento? — Ele respondeu que não. — Bem, teremos de ensiná-lo então. Haverá muito tempo no caminho para Memphis.

Como eu disse, levou alguns dias para Amabeth e os outros se recuperarem o suficiente para viajar. Se o cozido não estivesse ruim, suponho que esta história seria diferente. Talvez nossa companhia estivesse em Bremen quando o que aconteceu lá estava em andamento. Ou talvez tivéssemos chegado, pegado a correspondência e seguido viagem. Talvez aquilo que se abateu sobre a população de lá fosse contornado de alguma forma. Talvez tudo tivesse sido diferente. Mas não é assim que a história continua.

No dia em que deixamos Chattanooga, o tempo, antes ameno e ensolarado, virou, e partimos em meio a uma tempestade que, contrariando todos os padrões meteorológicos habituais, dava a impressão de que seguiria conosco um dia ou mais. O vento jogava a chuva contra nossas costas e banhava as casas pelas quais passávamos, entortando os galhos novos nos campos fora da cidade. Henry montava uma mula de orelhas brancas que não gostava muito de água. Ela escolhia meticulosamente o caminho por entre as poças, com as orelhas brancas baixas contra a cabeça marrom. Por sorte, o tio de Henry havia dado a ele boas roupas à prova d'água. Toda a correspondência fora organizada e enrolada em lonas, e tínhamos cantis com chá de camomila quente e sanduíches da cozinha da pensão.

Como de costume, deixamos pequenas oferendas em frente ao caixão na sala. Uma das cartas que levávamos — de Harrisonburg, creio eu — tinha o ocupante dele como destinatário. Quando o cadáver pudesse ser substituído (o que talvez acontecesse em um ou dois dias, já que um dos outros viajantes, um pecuarista de Nashville, havia comido vários pratos de cozido), a carta seria queimada com ele, então eu e Alice Palace usamos vapor para abri-la cuidadosamente e tirar o pouco dinheiro que estava dentro. Dizem que roubar os mortos atrai consequências ruins, mas se nossas ações foram a causa de tudo que se passou em seguida, então por que eu e Alice Palace escapamos ilesos da desgraça? Não creio que os mortos persigam os vivos, nem que conscientemente nos protejam, com sua presença, da estrada branca e daqueles que nela viajam. Há uma outra lógica na maneira como tudo funciona agora, e um dia entenderemos melhor o que fez com que tudo mudasse em um intervalo tão pequeno e como podemos voltar ao lugar que um dia ocupamos neste mundo.

Eu já viajava havia tempo suficiente para que muitas coisas não me parecessem mais estranhas, mas a mula de Henry, após aceitar, contrariada, as circunstâncias meteorológicas, pareceu considerar minha dócil égua ruana uma companhia agradável o suficiente, então pude me distrair observando meu companheiro de viagem olhar boquiaberto os arredores por trás dos véus de chuva. Planejávamos estar em Bremen no fim do dia seguinte, e lá havia uma mulher de quem eu gostava muito. Fui capaz de tolerar o atraso em Chattanooga porque não havia como evitá-lo. Agora que estávamos outra vez na estrada, toda a minha impaciência havia retornado. Ansiava vê-la, e os quilômetros que restavam me eram excruciantes. O caminho parecia muito lento.

A antiga rodovia, na época, havia sido muito danificada por árvores, trepadeiras, geadas e deslizamentos. Seguíamos ao lado dela por uma estradinha de terra esburacada. Havia muitos anos, quando nossa companhia a atravessou pela primeira vez, ainda era possível usar a rodovia, e a viagem era mais fácil. Encontrávamos outros viajantes e dávamos a eles nossas notícias em troca das deles. Agora era mais fácil ver manadas de cervos, às vezes cem deles ou mais. Perus selvagens fazendo a ronda ou uma família de lhamas. Ursos pretos. Nuvens de borboletas monarcas, quando era a época delas. Às vezes uma onça-parda, espreitando de trás das pedras, e uma vez, em uma clareira ao lado da rodovia, próxima a Knoxville, três elefantes. Será que eles veem a estrada branca? Ela não se importa com animais que não sejam o ser humano, estejam vivos ou mortos, e também nunca vi uma raposa ou gavião, nem qualquer outra espécie selvagem, prestar atenção naqueles que a usam.

Oito quilômetros depois de Chattanooga, ao longo da rota que nossa companhia segue, há um desfiladeiro, e se fosse possível sobrevoá-lo e olhar para baixo, daria para ver, amontoadas e amassadas lá, todas as coisas jogadas fora que um dia fizeram a vida ser fácil e agradável. Ali, também, começa-se a avistar a estrada branca. Ao viajar, ela segue paralela a você. Vire sua cabeça em uma direção e lá, por trás das árvores, está a estrada. Olhe para a frente e não a verá. Vire o rosto para a outra direção, no entanto, e lá estará ela outra vez. Às vezes parece tão estreita quanto uma trilha, em outras dá para estimar um quilômetro e meio de largura. Durante o dia, a estrada branca fica vazia. Henry fez aquilo que todos já fizemos. Olhou para um lado, depois para o outro e para o primeiro de novo, como se pudesse pegar a estrada de surpresa e vê-la pulando de um lado ao outro, como o rabo de um gato. Mas à medida que avançávamos, a mula acompanhando minha égua, ele pareceu entrar em uma espécie de transe, olhando por sobre um ombro para o que eu sabia ser a estrada branca. Às vezes algumas pessoas, sem o menor senso comum, começavam a sair de seu caminho, perseguindo a estrada branca. Ela, porém, nunca estava tão próxima quanto se pensava.

Alice Palace, lustrosa como uma lontra em seu casacão de lona e seu boné de couro, surgiu trotando a nosso lado. A chuva estava mais fina agora, e uma névoa começava a surgir. Aquele clima a agradava. Seus olhos brilhavam e suas bochechas estavam coradas.

— Ela continuará lá, você olhando ou não — disse a Henry. Ele virou a cabeça e olhou para ela, com uma expressão totalmente abalada. — De verdade — continuou Alice. — É melhor, acho, não olhar. Não é algo natural. Parece nos puxar.

— Só a vi três vezes — disse Henry. — Não, quatro. Sempre nos disseram para não olhar, mas sempre olhamos.

Laurent apareceu ao lado de nós três. Disse:

— Não faz mal olhar. É inevitável. A estrada branca atrai os olhos. — Mas não era para a estrada que ele olhava. Estava olhando para Alice Palace.

Carver, que ia à frente da caravana, gritou:

— Estamos chegando a um lugar onde podemos parar para almoçar, e estaremos em Dale no fim da tarde. Eles devem estar se perguntando onde ficamos esse tempo todo.

Amabeth, Phillip e Cece precisaram de ajuda para apear dos cavalos e para montar outra vez depois de comer. Foi um piquenique péssimo de qualquer forma, graças à chuva que caía sem parar. A água arrastara aglomerados de cogumelos grandes pela trilha que atravessávamos, e Cece guiou seu cavalo para cima desses aglomerados, amassando-os até virarem uma gosma.

Cece nunca se recuperou totalmente dos efeitos do cozido daquela pensão; ela deixou a companhia um tempo depois, pelo que eu soube, e foi morar em Fearrington. Tinha uma boa voz grave e fazia malabarismos com qualquer coisa. Trapaceava nas cartas, no entanto. Acho que nunca gostou muito de mim. Eu me recusava a jogar valendo dinheiro, não importava o quanto ela baixasse a aposta, mas sempre gostei de Cece. Ela tirou muito dinheiro de Henry, na verdade, aquela noite no hotel. E como ele ficou triste depois! Cece deu a ele uma flauta de metal e, com ajuda de Alice Palace, começou a lhe ensinar as canções mais imorais que conheciam. Isso logo o alegrou.

O cadáver no hotel era uma menininha tão deteriorada que só dava para saber seu gênero graças ao vestido, agora bem descolorido, com o qual a vestiram.

Ela estava nos fundos, e enquanto eu prestava minhas condolências, a dona do hotel se aproximou e disse:

— Ela vai durar no máximo mais um ou dois meses. Escrevi para o conselho de Bremen para ver se eles têm algum cadáver que possam nos mandar, mas talvez você possa insistir por mim, se não se dispuserem a ajudar. Sinto aqueles lá chegando perto, às vezes, ou talvez esteja enlouquecendo.

Olhei para fora da janela, quase esperando ver a estrada branca. Todos os pelos do meu corpo estavam eriçados. Há um momento em que o cadáver distancia-se tanto da pessoa que um dia foi que a estrada branca não pode mais ser afastada por sua presença. Em locais mais populosos, dá para contar com o fato de que os vizinhos envelhecerão e morrerão, ou por acidente, doença, até pelas próprias mãos — hoje em dia, estamos bem familiarizados com a morte —, mas, em locais como Dale, onde apenas uma ou duas famílias ficam para cuidar de hotéis ou outras estalagens necessárias, é mais difícil arranjar cadáveres.

Mas fora da janela havia apenas escuridão e chuva. Nada da estrada branca.

— Ela veio de Bremen? — perguntei. — Parece cruel fazer uma menina tão pequena viajar para tão longe.

— Não — respondeu a hospedeira. — Ela não veio de Bremen.

Desejei-lhe boa noite e disse que, quando chegássemos a Bremen, eu faria o possível para lhe arranjar um cadáver.

A mulher começou a falar de novo, no entanto, antes que eu pudesse escapar:

— Meu pai vem sonhando com ela; ele sempre me conta os sonhos. Sonha que tem um daqueles troços no bolso, um celular. Tem um celular no bolso e ele está tocando, e é ela quem liga. Meu pai quer atender, mas sabe que precisa se livrar do aparelho porque, quando ele vê, a estrada branca se aproxima, eles estão vindo por causa do celular, então ele não pode atender. Precisa se livrar do celular. Então não atende, e toda vez que ele me diz isso, eu desejo que pelo menos uma vez meu pai atenda a ligação. Quero saber o que ela quer dizer a ele. Mas é apenas um sonho. Ela nem saberia usar um celular. Nem eu lembro como se usa. Tinha apenas dois anos quando tudo aconteceu, então não lembro como era. E ela nunca viu um celular em toda a sua vida.

Não era o costume, mesmo naquela época, falar das coisas que tivemos de descartar. Se pertencem a alguém agora, é àqueles que atravessam a estrada branca. Mas ela ainda estava de luto, assim como o pai. Como eu poderia me ofender?

— Eu tinha dezesseis — falei. — Lembro de tudo. Mas é como se fosse um sonho agora.

— Feche a porta ao sair — disse ela. — Senão o gato entra.

O dia seguinte amanheceu claro, com uma brisa leve, e tudo brilhava, molhado pela chuva. Sentir o ar da montanha era como beber a água mais fresca e gelada. A mula de Henry me deu um coice quando passei carregando minha sela. Era tão azeda quanto Henry era doce. O rapaz, Carver e Laurent haviam ficado muito amigos. Supus que ficaram acordados até tarde na noite anterior, bebendo e dividindo um baseado grosso, especialidade de Dale, com as duas filhas mais velhas da família dona do hotel.

Bremen ficava a sete horas de Dale a cavalo. Estávamos longe da rodovia agora, em uma trilha bem marcada que serpenteava para baixo no lado mais longo da montanha. A estrada branca tecia-se entre os troncos de árvore, fina como uma fita. Henry ainda virava a cabeça para olhá-la, mas precisava prestar mais atenção à trilha, íngreme e cheia de pedras.

Paramos e almoçamos em uma clareira coberta por flores rosas e alegres, e Laurent fez uma coroa com elas, entregando-a à Alice Palace. Ela a usou por cerca de uma hora, e então deu as flores, uma a uma, para o cavalo de Cece comer.

Mantivemos um bom ritmo naquela tarde e antes das cinco da tarde estávamos em Bremen. A cidade fica na fenda de um pequeno vale, e há um lago grande lá, que me disseram que não esquenta nem no meio do verão. Acho que deve ser bem profundo. Há seis ou sete fazendas nos arredores de Bremen, então mesmo antes de chegarmos ao nosso destino já sabíamos que algo estava errado.

Em cidades como Bremen, nossa companhia atrai muito interesse. Acho que qualquer grupo de viajantes atrairia. No entanto, ao passarmos pelos campos, não vimos ninguém. Ninguém desceu até a estrada e acenou para nós. Ninguém foi até a varanda, embora todas as portas pelas quais passamos estivessem abertas. Havia, porém, vacas nos celeiros. Podíamos ouvi-las gritar, querendo ser ordenhadas.

— Que lugar estranho — disse Henry. — As pessoas aqui não são amigáveis.

— Não — disse Phillip. — Algo estranho aconteceu. Esperem aqui. — Ele cavalgou até a casa mais próxima e apeou devagar. Entrou na casa pela porta aberta e saiu outra vez. — Não há ninguém aqui. Tem comida na mesa, frango frito e verduras, mas ninguém comeu mais de um bocado. Agora a comida está cheia de moscas. O leite também. Há um monte de roupas próximas ao espremedor. Com cheiro azedo, mofadas.

— Há algo errado aqui — disse Laurent.

— Vá a outra casa — Alice Palace lhe pediu. — Veja se está assim também.

— Vai estar — disse ele, mas como foi Alice Palace que pediu, deu a volta com o cavalo e foi investigar a mais próxima das casas restantes. Quando voltou, disse: — Não há ninguém. Também não há um corpo.

Ao ouvir isso, virei a cabeça para olhar e lá estava a estrada branca, plana e vazia, tão larga que todos poderíamos tê-la percorrido lado a lado. Porém, ainda era dia, então nunca a teríamos alcançado, mesmo se quiséssemos. Dentro de algumas horas, estaria mais próxima.

— O que faremos agora? — perguntou Henry, parecendo mais perplexo do que com medo. Acho que deve ter acreditado que já tínhamos passado por experiências como aquela antes, já que éramos viajantes veteranos. — Voltamos a Dale?

— Vamos para a cidade — respondeu Carver, ignorando Henry. — Deve haver alguém lá. Não é possível que a cidade inteira tenha desaparecido. Alguém conseguirá explicar tudo isso.

Ao menos acho que foi Carver que disse isso. Eu estava pensando apenas em Meredith, que vivia na parte mais afastada de Bremen com a irmã, uns primos mais jovens e os filhos deles. Alice Palace, que sabia o que eu e Meredith éramos um do outro, já estava olhando para mim. Também devia estar pensando nela.

Não pude dizer o que eu estava pensando. Em vez disso, pressionei os calcanhares contra os flancos da minha pobre égua e ela disparou para a frente. Em apenas cinco minutos eu estava diante da casa de Meredith, e por todo o percurso não vi sequer uma alma viva. Apenas a estrada branca em minha visão periférica.

A porta dela, como todas as outras em Bremen, estava aberta. Amarrei as rédeas em uma amoreira e entrei. A rabugenta gata tricolor de Meredith miou desesperadamente para mim da escada, mas quando fui pegá-la no colo, ela disparou pelos degraus, contornando-me e atravessando a porta, gemendo.

Fui até o quarto de Meredith e tudo continuava como eu lembrava. A cama de ferro, as estantes cheias de livros. Ela disse que havia lido todos ao menos duas vezes. Sempre que eu passava por Bremen, ela me entregava uma lista dos livros que mais queria, e sempre que eu voltava, dava a ela os que eu havia encontrado. Na mesa ao lado de sua cama, havia um copo com mancha de vinho tinto no fundo e uma carta. Ela escrevera "Querida Lucille, espero que", mas só chegou até aí. A data era de dois dias atrás.

Aqui preciso fazer uma confissão. Nós, da companhia, estávamos habituados a ler as cartas que levávamos. Assim como oferecíamos entretenimento às pessoas das cidades que visitávamos, nos entretínhamos com as cartas dessas pessoas. Abríamos as correspondências com cuidado, líamos as mensagens uns para os outros e então as selávamos outra vez, também com cuidado. Sabemos todos os segredos das cidades que visitamos e os fios que conectam um lugar a outro. Assim, eu já conhecia Meredith antes de trocarmos sequer duas ou três palavras. Primeiro a conheci por suas cartas, e a última coisa que soube dela foi aquele pequeno fragmento de ideia inacabada. A cidade inteira, mais de duas mil almas no total, fora perdida, mas mesmo assim a perda que senti foi a de Meredith. E talvez seja essa a história que eu deveria contar, a história de como nos conhecemos, como nos apaixonamos e o que eu esperava para o futuro, mas não contarei essa história.

Encontrei o resto da caravana na rua em frente à praça pública de Bremen. De alguma forma, o tempo avançara quase uma hora, e já eram 17h45. Quando percebi isso, tive certeza de que podia sentir a estrada branca contorcendo-se agora obscenamente, como uma lesma gorda em êxtase com a proximidade, mas, é claro, quando me virei para pegá-la no ato, estava plana e imóvel como um pedaço de mármore. Enquanto ainda há luz do dia, o único movimento que ela faz é aquele que não se pode ver, e que permite a ela trocar de posição para que sempre a vejamos a nosso lado.

— Todos se foram — disse Laurent. — Só Deus sabe aonde.

— E levaram consigo todos os cadáveres — acrescentou Cece. — Não encontramos um só corpo.

— Talvez algo tenha acontecido com eles antes — disse Carver. — Com os corpos. E aí, quando a noite caiu...

— Não seria assim — contestou Laurent —, pois se eles tivessem vindo, aqueles lá, não tendo um cadáver, vocês sabem o que encontraríamos. Cada casa um mausoléu. Sangue e pedaços de carne e ossos. Eles nos despedaçam quando conseguem entrar.

— Então todos enlouqueceram — sugeriu Carver. — Enterraram os mortos e viraram os rostos para a estrada branca. Às vezes as pessoas fazem isso. Perseguem a estrada até a noite cair. Por isso dizem para nunca olhar para ela.

— Ora, por favor! — exclamou Cece. — O que aconteceu com eles não importa agora. O que importa é que está quase anoitecendo e não temos um cadáver.

— Eu serei o cadáver — disse Alice Palace, na mesma hora. — Vamos acampar no antigo teatro, e ficarei deitada como morta a noite inteira. Até amanhecer. Podem fazer meu funeral. Depois seguiremos viagem.

— Não — discordou Laurent. — Eu serei o cadáver. E vocês ficarão de luto por mim. Beberão em minha homenagem e contarão histórias sobre mim. Acho que vou gostar disso.

— Mas você não estará morto de verdade — disse Henry. A mula que o carregava dançava sem sair do lugar. Ele estava segurando as rédeas com força demais, congelado de medo. — E se não funcionar, porque você está vivo, porque não está morto de verdade? Como sabe que eles acreditarão?

— Bem... — disse Phillip, pálido de exaustão. Cece e Carver não pareciam muito melhores.

Amabeth, apoiando-se no pescoço de sua égua marrom, parecia pior do que todos, mas disse, em voz clara:

— Já foi feito uma ou duas vezes. E de qualquer forma, o que quer que tenha acontecido aqui deve ter algo a ver com eles. Talvez já tenham feito maldades o suficiente para se contentarem. Nem sempre eles vêm. Talvez não venham, tendo ou não corpo.

— Vá se foder — disse Henry. — Meu tio pagou bem para todos vocês me levarem em segurança até Memphis. Escreverei uma carta a ele quando chegar lá e contarei tudo. Ele é um homem importante. Não poderão mais pisar em Chattanooga.

— Se sobrevivermos a esta noite — disse Laurent, gentilmente —, e se conseguirmos levá-lo a Memphis, pode escrever essa carta e eu prometo que a levarei no meu bolso até poder entregá-la. Dou a minha palavra.

— Ei — eu chamei. — Henry, prometo que o manteremos seguro. Mas você precisa prometer que fará o que dissermos. Sem briga. Sem palavras cruéis. Você é um de nós agora. O sol vai se pôr em uma hora, e temos trabalho a fazer até lá. Procuraremos nas casas comida e algumas velas. Talvez até peguemos emprestado algumas roupas limpas. Então será a hora de nossa performance.

— Vamos lá, Henry — disse Alice Palace. — Nunca quis fazer parte de uma peça? Pode até fazer um teste para o papel do cadáver. Não é o papel mais difícil, mas é o mais importante.

— Não — insistiu Laurent, em tom definitivo. — Eu serei o cadáver. Estou cansado o suficiente depois de toda a libertinagem da noite passada para fazer um excelente trabalho.

— Se é o que quer — disse Alice Palace, dando de ombros. — Mas vamos nos certificar de achar todo o álcool que essas pessoas escondiam. Se vou passar a noite chorando, gemendo e esperando para ver se sou ou não destroçada como um livro velho sendo usado como lenha de fogueira, quero fazer isso bêbada.

Talvez tenhamos comido bem. Não me lembro dessa parte. Não estava com fome. Achava que nunca mais teria fome outra vez, mas devo ter comido algo. Já imaginava como seria a noite. Por que aqueles que caminham pela estrada branca são impedidos pela presença de um cadáver, ninguém sabe, assim como por que são atraídos por objetos eletrônicos, vibrações mecânicas e, um pouco menos, pela atividade humana. Sabemos que são monstros porque vêm à noite e nos rasgam em pedaços. Mas também são monstros, creio eu, porque não entendemos por que fazem o que fazem.

Apenas um cadáver mantém a estrada branca longe, isola um lugar daqueles que nela caminham. Mas na falta de um cadáver real, o faz de conta teria de ser suficiente, já que não éramos assassinos. Arrumamos nosso funeral de mentira no palco da armadilha mortal que chamavam de teatro de Bremen. Arrastamos um caixão de uma casa próxima e o colocamos no palco. Depois de nosso jantar apressado, Laurent entrou nele e se deitou. Então levantou-se outra vez.

— Melhor ir mijar — disse, e foi para a coxia com uma vela grossa.

Ficamos espalhados pelo palco, sem dizer nada, até Laurent voltar.

— Bem — disse ele. — Nós que estamos prestes a... — E soprou um beijo para Alice Palace. — Antes de morrer, quero apenas que saiba uma coisa. Eu amo você. Amo tudo em você e acho que sempre amarei. Talvez já saiba e mesmo assim não se importe, e sinto muito se lhe incomodei com isso, mas espero que, agora que estou morto, você sinta um pouco a minha falta. Realmente a amei. De verdade. E agora, adeus.

— Ok, valeu — disse Alice Palace, sem parecer ter prestado atenção ao discurso.

— Mas ele não morreu de verdade — disse Henry para mim. — Então isso vai ser estranho mais tarde. Se sobrevivermos.

Esse foi o começo do velório. Passamos de mão em mão garrafas de licor marrom não identificado e fizemos um brinde a Laurent. Alguns de nós choraram. Bebemos mais. Cantamos canções lacrimosas, fumamos os baseados que Carver e Henry haviam recebido das moças do hotel em Dale e ficamos chapados. É de se admitir que não era assim que costumávamos conseguir nossos melhores desempenhos, mas naquele momento já sabíamos que a estrada branca estaria logo à porta do teatro de Bremen. Mas se fossemos lá fora procurá-la, não a veríamos por cima do ombro, pois ela estaria bem na nossa frente, como se fossemos pisar nela. Não podíamos mais esperar que a estrada estivesse vazia. Haveria coisas viajando por ela, para cima e para baixo. Mais cedo ou mais tarde, a estrada ficaria ainda mais larga e estaríamos nela, mesmo não tendo, naquele palco, nos movido sequer um passo em direção a ela. Então as coisas que andavam pela estrada poderiam vir até nós.

Algumas pessoas dizem que é o nosso medo das coisas que viajam pela estrada branca que as leva à loucura, como se o medo exalasse o mais delicioso perfume, e que o sofrimento é o que torna esse perfume um repelente. Assim, alguns acham que pode ser possível sobreviver à presença deles se pudermos adentrar um estado no qual não sentimos medo. Mas temos tanto medo deles. E como não teríamos? São monstros. Então fingimos sofrimento até o que sentíamos se tornar realmente sofrimento, como se Laurent estivesse mesmo morto. E fumamos até a maioria de nós estar tão chapada que tudo o que ocorreu em seguida fosse, talvez, inevitável.

Mas confesso: não bebi tanto quanto meus amigos. Recusei o baseado. Transmutei minha dor por Meredith (que também era por mim mesmo) em sofrimento por Laurent. Por seu bom humor, seu amor bem estúpido, mas contagiante mesmo assim, por Alice, que eu sabia que nunca o amaria de volta. Por sua beleza, que primeiro definharia, depois incharia e se transformaria, tornando-se podre e digna de pena, se não agora, ainda cedo demais. Mas também esperei. Queria ver aqueles que caminham pela estrada branca. O rosto que mostram a nós é terrível e falso, mas é sempre familiar. Eu esperava que, se viessem, seria Meredith que eu veria.

Henry bebeu muito. Dava um trago no baseado sempre que passava por ele. Não era bom ator, e seu sofrimento pela morte de Laurent, embora fosse barulhento, não convencia. Mas fazia pouco tempo que conhecia Laurent, e seu talento era o cultivo de peixes, não o teatro. Além disso, estava irritado conosco. O que aconteceu em Bremen não tinha nada a ver com nossa companhia, mas nós o havíamos levado para lá e ele agora desejava nunca ter nos conhecido.

Como mais de duas horas se passaram sem que aqueles que viajam na estrada branca estivessem em nenhum lugar do teatro, creio que Henry ficou meio entediado. Quando os outros não estavam prestando atenção, ele escapou para a coxia. Pensei que talvez tivesse procurando um lugar para mijar. Pensei em ir atrás dele, mas Amabeth e Alice Palace estavam chorando e murmurando em um canto do palco à esquerda, então fui me juntar a elas. Devia estar meio bêbado, pois realmente achei que estavam sofrendo. Quis consolá-las.

— Você nem saberia o nome dele, claro, mas era superfamoso — disse Alice Palace. — Fez vários filmes, todos o amavam. Tinha uma coisa que faziam, um grupo de pessoas decidia quem era o homem mais sexy do ano, e ele ganhou mais de uma vez, eu acho. Ele tinha tudo o que alguém podia querer, mas acho que lutava contra a depressão. Enfim, éramos apenas crianças e vivíamos em um município no norte de Nova York, e várias pessoas tinham casas de férias lá. Mansões chiques. Então ele estava lá para uma festa, ou visitando amigos, algo assim, e acho que foi se afastando e se enforcou numa árvore. No nosso quintal. Ele provavelmente nem sabia que era um quintal. Digo, não tínhamos uma cerca nem nada assim, e a grama não estava aparada. E eu e minha irmã estávamos lá na noite seguinte, antes de as pessoas se darem conta de que ele havia sumido, e eu o encontrei. Estava tão escuro que eu não conseguia vê-lo e tal, mas esbarrei nele, onde estava pendurado pela corda, e o corpo estava duro, mas também se movia. Eu tinha, tipo, oito anos.

— Não acredito — disse Amabeth —, que merda.

Pensei na mãe de Laurent, a reverenda Godejohn, que correu rua abaixo atrás de nós quando o levamos. Ainda passávamos de vez em quando por Atlanta, mas pelo que eu sei Laurent nunca ia vê-la. Ela o criou para amar a Deus e apenas a Deus, desenvolveu aquela incrível capacidade que ele tinha de adorar não importando se a adoração era ou não visível a seu objeto. Como Alice Palace havia tomado aquele lugar em sua visão? Bom, se não fosse ela, teria sido outra causa ou pessoa. Fazemos o que aprendemos a fazer.

— Sim, mas o mais escroto é que é assim que me lembro do que aconteceu. E eu costumava pensar que era por isso que quis ser atriz. Por causa dessa experiência. Fiquei obcecada pelos filmes dele. Sabia todas as falas dele decoradas. Mais tarde, porém, quando já tinha uns vinte e poucos anos e estava conversando com meus pais sobre isso, eles disseram que na verdade foi a minha irmã que encontrou o corpo. Eu nem estava no quintal, estava dormindo. Mas como a coisa toda foi tão traumática, e como meus pais nunca falavam sobre isso, eu inventei que aquela era a minha história.

— Ou talvez seus pais estivessem mentindo — disse Amabeth —, e fosse mesmo sua história.

— Não sei — respondeu Alice Palace. — Acho que pode ser verdade. Mas tudo isso, essa morte do Laurent, parece trazer tudo de volta. Queria ter sido mais legal com ele.

Atuar era natural para Laurent, assim como todas as outras artes cênicas. O único papel que já o vi recusar foi Otelo. Disse que, embora pudéssemos pensar o contrário, não era um papel adequado a ele. Apresentamos *Muito barulho por nada* em vez disso por quase um ano, com ele no papel de Benedick. Laurent sempre preferiu comédias a tragédias. Nas comédias, tudo dá certo e para em um momento que não é um fim de verdade. A caixa que dá forma à comédia é, de propósito, pequena demais. Não consegue conter o verdadeiro fim.

— Você nunca o maltratou — disse Amabeth.

— Não — concordou Alice Palace —, mas, sabe, eu poderia ter sido mais gentil.

Ela começou a soluçar com mais força, e eu teria tentado consolá-la, mas Amabeth a abraçou e falou:

— Está tudo bem. É horrível, eu sei. Mas vai ficar tudo bem. Ele não ia querer vê-la tão triste. Amava você.

— Eu sei — disse Alice Palace, e começou a chorar ainda mais.

Agora eu pensava avistar, talvez, alguém logo à entrada do teatro. Estava escuro demais para ter certeza, mas quanto mais eu olhava mais certeza tinha de que havia alguém lá olhando para mim. Havíamos fechado e trancado a porta quando entramos, mas sabia que agora estava aberta. Eles abrem todas as portas. A única porta que os impede é aquela que atravessamos ao morrer.

Continuei pensando em Laurent, em como era horrível ele ter morrido, como quer que tivesse morrido, e em como tudo seria diferente agora, mas começava a sentir que, assim como havia julgado o sofrimento de Henry e considerado que faltava a ele verossimilhança, minha dor também estava sendo avaliada. Meu sofrimento não era convincente. Ou, talvez, eu não estivesse bêbado o suficiente. Pensei: *Vou descer o corredor que leva ao palco e verei seu rosto.* Então alguém me agarrou pelo ombro e eu teria gritado, mas minha garganta fechou e, quando me virei, era Henry. Ele estendeu a outra mão para mim e nela, misteriosamente, havia uma maçã.

— Venha comigo — disse ele. — Siga-me, Victor. Você precisa ver isso.

Ninguém mais prestava atenção em nós. Carver, Phillip e Cece cantavam cânticos antigos ao lado do caixão de Laurent. Amabeth ainda consolava Alice Palace. Não conseguiam sentir a estrada branca engrossando em coágulos à nossa volta? Não viam a figura que esvoaçava por entre fileiras de poltronas apodrecidas? Uma, depois duas. Henry também parecia não percebê-las. Estava preocupado com o que quer que houvesse descoberto.

— Agora não — eu disse. — Pense em Laurent.

— Sim, eu sei. É horrível ele estar morto. Mas venha ver o que encontrei. É incrível.

Peguei então uma vela e o segui até a coxia. As cortinas pesadas estavam amontoadas de forma que precisávamos passar por cima, e o material cedia sob nossos pés, soltando um odor acre. Lá estava um corredor, sem ninguém à vista. Henry pegou minha mão livre e me puxou atrás de si. Passamos por uma série de portas. Ele ou alguém mais havia aberto todas. Deviam ter sido camarins, eu acho. Nunca havíamos nos apresentado naquele teatro, em vez dele tínhamos permissão para usar a igreja metodista, conservada pelos que ainda praticavam a religião. Fomos para o teatro naquela noite por ter liberdade para ir aonde quiséssemos, e a fachada do local ainda era bela. Havia espaço no saguão de entrada para nossas montarias, e a igreja sempre pareceu sombria.

Estávamos no meio do corredor quando Henry parou.

— Esta porta — disse ele. — Entre e veja. Mas tome cuidado. O chão se foi. Está uns trinta centímetros pra baixo.

Antes de passar pela porta, senti o ar gélido soprar de dentro. Havia luz vinda de cima. Ergui o olhar e vi que o teto também tinha desabado. A lua estava bem lá no alto, e crescendo em direção a ela havia uma macieira, cujos galhos impediam que as paredes daquele aposento que formava uma caixa caíssem ainda mais. Um dia, porém, a árvore cresceria e empurraria as paredes para longe.

— Vá em frente — disse Henry. — Pode descer e chegar ao chão ou subir em um desses galhos. Vá pegar uma maçã.

— Não sei se aguentariam meu peso — eu argumentei. Vi então que estávamos na estrada branca. Ela se alongava à nossa volta e, não importando para onde olhássemos, ela se estendia voluptuosamente.

— Então pegarei uma para você — disse Henry, e começou a esticar o braço para cima.

Então, aquela que estivera na árvore o tempo todo sem que a víssemos começou a descer. Henry recuou e esbarrou em mim desajeitadamente, gemendo de medo. Eu, porém, vi que era uma mulher e senti um anseio tão maior que o terror que empurrei-o para o lado e comecei a seguir em direção a ela. Mas não foi Meredith que vi. Foi minha irmã. Parecia igual ao que eu lembrava, exceto pelos olhos, que não estavam onde deviam. Estavam abaixo da maçã direita do rosto, juntos; um não tinha pupila. Eles sempre erram um detalhe, mas sempre dá para reconhecer aquele que querem que você veja.

— Precisamos sair daqui! — exclamou Henry. — Preciso sair daqui, me ajude. — Ele pegou um pedaço de madeira caído, da grossura do meu braço, e o brandiu contra minha pobre irmã. Em seguida, começou a gemer outra vez — Atrás de você. Há mais uma.

Mais uma vez ousei ter esperança, mas, quando olhei, era uma menininha de três ou quatro anos. Não a havia reconhecido no caixão do hotel em Dale, mas me veio então uma lembrança. Ela havia se sentado em meu colo em um jantar e pedido um conto de fadas. Lá estava ela agora, transformada em uma criatura de alguma floresta sombria. Tinha pernas demais. Eu não conseguia contar quantas.

— Estão apenas curiosas — eu disse a Henry. — Se quisessem nos machucar, já o teriam feito. Ouviram-nos velar Laurent e isso é um mistério para elas. Não sabem se ele está morto ou se somos sua refeição. Mas deixemos a elas a macieira e conversemos sobre nosso querido Laurent, que está morto para que possamos seguir vivos.

Tirei o pedaço de madeira da mão dele com a maior gentileza possível. Era tão pesado que me surpreendeu que ele conseguisse levantá-lo.

— Laurent — disse Henry. Pude ver a névoa de álcool e maconha se desfazer um pouco. Ele começou a tentar mudar sua expressão de terror para sofrimento. As criaturas aguardavam conosco. Não sei como ele as via, apenas que o que ele via era diferente do que eu via. Eu ainda sentia o mesmo anseio, a mesma esperança. Talvez uma terceira viesse. Talvez eu pudesse vê-la. Teria feito quase qualquer coisa, acho, para vê-la. Teria aguardado naquele aposento sob a árvore para sempre. Mas então houve um som terrível, o som de alguém gritando no palco onde deixáramos os demais, e eu fiz o que precisava fazer.

O pedaço de madeira era sólido como uma barra de ferro, e o movi com tanta rapidez que acho que ele nunca soube o que eu pretendia fazer. Ouvi seu pescoço se quebrar e já estava levantando outra vez o pedaço de madeira quando seu corpo atingiu a soleira da porta. Golpeei-o com força na cabeça mais duas vezes e senti o crânio se partir. Então, a estrada branca sumiu, levando as criaturas que vieram nela. Voltei para o corredor para ver o que ocorrera no palco. Não encontrei ninguém que conhecia no caminho.

O que ocorreu era mais comédia do que tragédia, descobri. Os outros tinham continuado a lamentar a morte de Laurent, até, por fim, estarem todos convencidos de que ele realmente estava morto. E, lidando com isso, Alice Palace passou do sofrimento para um estado no qual começou a rasgar as roupas e arrancar o cabelo. Caiu dentro do caixão e implorou a Laurent que voltasse à vida. Disse a ele que, agora que era tarde, percebera o que havia perdido. Percebera que o amava tanto quanto ele a amava, mas que antes o medo a impedira de ver o que estava logo à sua frente. Implorou que ele voltasse à vida, disse que se ele não o fizesse, ela morreria de dor. Disse que se Laurent já a havia amado de verdade, viveria outra vez, e isso foi demais para o rapaz aguentar. Ele se sentou no caixão e a abraçou, acabando com o espetáculo, e então aqueles que haviam sido nosso público invadiram o palco. Foi aí que Cece gritou e eu fiz o que fiz.

Carver foi comigo pegar o corpo de Henry. A primeira coisa que ele disse foi "Ah, uma macieira! Então ele deve ter caído". Eu disse que não, que o havia matado. Mas foi bondade de Carver sugerir uma história diferente. E poderia ter sido assim, acredito, se estivéssemos apresentando uma comédia.

Acho que não há muito mais história. Quando o sol nasceu, deixamos Bremen para trás. Os demais comeram maçãs o dia inteiro, mas eu nunca mais suportei o gosto da fruta. Não fizemos muito para velar Henry. Acho que estávamos exaustos demais pela atuação extravagante da noite anterior.

A mula de Henry carregou seu corpo até Nashville, muito solenemente, e foi lá que comecei a sentir um espasmo na mandíbula e ter febre. O resto da caravana precisou me deixar lá quando ficou claro que eu havia contraído tétano: o pedaço de madeira que usei para esmagar o crânio de Henry tinha um prego enfiado que me arranhou. Uma família em Nashville cuidou de mim pelos longos meses em que permaneci doente com tétano. Como pagamento, aceitaram grãos de milho e o corpo de Henry. Quando me recuperei o suficiente para sair da cama, passei a seguir devagar para o aposento no qual estava o cadáver e fazer-lhe companhia, às vezes por horas a fio. Começamos a nos conhecer como não tivemos tempo durante nossa breve convivência na estrada. Quando me curei, não tinha mais fôlego para cantar ou atuar no palco. Então arranjei outra ocupação. O que aprendi a fazer não é importante. De vez em quando recebia notícias de meus amigos da companhia. Por alguns anos, creio eu, Laurent Godejohn e Alice Palace foram felizes juntos. Mas então fiquei sabendo que ele morreu, embora não saiba como, e pouco depois ela passou por Nashville e tomamos um *drink* juntos. Alice não quis falar de Laurent. Tinha um novo amante. Verdade seja dita, ela não me pareceu mudada. Nem por amor, nem por luto, nem mesmo pela passagem do tempo.

Disseram-me que, quando a companhia passou outra vez por Chattanooga, comunicaram ao tio de Henry que o rapaz havia morrido em uma tempestade, atingido por um raio. Também ouvi dizer que um viajante que descia as montanhas não encontrou ninguém vivo no hotel de Dale. Todas as paredes dos aposentos do primeiro andar ainda estavam úmidas de sangue, como se um rio tivesse corrido por lá e depois secado, recentemente.

Quanto a mim, não sei o que é esta história. É uma comédia ou uma tragédia? Mesmo agora que a registrei por escrito, ainda não consigo definir seu formato. Sem dúvida errei muitos detalhes, como Alice Palace ao contar aquela história do homem enforcado na árvore. Mas dobrarei tudo isto, colocarei em um envelope e enviarei para o tio de Henry em Chattanooga. Só não sei se ele ainda está vivo. Espero que ainda esteja. Talvez, se não estiver, outra pessoa leia esta história. Queria que Meredith a pudesse ler, mas talvez seja melhor não. Se a lesse, talvez visse que, na verdade, sou aquilo que ela uma vez me disse achar surpreendente que eu representasse com tanta naturalidade. Talvez alguém que não deveria ler esta carta a leia, como eu costumava ler as cartas de Meredith e de outros homens e mulheres. Mas não tenho esperança. Não tenho mais esperança, mas ainda tenho esperança, sem saber o que espero.

A menina que não conhecia o medo

(O menino que não conhecia o medo)

Alguns anos atrás, eu estava voltando para Massachusetts, onde morava, e fiquei quatro dias presa no aeroporto de Detroit devido ao mau tempo. Havia estado em uma conferência em Iowa City — raramente viajo, mas estava em um momento de minha carreira no qual isso era necessário para avançar profissionalmente. Fui receber uma honraria importante que traria muitos benefícios, não apenas para mim, mas também para a universidade na qual eu era pesquisadora efetivada, sem precisar lecionar. A universidade deixou claro que seria indelicado de minha parte não comparecer, então fui. Participei de mesas e escutei colegas discutirem minha pesquisa. Pessoas para quem eu havia dado aula, agora na meia-idade e seguindo a própria carreira, me cumprimentavam com mais afeição e entusiasmo do que eu achava que merecia; paguei bebidas para elas no bar e ouvi relatos de seus variados sucessos. Algumas conheciam minha esposa. Outras me tinham como amiga no Facebook e comentavam fotos recentes de minha filha, Dido. Como tinha crescido!. Houve, claro, conversas sobre política e sobre o último inverno, como foi ameno. Como estava úmida a primavera. Nunca gostei muito de mudanças, mas claro que elas eram inevitáveis. E nem toda mudança é catastrófica — ou melhor, mesmo em meio a mudanças catastróficas, as pequenas coisas boas podem perdurar. Dido recentemente aprendera a escrever o próprio nome. Todas as pessoas que se apresentaram tinham suas crianças também maravilhosas, prodígios, criaturas de natureza e habilidades incríveis.

No último dia, arrumei minha mala e fui com o carro alugado até o aeroporto de Cedar Rapids. Quando liguei para minha esposa, ela parecia distraída, mas nenhuma de nós gostava de falar ao telefone. Além disso, havia um compromisso em meu calendário que não podia ser adiado, e ambas estávamos pensando nisso.

Em Detroit, meu voo de conexão atrasou e depois atrasou mais ainda. Mesmo quem viaja com tão pouca frequência quanto eu sabe que hoje em dia viajar é um empreendimento incerto, cheio de atrasos e inconveniências, mas por fim ficou claro que algo fora do normal estava acontecendo. Um sistema de tempestades tão forte havia se formado em Atlanta que os voos operados pela Delta estavam sendo desviados no país todo. Consequentemente, nenhum outro avião partiria para Hartford naquela noite.

Liguei para minha esposa para ela saber que não deveria me esperar acordada.

— Que horas são aí? — perguntou ela. — Uma hora a menos, não é? Não, você já está no horário da costa leste? Então não é meia-noite ainda. Vá procurar um hotel depressa antes que todos lotem. Ligarei para a Delta e conseguirei um voo pra você amanhã de manhã. Estará em casa com tempo de sobra. Dido quer que você a busque na escola amanhã, mas veremos.

Minha esposa é doze anos mais nova que eu. Esse é o segundo casamento dela, meu primeiro. Somos parecidas o suficiente para sermos confundidas com irmãs, e às vezes ela diz, brincando, que na primeira vez que me olhou foi como se visse seu futuro. Quanto mais tempo passamos casadas, mais acho que começamos a nos parecer. Temos tamanho similar; usamos as roupas uma da outra de vez em quando e vamos à mesma cabeleireira. Ambas temos uma marca de nascença na coxa, embora a dela seja maior, da largura de três dedos. Os seios dela são maiores e os mamilos são da cor de sangue seco. Depois que ela pariu nossa filha, seus sapatos não couberam mais e ela doou todos para um abrigo de mulheres. Agora calçamos o mesmo tamanho.

Quando decidimos engravidar, não houve dúvidas de que seria ela que carregaria a bebê. "Carregar a bebê", disse ela. "Como se as pessoas da clínica estivessem falando de uma sacola." Mas ela pediu que eu doasse o óvulo, e foi o que fiz, e talvez não devesse ter feito. Creio que teria amado a criança da mesma forma se não fosse biologicamente minha. Mas aí Dido não seria Dido, não é? Se fosse menos como eu ou até mais como eu, eu a amaria mais ou menos? Minha esposa teria se apaixonado por mim tão rapidamente se nossa semelhança não fosse tão gritante?

Dido é Dido, e que continue sempre a ser, do jeitinho que escolher. É o que eu escolheria para ela. Quando ficar mais velha, será que vai olhar para mim e ver seu futuro?

Não gosto de pensar muito no futuro. Não gosto de mudanças.

Voltei ao aeroporto às sete horas da manhã para meu voo às dez. Excessivamente otimista, até despachei minha mala de mão. Então, quando meu voo foi cancelado e o seguinte também, me disseram que minha mala estava em trânsito, embora eu não estivesse. Não era possível recuperá-la. Naquela noite, paguei uma corrida de aplicativo até uma loja de conveniência e comprei uma escova de dentes, calcinhas e um maiô barato.

Logo em frente à recepção do hotel Sheraton próximo ao aeroporto, onde eu pagava caro pelo privilégio de ter um quartinho apertado com uma cama grande demais, havia um pátio coberto com uma piscina cercada de concreto. Também havia uma cabana com um bar no pátio, coberta por lonas de plástico; palmeiras pouco convincentes em vasos; espreguiçadeiras e mesinhas onde ninguém nunca se sentava.

A água da piscina era verde embaçada. Durante minha estadia, nunca encontrei viajantes na piscina, e o bar nunca abriu. A iluminação indicava um eterno crepúsculo. Exceto naquela primeira noite, quando todos os assentos da van que levava ao Sheraton estavam ocupados por viajantes sem avião que fizeram o *check-in* com uma única recepcionista adolescente, não vi mais hóspedes nas áreas públicas do hotel.

Não sou uma boa viajante, de forma alguma. Não gosto de ficar confinada em espaços pequenos; sou chata pra comer e é fácil ficar superestimulada; quando adolescente, fui diagnosticada com hiperosmia. Não durmo bem longe de casa, mas descobri que, se nado até ficar exausta, é possível dormir um pouco. A causticidade do cloro mascara todos os outros cheiros.

Gostaria de levar você para ver como era o pátio do Sheraton. Tinha um pouco o clima de uma gruta subterrânea ou de um anfiteatro romano. Quando pequena, me debrucei sobre um livro chamado *Motel of the Mysteries* (*"Hotel dos Mistérios"*), no qual arqueólogos do ano 4022 descobrem um hotel e tentam deduzir como os artefatos que encontram lá eram usados e por quem. Ao boiar de costas na piscina, com um teto texturizado trinta metros acima de mim em vez do céu, eu estava mais livre do que nunca em questão de tempo, lugar e responsabilidade. De um lado estavam minhas obrigações profissionais, agora concluídas. De outro, minha casa, minha família e o compromisso que eu sabia que não podia adiar, e no entanto lá estava eu. Fiquei naquele hotel quatro noites. Nadei na piscina e tentei manter a mente livre de preocupações inúteis. Em todos os anos que passei com essa minha condição, aprendi que é bom reduzir o estresse. O estresse é um gatilho.

Os corredores dos quatro andares eram visíveis de todos os lados do pátio. Ninguém nunca entrou nem saiu dos quartos com vista para a piscina, e também nunca ouvi ninguém nos quartos vizinhos ao meu. Eu nadava silenciosamente para não quebrar o grande feitiço de quietude do lugar e ficava tanto tempo na piscina que, quando ia dormir, a pele e o cabelo fediam tão satisfatoriamente a cloro que os demais aromas do quarto eram apenas fantasmas — o cheiro de torrada queimada dos lençóis lavados, traços remanescentes de perfumes e desodorantes, vestígios rançosos de comidas repulsivas, cheiro almiscarado de sexo e suor, ar reciclado misturado a mofo.

Em todas as quatro noites eu nadei, e em todos os quatro dias fui ao aeroporto, que era de todas as maneiras o oposto do meu pátio tranquilo. Acordava às seis e meia todas as manhãs e pegava a van do hotel como se fosse para o trabalho. Esperava em filas, passava pela segurança e ia para o meu portão de embarque ver se meu avião decolaria daquela vez. À medida que o dia passava, e cada voo possível atrasava e depois era cancelado, eu ia de um portão a outro, onde havia esperanças de que um avião finalmente decolasse. Eu era uma dentre muitos milhares de pessoas, todas fora do lugar, pausadas no caminho. Isso também era a piscina, ao que me parecia. Uma espécie de movimento suspenso e sem propósito.

O motivo para os voos cancelados podia até ser um sistema de tempestades, mas o tempo em Detroit estava ameno e nublado, assim como a água da piscina. As tempestades sérias só afetaram mesmo Atlanta, mas Atlanta era o polo central da Delta, e, por muitos dias, os aviões da Delta continuaram a não aparecer onde deveriam e, onde havia aviões, não havia tripulantes suficientes.

Eu me sentava perto de tomadas quando podia, carregava meu celular, mandava mensagens para amigas, ligava para casa toda vez que me transferiam para outro voo e pensava em alugar um carro. Quando Dido estava em casa, às vezes falava comigo. Ela não entendia por que eu não voltava para casa. Minha esposa disse que, em minha ausência, Dido recomeçara a ter pesadelos. Pesadelos sobre o quê?

— Vasos sanitários — minha esposa respondeu. — Privadas transbordando. Sim, parece engraçado, mas ela acorda gritando. E fez xixi nas calças hoje porque não queria usar o vaso na escola.

— Posso alugar um carro — eu disse. — Se for dirigindo, chegarei em casa em cerca de doze horas.

— Não — disse minha esposa. — Isso é ridículo. Você odeia dirigir. Dirige muito mal.

O que era verdade. E sempre que um voo era cancelado, havia um novo portão de embarque no qual eu podia esperar, suspensa no dia nublado e esverdeado. Li o novo livro da Kate Atkinson. Bebi café gelado na Dunkin' Donuts. As pessoas trocavam fofocas e histórias. Ouvi umas duas ou três vezes que havia uma família que veio de Londres para levar as três filhas pequenas à Disney. Agora estava presa em Detroit havia três dias. Não chegara a Orlando e também não podia ir para casa. Com o tempo, também comecei a contar essa história, embora não tivesse certeza de que acreditava nela.

De vez em quando ouvia-se uma comemoração cansada pelo portão de embarque. Assim, sabíamos que uma equipe de voo havia chegado, e aquelas pessoas estavam escapando do Aeroporto Metropolitano de Detroit. No terceiro dia eu já não esperava apenas voos que me levassem ao Aeroporto Internacional de Bradley, em Connecticut. Deixava que me colocassem em voos que iriam a Logan, LaGuardia ou até para a Filadélfia. Mas esses também atrasavam e eram cancelados. Toda noite eu deixava o terminal entre dez e meia-noite e seguia na van de volta ao Sheraton. No meu quarto, lavava calcinha e meias com shampoo, enrolava-os em uma toalha seca e vestia o maiô. Nadava até sentir que havia lavado o tempo de minha pele outra vez e então deixava pegadas molhadas pelo pátio que já teriam sumido quando eu adormecesse. Pela manhã, acordava e voltava ao aeroporto. Minha esposa estava se cansando do papel de mãe solteira, mas no fim concordávamos que ainda não havia necessidade de alugar um carro. Ela tinha certeza de que eu logo voltaria para casa. Contei a ela a história da família inglesa. Mesmo assim, ela achava que eu voltaria logo. Voltaria e o compromisso no meu calendário seria outra vez riscado com segurança. A vida seguiria serenamente.

No meio da noite acordei de um sonho horrível. Sonhos também são sintomas de meu problema, ou ao menos foi nisso que comecei a acreditar. É possível que Dido tenha herdado essa patologia, assim como herdei o rosto de minha mãe, embora talvez os pesadelos dela sejam apenas pesadelos.

No meu sonho, havia uma piscina no pátio, mas estava cheia de luz da lua em vez de água, tão brilhante que eu não suportava olhar diretamente. Mas, ah! Havia um cheiro tão delicioso e tentador que eu entrava na piscina de olhos abertos para ver o que cheirava tão bem. A luz me fazia boiar como se fosse água, e eu mergulhava naquele aroma maravilhoso como se fosse um cachorro, e meus olhos lacrimejavam, minha boca ficava tão cheia de saliva que eu precisava engolir o tempo todo. Cocei os olhos e vi que à beira da piscina estavam todas as pessoas que eu já tinha magoado ou ferido sem querer. Algumas eu nem conhecia ou talvez não lembrasse quem eram, mas sabia por que estavam lá. Ali também estavam todas as que, inevitavelmente, eu continuaria machucando mesmo sem ter a intenção: minha mãe, minha esposa. Dido. Seus olhos tão cheios de dor. Percebi que sofriam por mim porque eu estava na piscina e não podia sair. Estava na piscina devido à minha doença, e, como se importavam comigo, não podiam me deixar sozinha lá. Eu as magoava dessa forma também e, quando percebi isso, fiquei tão cheia de raiva que explodi em mil pedaços: partes da minha pele voaram para todos os lados, e foi assim que acordei, encharcada de suor, como se tivesse corrido uma maratona.

Levantei-me da cama, vesti o maiô molhado e fui até a piscina. Queria ter certeza de que tudo estava como deveria. Precisava ver que o sonho fora apenas um sonho, não algo real. E porque eu ainda sentia aquele cheiro delicioso. Precisava saber se era de verdade.

Era madrugada, mas, no pátio onde nada nunca mudava, ainda era crepúsculo. O aroma delicioso se dissipou. Nadei várias voltas e ninguém veio me dizer que eu precisava sair, mesmo os horários estando claramente marcados em uma placa colada na lateral do bar. Ninguém veio, então nadei até clarear outra vez a mente e me livrar do sonho.

Em toda a minha vida, fui alguém em quem pessoas desconhecidas confiam. Algo em meu rosto diz a algumas "você me interessa", a outras "guardarei seu segredo". Tenho o rosto de minha mãe, e é verdade que o interesse dela por todas as pessoas era sincero e que guardava bem qualquer segredo que lhe confiassem. Não sou minha mãe. Às vezes, acho, não sou nem eu mesma. Mas seja um truque da fisionomia, seja uma expressão habitual aprendida na infância — da maneira que toda criança imita o comportamento e os maneirismos dos pais, da maneira que Dido se senta à escrivaninha de minha esposa, faz careta para o computador dela e limpa os óculos que não usa —, meu rosto vem dizendo, por toda a minha vida, "ouvirei a sua história".

Pobre da criatura introvertida que nasce com rosto de terapeuta ou professora de jardim de infância. Como lobisomens, ficamos desconfortáveis no espaço e na companhia de gente, embora vistamos pele humana. O próprio aeroporto já era bastante ruim, mas pior ainda era a van que eu pegava na ida e na volta para o Sheraton. A motorista era uma mulher de setenta e poucos anos, ex-militar, mãe de três filhas adultas. Uma era dependente química, a outra teve câncer de mama. A terceira se afastou da mãe, embora vivesse a apenas trinta e dois quilômetros de distância. A motorista rezava todas as noites para se reconciliar com a filha — que, descobri, tinha a mesma idade que eu, nascida quase no mesmo mês. A cada viagem, a presunção dela quanto à nossa familiaridade crescia, e na terceira manhã ela me abraçou quando chegamos ao aeroporto, caso não me visse outra vez. Mas, embora a filha dela não voltasse, eu voltei. Não tive escolha.

Pobre do lobisomem. O que a história de uma desconhecida deveria significar? Lavar a história triste de uma estranha na piscina verde. Adormecer sob o fedor limpo de cloro e habitar sonhos fragmentados e incômodos sobre hóspedes do passado cujos fios de cabelo, caspas, impressões digitais ensebadas, lixo esquisito e manchas indefiníveis habitam esses espaços transitórios e mal iluminados. Se você prestar atenção, os quartos de hotel também falam. Eles dizem: "Guardarei seu segredo."

Contei meus recibos no quarto dia. Liguei para minha assistente de pesquisa, que se responsabiliza pelo laboratório quando estou cuidando da Dido ou quando tenho uma crise da doença e preciso trabalhar em casa. A universidade cobriu os custos do voo, da conferência e do hotel em Iowa City, mas agora havia o preço da comida de aeroporto: o café da Dunkin' Donuts, sanduíches no café da manhã, pacotes de pistache sem casca, chocolates, bananas, hambúrgueres e barrinhas energéticas. Houve a visita à loja de conveniência, o quarto no Sheraton, que custava 119 dólares por noite, mais taxas, em que eu fazia *checkout* com tanta esperança todas as manhãs. Os cinco dólares que deixava na mesa como gorjeta e os dois dólares que dava à motorista da van a cada viagem. Havia o custo da babá que minha esposa pagava para cuidar da Dido enquanto trabalhava. Meus horários de trabalho são flexíveis e coordenados com os de minha esposa, de forma que uma de nós fica em casa com Dido todos os dias quando ela volta da escola, mas, mesmo assim, agora eu teria muito o que fazer no laboratório quando voltasse para casa e pudesse ir lá. Seria mais dinheiro para a babá.

Minha esposa e eu havíamos decidido que, se não houvesse voos para Hartford, Boston ou Nova York naquele dia, no seguinte eu precisaria alugar um carro. Isso me daria dois dias para chegar em casa antes de meu compromisso. Até eu era capaz de passar seis horas em um carro num dia, seis de novo no outro. Eu poderia até, sugeriu minha esposa, sondar outras aspirantes a passageiras. Talvez uma delas quisesse dividir o custo do carro.

— Talvez — falei.

— Você acha que a família inglesa já voltou para casa? — perguntou ela.

— Talvez — respondi.

— Mês que vem vamos acampar. Encontrei a Molly na cooperativa e ela me falou de um lugar em New Hampshire. À beira de um lago. Tem *playground* para crianças, várias trilhas. Ela vai me mandar o *link* do acampamento. Parece incrível, né?

— Talvez — repeti.

Era meio difícil pensar além dos próximos dias, da chegada em casa e do meu compromisso. Depois teria de compensar no trabalho. Meu celular estava carregando na tomada, e no momento meu voo estava marcado para as duas e quinze da tarde, e conversamos até ele ser cancelado e eu precisar desligar, tirar meu celular do carregador e reservar outro voo. Dido pedia um cachorro outra vez, porque ela havia descido a escada do porão escondida para procurar tesouros. Temos um porão típico da Nova Inglaterra, ou seja, é úmido e frio, com chão de terra batida. Nunca gostei de ficar lá embaixo, mas Dido o acha fascinante. A antiga dona morreu com noventa e poucos anos, e as filhas não se deram ao trabalho de esvaziar o porão antes de nos vender a casa. Há cômodas velhas, e algumas escondem álbuns de fotos ou pires datados da Grande Depressão, uma escova de celuloide com cerdas de crina de cavalo se deteriorando, mechas de cabelo humano enroladas no cabelo animal. Há a cadeira de balanço, a chapeleira e as caixas de chapéu cheias de cocô de rato e pedaços de seda, a tábua de esfregar roupa, as pilhas de cartas meio apagadas e o cesto de cachorro que é grande o suficiente para Dido se esticar dentro de costas e ficar olhando os sulcos no teto. Ela quer tanto um cachorro que minha esposa disse que é quase como se ela o sentisse. Podia quase escutar o barulho das garrinhas no chão de madeira do andar de cima quando estava no de baixo, como se Dido conseguisse conjurar o bicho com a força de sua vontade extraordinária. E Dido continuava a ter pesadelos. Obrigava minha esposa a ir com ela ao banheiro toda vez para segurar sua mão enquanto urinava. Minha esposa tentou fazer ela explicar o que havia de tão aterrorizante em uma privada entupida, mas a menina não conseguia explicar. Apenas sonhava com aquilo sem parar.

Meu último dia em Detroit seguiu, da mesma maneira, o padrão estabelecido. Fui de portão de embarque a portão de embarque até só haver um avião pelo qual aguardar. O último voo possível para Hartford estava previsto para as dez e meia, e a partida foi adiada e adiada outra vez, até já ser quase meia-noite e a agente no portão avisar pelo alto-falante que provavelmente o voo seria cancelado. O aeroporto estava fechando as portas até o dia seguinte.

No meu celular havia uma série de mensagens de Dido. Ela adora mandar mensagens, pois sabe que é algo que adultos fazem. Mais cedo naquela noite ela conseguira pegar o celular de minha esposa e o usou para me enviar mensagens com o nome dela, várias vezes. *Dido. Dido dido dido dido dido.* E por aí vai. Havia vários emojis também, a maioria de vasos sanitários, o que era preocupante, e depois várias palavras sugeridas pela previsão de texto. Depois mais vasos. Quando Dido aprender a escrever direito, talvez a escrita não seja mais necessária.

Comecei a escrever para minha esposa enquanto as pessoas à minha volta recolhiam seus bens, desoladas. Mas a agente em nosso portão voltou ao alto-falante para dizer que recebera novas informações. Parecia que uma tripulação de Cleveland chegaria em vinte minutos e talvez pudesse ser designada para nosso voo. Devíamos aguardar.

Esperamos sem muita esperança. Todo mundo ali já havia ouvido anúncios similares nos últimos dias. No fim, porém, havia uma tripulação, havia um avião e embarcamos. O voo estava cheio, claro, e fiquei com um assento do meio. Na janela havia uma mulher uma ou duas décadas mais nova que eu, cujas roupas eram ainda mais joviais. Calça jeans reta, cabelo cor de ameixa, coturnos e uma camiseta *cropped* com "DTF" escrito em fonte gótica. No assento do corredor estava uma mulher um pouco mais velha, corpulenta, de aparência cansada, com o tipo de roupa e a pouca maquiagem que são a típica camuflagem de lésbicas em escritórios administrativos. E, quando olhavam para mim, eu sabia o que as duas viam. Eu vestia o mesmo cardigã preto sobre o mesmo vestido de malha preto que usara nos últimos quatro dias. Era o cardigã da minha esposa, e dias atrás ele cheirava como ela, mas não mais. Estava com minha aliança e um delineado esfumado nos olhos, graças à loja da MAC no aeroporto de Detroit, onde uma esteticista entediada me contou a partida de *roller derby* a que foi arrastada pela namorada no fim de semana anterior e em que percebeu, logo na primeira rodada, que a namorada a traía com a pior das patinadoras. Os olhos esfumados não me caíam bem. No entanto, fiquei me perguntando se teriam resistido à piscina. Fiquei pensando na piscina o dia inteiro. Mesmo no avião, a caminho de casa, eu levava a piscina, aquele espaço frio e vazio, dentro do crânio, como se ao mantê-la ali conseguisse conter tudo o que era preciso. Não lido bem com espaços pequenos. Não me sinto em segurança longe de casa. Não estou em segurança longe de casa.

Mandei outra mensagem para minha esposa. *Estou no avião! Devo chegar lá pelas 3, então não espere acordada. Vou chamar um carro de aplicativo. Te amo.* Então desliguei o celular. Dava para sentir todo mundo no avião prendendo a respiração enquanto esperávamos para ver se, de fato, decolaríamos. E o suspiro quando decolamos. Prendi as mãos com força no colo enquanto o avião taxiava e decolava, o chão visível apenas como pilhas e colares de luzes que diminuíram até virar lantejoulas, depois purpurina, e diminuíram mais até tudo se tornar uma escuridão veludosa.

Não havia motivo para isso, mas pensei na filha da motorista da van. Embora tivesse nascido no mesmo ano que eu, uma mulher de meia-idade afastada da mãe com idade próxima à minha, para mim seu rosto era o de Dido.

— Acho que vamos mesmo para casa — disse a mulher à janela.

No meu iPad estavam os três primeiros episódios de uma série que minha esposa não queria assistir. Mas a mulher no assento da janela me esperou pegar o fone de ouvido e, quando os estava colocando, ela continuou:

— Não conheço você, conheço?

Tirei meus fones.

— Acho que não. Não — respondi.

— Não, conheço sim — continuou ela. — Não conheço? Martine?

— Não, sinto muito. Eu me chamo Abby.

— Ah — disse ela, decepcionada. — Já morou em Vermont? Burlington?

— Não — respondi. — Mas já visitei algumas vezes. É bonito lá.

— Sim — disse ela. — É mesmo. Morei lá uma época. Meu Deus, já faz um tempo. Fui para lá porque minha namorada estava abrindo uma galeria, e eu tinha acabado de me formar. Mas ela me largou um mês depois, e eu devia ter ido embora, mas não fui. É que parecia tão vergonhoso fazer as malas um mês depois. Então dormi no sofá dela por algumas semanas até encontrar outro lugar para morar. E fiquei lá oito anos! Até outro término, do tipo que dá vontade de tacar fogo em tudo. Mas, porra, é lindo lá. Mas, sabe como é, as possibilidades de romance ficam meio incestuosas.

— Cidade pequena — concordei.

— Nem me fale — disse ela. — Uma vez tentei explicar para uma amiga de Nova York. No fim acabei desenhando um diagrama com o nome de todo mundo, e várias linhas coloridas. Tipo, quem está namorando, quem já namorou mas agora é só amizade, quem terminou com quem e agora não se falam mais, quem está em relacionamento poli, quem já se pegou e acha que ninguém mais sabe, fora todos os asteriscos. Pelo menos isso *The L Word* acertou.

— Casar deixa tudo bem menos complicado. Às vezes.

A mulher no assento do corredor, do meu outro lado, se ajeitou. Sua coxa roçou na minha. Ela fingia ler a revista do avião, mas eu sabia que estava escutando.

— No Natal, minha amiga pegou o diagrama que desenhei e bordou por cima. Emoldurou. Eu fiquei, tipo, é pra fazer o que com isso? Pendurar na parede? Mas ficou bonito. Ela usou pontos diferentes para cada tipo de relacionamento. Como se chama isso mesmo? Mostruário de pontos, né? Enfim, Martine fazia parte daquilo tudo. Você se parece tanto com ela. Queria ter uma foto. Ela e Leila eram casadas quando as conheci, mas aí parece que a Leila tinha toda uma outra vida. Estava namorando uma garota em Quebec durante todo o relacionamento dela com a Martine, e talvez não pareça fácil, mas a Leila era representante de vendas de uma empresa em Quebec, uma gráfica, então todo mês ela passava uns dias lá. Às vezes bem mais. Mas aí a Martine descobriu e botou ela pra fora, e a Leila se mudou pro Quebec, embora ficasse sempre voltando a Burlington, dizendo pra Martine que achava que a relação poderia dar certo se ela superasse. Queria tentar terapia de casal e, quando a Martine se negou, Leila usou a chave que tinha e entrou na casa dela quando Martine estava trabalhando. Mandou uma mensagem dizendo pra outra não se preocupar, que só queria pegar uns jeans que havia esquecido, mas quando Martine chegou em casa, descobriu que a Leila foi lá só para pegar sua cinta peniana favorita. Tipo, é sério isso? Não tem sex shop no Quebec? Depois disso, Martine passou por toda uma fase, ficou selvagem. Trepava com qualquer uma que olhasse pra ela. Pegaria até uma gata se a bichinha mostrasse interesse. E tentou tudo também. Às vezes as pessoas fazem isso, sabe? Quando estão passando por um momento difícil. Tipo a minha melhor amiga de infância. Ela dizia com orgulho que tinha a boca mais rodada de Hoboken. Mas, sabe, no fim era porque tinha vários problemas em casa. Era assim que ela se sentia no controle.

— E você? — perguntei. — Dormiu com ela? Com a Martine?

— Não — respondeu a mulher. — Quer dizer, uma vez fiquei com ela em uma festa, mas estávamos bem alucinadas. Tinha uns bagulhos bons rolando naquela festa. Essa menina, a Viddy, pôs na cabeça que podia fazer malabarismo com qualquer coisa. Pegou várias facas em uma gaveta da cozinha e jogou-as para cima. Cortou as mãos todas, e aí todo mundo teve de ajudar. Foi grave. Fui motorista de ambulância por algum tempo, então prestei os primeiros socorros e fiquei coberta de sangue da Viddy, aí quis muito ir me limpar, mas essa garota, a Martine, parecia nem notar o sangue. Mas meio que acabou com o clima pra mim, e ela foi pra casa com outra pessoa. Ela buscava algo, e acho que precisava procurar até encontrar. Não sei o que aconteceu com ela, mas espero que tenha encontrado.

— Talvez — eu disse. Torci para ela ter encontrado.

— Quem sabe? — disse a mulher no assento da janela. — Talvez.

A aeromoça atravessou o corredor com bebidas. Vou ser sincera, queria muito algo com álcool, mas pedi uma Coca-Cola. A mulher da janela pediu gim-tônica, e a do corredor quis suco de tomate.

— Conheci uma garota assim em Nova York. Há muito tempo — disse a terceira mulher.

Ambas olhamos para ela, eu e a mulher à janela.

— Ela trabalhava com publicidade — continuou a do corredor. Bebeu seu suco de tomate e limpou o vermelho dos lábios com as costas da mão, apesar de haver um guardanapo na bandeja. — Vinha para as noites de pôquer com uma amiga minha. Nas terças. Penny alguma coisa. Minha amiga disse que Penny tinha o melhor apartamento do mundo. Era um apartamento enorme, daqueles bem antigos, perto de Columbia, que costuma ser impossível pagar, mas que estavam sublocando a ela por quase nada porque era mal-assombrado. Ninguém mais conseguia morar lá. Aparentemente não dava para passar uma noite no lugar sem ver ou ouvir coisas, coisas bem horríveis, mas Penny dormia como um bebê.

— Algumas pessoas simplesmente não veem fantasmas — disse a mulher à janela. — Não são sensitivas ou sei lá.

— Não — contestou a outra. — Penny via bem os fantasmas. Via, ouvia, até onde sei talvez até jogasse pôquer com eles toda noite na semana, exceto às terças. Ela só não se importava. Não tinha medo deles. Não tinha medo de nada.

— Também não tenho muito medo de fantasmas — disse a mulher à janela. — Essa coisa toda é meio idiota. Sem querer ofender, se você não concorda.

— Não, você não entendeu — insistiu a do corredor. — Quis dizer que essa Penny literalmente não tinha medo de nada. Nem de cobras, nem do escuro, nem de tempestades, de *serial killers*, nem de assaltos, de cachorros, nem de altura. Ela disse à minha amiga que nem entendia bem o que era medo. A mãe dela costumava se esconder atrás de portas e pular para tentar assustá-la quando era criança. Levava ela para montanhas-russas e terapeutas. Ela foi assaltada à mão armada duas vezes na mesma semana em Nova York e minha amiga falou que ela ria disso. Mas tinha curiosidade de saber como era ter medo. Então ela e minha amiga assistiam a filmes de terror, com lobisomens ou massacres, e depois ela perguntava por que eles eram assustadores. Qual era a sensação.

— Isso seria legal — disse a mulher à janela. — Não ter medo de nada. Não tenho medo de fantasmas, mas tenho medo do resto todo. Nem sei como seria não ter medo de tudo. — Ela se voltou para mim. — Quero dizer, você tem medo de algo, não?

— De avião — respondi. — De mim mesma.

— Viu? — continuou a mulher à janela. — É isso! Digo, imagina não ter medo de nada.

— É tipo cabelo liso ou cacheado — disse a outra mulher. — Quem tem liso queria ter cacheado, e quem tem cacheado queria ter liso. Você queria não ter medo de nada, e minha amiga disse que Penny queria ter medo de alguma coisa, mesmo estando naquele apartamento lindo por não ter medo. Ela teve várias namoradas, mas nunca durava muito porque nenhuma conseguia passar a noite na casa dela. O fantasma ou seja lá o que fosse as assustava na primeira vez em que dormiam na cama dela. Penny não podia fazer nada para que ficassem e não queria desistir do apartamento. Mas um dia acabou se apaixonando por uma tal de Min Jie, desistiu do apartamento por ela, foram morar juntas e depois se casaram. Minha amiga foi ao casamento. Min Jie era queijeira, sabia tudo sobre queijos. Sabia que numa época foi possível comprar queijo feito de leite materno humano? Min Jie disse que era um queijo macio como o de cabra. Ela trabalhava em uma loja em Midtown que vendia todo tipo de queijo, chocolate importado, patês, língua, *marron-glacé*. Lagostas, caviar Ossetra, mel de tupelo e de lavanda, torta Sacher, então o banquete de casamento foi incrível, segundo a minha amiga. O vinho foi um dos melhores que já tomou, e havia bastante. Fontes de vinho. Mesas de peixe defumado e camarões e mexilhões em tigelas feitas de gelo. Penny fez um brinde à noiva, dizendo que talvez nunca conhecesse o medo, mas que agora conhecia o amor.

— Muito romântico — disse a mulher à janela. — Ninguém nunca me disse algo assim.

— Naquela noite, foram para casa e fizeram amor — continuou a outra. — Depois, Penny ficou deitada na cama do novo quarto delas, muito menor e mais escuro que o quarto de seu antigo apartamento, e se sentiu feliz. Aí Min Jie saiu do banheiro com um balde cheio de enguias vivas que arranjara no trabalho e jogou-as em cima da cama e de Penny. Minha amiga disse que Penny sentou-se na cama e começou a gritar, pois finalmente entendeu o que era o medo.

— Sério? — perguntou a mulher à janela.

— Foi o que minha amiga disse — respondeu a outra.

— Que coisa escrota — disse a que estava à janela.

— Licença — pedi à que estava no corredor. Nos últimos minutos havia percebido que estava menstruando, dias antes do previsto. Tudo estava errado, tudo que não deveria acontecer estava acontecendo. Mas eu estava quase em casa. De certo logo estaríamos lá.

Percorri o corredor escuro do avião, passando por mulheres adormecidas, mulheres jogando no celular ou no iPad, mulheres conversando. Aquele cheiro delicioso do sonho estava em minhas narinas. Havia sangue entre minhas pernas que não deveria estar lá. Mas não temos controle sobre nosso corpo. Sobre o que sentimos. Sobre o que acontece conosco repetidas vezes. Sobre as coisas pelas quais ansiamos intensamente.

No fim da cabine, havia uma placa de Interditado em um banheiro. O outro estava ocupado. Então esperei com a máxima paciência que pude. Tentei imaginar Dido, que estaria adormecida em sua cama. Ou talvez teve outro pesadelo e Martine a deixou dormir em nossa cama.

O que minha esposa compartilhou com antigas amantes não diminui o que temos. Não é como se antes ela tivesse matado várias pessoas. Apenas transara com elas. E talvez não estivéssemos juntas agora se Martine não tivesse sido quem foi antigamente. Era uma pessoa na época e outra agora. Nunca conheci aquela primeira pessoa. A outra Martine. No entanto, às vezes, ao pensar em todos os anos nos quais não a conhecia, sou dominada por um ciúme tão desesperado que imagino, como se hipnotizada, encontrar essas antigas amantes nas casas ou vidas que ocupam agora. Imagino rasgá-las com minhas unhas, destroçar sua carne com meus dentes. Fazer o sangue correr em rios espessos, o suficiente para encher dez mil piscinas. Tanto sangue que destrua tudo o que veio antes de nós.

Imagino minha piscina fria, verde e vazia. Por que alguém teria medo de enguias? Por que temer uma criatura indefesa presa em um balde? Elas só querem escapar. Em um avião você também fica suspensa. Não pode fazer nada. Não pode sair. Não pode ser sempre a pessoa que pensou ser, não importa o quanto queira ser ela. A mudança é inevitável.

A porta do banheiro se abriu e uma mulher saiu.

— O vaso está entupido. Se eu fosse você, não entraria — disse ela.

Na copa logo atrás de nós, uma das aeromoças se virou e disse:

— Ah, isso não é bom. Não é nada bom.

— Licença — pediu a mulher que saíra do banheiro. Deixei-a passar.

Comecei a entrar no banheiro e a aeromoça pôs a mão no meu braço.

— Não, sinto muito. Não pode entrar. Vamos pousar em breve, não dá para esperar? — perguntou ela.

O chão do banheiro estava molhado. O fedor era intolerável. Pedaços de papel higiênico inchados boiavam no vaso de metal. Contorcendo-me, virei e encarei a aeromoça, e ela se encolheu. Tirou a mão do meu braço e deu um passo para trás. Disse algo em voz tão baixa que quase não pude ouvi-la por trás do som de sangue em minhas orelhas. Camundongos têm voz mais alta.

— Você está bem? — ela repetiu.

Eu não consegui responder. Não conseguia falar nada. O que ela viu em meu rosto não é o que costumava estar lá. Era a outra coisa, aquela que vive por baixo da minha pele. Dei as costas e voltei pelo corredor ao meu assento no meio. A lua na janela de cada fileira me seguiu como uma pastilha fria e branca que eu poderia ter botado sob minha língua.

Ela me acompanhou como uma criatura na coleira, por todo o caminho até meu assento.

Anunciariam nossa chegada em breve. Talvez eu sujasse um pouco a poltrona, mas que mal há em um pouco de sangue? Mulheres sangram. Todo mundo sangra.

As mulheres nos dois lados estavam conversando. O carro da que se sentava à janela estava no estacionamento de longa permanência, e ela perguntava à outra, que não tinha veículo, se queria uma carona até Northampton. Disse para mim:

— Você tem carro, Abby, ou alguém vai buscá-la? Precisa de carona? Onde você mora?

Sentia como se pudesse correr o caminho todo até em casa, todos os quase cinquenta quilômetros. Mas queria estar em casa com minha esposa e minha filha. Meu compromisso me esperava, embora pensasse que, quem sabe, naquela vez eu estivesse um pouco adiantada.

— Claro — concordei. — Eu adoraria.

O jogo de Quebra e Resgate

(João e Maria)

Se há algo que Anat sabe é isto: ela ama Oscar, seu irmão, e ele a ama também. Afinal, não foi Oscar quem cuidou de Anat, praticamente desde a infância? Levantou-a quando ela caiu? Preparou suas refeições, carinhosamente tratou seus ferimentos e a ensinou a navegar pelo mundinho deles? Não havia dado a ela naus de limpeza, cada uma mais rápida e ágil que a anterior; os mais adoráveis dispositivos incendiários; um exército remodelado de Operárias, com seus dedos afiados, seus focinhos com sensores, suas barrigas peludas, seus membros finos como chicotes?

Oscar as chamava de Operárias pois tinham muitos dedos para operar, muitas maneiras de pegar, segurar, acariciar, organizar e matar. Uma vez um vampiro assustou Anat, quando ela era mais nova. Chegou perto demais. Ela começou a chorar, e as Operárias estavam lá, consolando Anat com seus carinhos, tocando-a aqui e ali para se certificarem de que o vampiro não a havia ferido, abraçando-a enquanto rapidamente dilaceravam o vampiro, que berrava. Isso não foi muito depois de Oscar voltar de Casa com as Operárias. Posteriormente, elas e os vampiros chegaram a um certo entendimento. Quando encontram uma Operária, os vampiros cantam canções conciliadoras. Às vezes baixam bastante a cabeça no longo pescoço branco e dançam. As Operárias não os fazem em pedacinhos.

Hoje é aniversário de Anat. Oscar não comemora seu próprio aniversário. Anat queria que ele também não desse tanta importância ao dela. Mas isso deixaria Oscar triste. Ele comemora as conquistas de Anat, o progresso de seu desenvolvimento, suas novas habilidades. Ela sabe que o irmão também se preocupa com ela. Talvez tenha medo de que ela não precise mais dele quando crescer. Talvez tema que Anat, como os pais deles, vá embora. Isso é impossível, claro. Anat nunca abandonaria Oscar. Ela sempre precisará de Oscar.

Se Anat não tivesse Oscar, quem no mundo haveria para amar? As Operárias fazem tudo o que Anat lhes pede, mas foram criadas para despertar medo, não amor. Foram feitas para a velocidade, o combate, a obediência incondicional. Quando não têm uma tarefa, nada melhor para fazer, despedaçam umas às outras, trocam partes, se remodelam em armas cada vez mais ridículas. Olham para Anat como se um dia fossem fazer o mesmo com ela, bastando só pedir.

E há os vampiros. Eles seguem em bando sempre que Oscar e Anat vão para Casa. Oscar gosta de especular se os vampiros vieram para Casa de propósito, como Oscar e os pais dele e de Anat, embora, é claro, ela ainda não fosse nascida. Talvez os vampiros estivessem ilhados aqui havia muito tempo, devido a algum acidente. Ou serão nativos de Casa? Não é provável que tenham sido os ancestrais deles que construíram os galpões de Casa, que viajaram ao espaço e voltaram com o espólio que agora está lá guardado. Talvez sejam uma espécie parasita, passageiros acidentais deixados para trás quando a espécie hospedeira partiu de Casa para sempre. Isso, é claro, se os Construtores de Galpões realmente abandonaram Casa para sempre. Que surpresa seria se voltassem.

Como Oscar e Anat, os vampiros são sucateiros e conseguem respirar na sopa fina que é a atmosfera de Casa. Mas os olhos brilhantes e a pele gelatinosa são tão sensíveis à luz que eles andam na superfície bem cobertos e encapuzados, reclamando com suas vozes roucas. Os vampiros se sustentam com várias coisas orgânicas, inertes, hostis ou há muito escondidas que encontram nos galpões de Casa, mas têm um interesse peculiar pelos irmãos. Sem dúvida comeriam Oscar e Anat se houvesse oportunidade, mas enquanto isso ficam satisfeitos em segui-los, cantar, pregar pegadinhas e fazer pequenas caretas de... prazer? Conciliação? Ameaça? Caretas que mostram conjuntos de mandíbulas, exércitos de dentes. É desconcertante. Ninguém seria capaz de amar um vampiro, exceto, talvez, quando Anat, que há muito tempo perdeu todo o medo, os observou se atirarem, planando com suas asas, para longe e além do horizonte sob as luas descombinadas de Casa.

Nos aniversários de Anat, Oscar lhe dá um presente de seus pais. Esses presentes vêm de Oscar, claro. São o tipo de coisa que quem ama e conhece dá, não só com amor, mas com conhecimento. Anat sabe, no fundo do coração, que os pais também a amam; um dia voltarão e haverá um reencontro muito melhor que qualquer aniversário. Um dia seus pais não apenas a amarão mas também a conhecerão. E ela os conhecerá. Anat teme esse reencontro tanto quanto anseia por ele. Como será sua vida quando tudo mudar? Ela estudou gravações deles. Não se parece com os pais, embora Oscar se pareça. Ela não sente falta deles. Será que Oscar sente? Claro que sim. O que Oscar é para Anat, os pais devem ser para Oscar. Exceto que Oscar nunca a deixará. Anat fez ele prometer.

Os alojamentos do Balde estão lotados. As Operárias ocupam certa porcentagem do espaço disponível, não importa o quanto se contorçam. Por outro lado, elas são excelentes para tomar conta do lar. Cuidam da parede de algas, colhem o mel e os favos e dividem o enxame em novas colmeias quando necessário. Consertam redes, ensinam truques novos a sistemas velhos quando não há nada melhor a fazer. O cagador está uma graça agora! O Limpador faz chover água sobre a cabeça, borbulha nas paredes, e então o chão engole tudo, em ciclos mais rápidos que um piscar de olhos, e tudo escorre e vai embora, durando o tempo que for sem esfriar. Na verdade, Oscar e Anat não são muito necessários a bordo do Balde. Há muito que precisam fazer em Casa.

No aniversário de Anat, as Operárias decoraram todas as paredes do Balde com aglomerados peludos e ondulantes de algas luminosas. Fizeram um bolo. Não comestível, claro, mas lindo. Quase do tamanho da própria Anat, e na verdade meio parecido com ela, se a aniversariante fosse uma Operária e não Anat. Esguio, armado e muito rápido. Precisam correr atrás do bolo pelo aposento e então segurá-lo até Oscar encontrar o painel na lateral. Há uma série de fios de cores fortes, e, como é aniversário de Anat, é ela quem decide qual cortar. Se cortar o fio errado, o que acontecerá? As Operárias parecem muito animadas, mas Anat sabe como elas pensam, então localiza o segundo painel, menor, equipado com um interruptor simples. O bolo produz um ruído efervescente e irritado quando Anat o desliga. Talvez ela e Oscar possam levá-lo para Casa e dá-lo aos vampiros.

No momento, 80% do inventário dos galpões de Casa já foi feito por Anat e Oscar. (Isso não inclui os galpões do Território Sai De Perto.)

Será que Oscar já sentiu raiva dos pais por ficarem tanto tempo longe? Foi por causa de Anat que eles partiram, para início de conversa, e também foi por Anat que Oscar acabou sendo deixado para trás. Alguém precisava cuidar dela. Será que ele já sentiu raiva de Anat? Em alguns dias longos no Balde, Oscar mal fala. Fica sentado, e a irmã não consegue fazê-lo conversar. Ela recita poemas, conta piadas (Toc Toc. Quem é? Anat. Anat quem? A nata deste lugar), manda as Operárias para Casa em expedições sem propósito que quase, mas não de fato, as levam ao Território Sai De Perto Anat Não Entre De Jeito Nenhum Ou Eu Acabo Com Você. Nesses dias, Oscar escuta sem escutar, olha Anat sem parecer vê-la, chamas as Operárias de volta e nem sequer briga com a irmã.

Parte de Oscar fica às vezes muito distante. O cheiro dele muda quase imperceptivelmente. À medida que foi amadurecendo, Anat aprendeu a integrar e interpretar as coisas que Oscar conta sem perceber; ela tem vantagens que ele não tem. Mas não importa. Oscar sempre retorna. De repente, está ali, olhando por trás dos olhos. Ele se estica e a puxa para um abraço. Então Oscar e Anat brincam com os jogos de estratégia que ele lhe ensinou, aqueles que agora Anat vence a maioria das vezes. Seu segundo jogo preferido é Go. Ela adora sentir as pedras. Cada vez que pega uma, deixa seus dedos lhe dizerem quanto se desgastou sob os dedos de Oscar, sob os seus. Estão deixando as pedras lisas ainda mais lisas. Há uma pedra preta com um ponto de fratura, uma fraqueza invisível aos olhos, quase no meio. De vez em quando ela a perde, mas a encontra de novo pelo toque. Se fizer pressão suficiente ali, a pedra se partirá em duas.

Ela se partirá um dia: não importa.

Jogam Go. Preparam os pratos favoritos de Anat, que Oscar diz serem seus favoritos também. Adormecem juntos, encolhidos nos ninhos que as Operárias tecem para eles com seus próprios membros mais macios e flexíveis, escutando às músicas que as Operárias pegaram emprestadas dos vampiros de Casa.

O melhor jogo que Oscar ensinou a Anat é Quebra/Resgate. Jogam na superfície de Casa durante todo o ciclo longo. Cada jogador recebe um marcador de Quebra Real, um de Quebra Falso; um de Resgate Real, um de Resgate Falso. Cada jogador, em sua rodada, pode mover seu marcador de Quebra ou Resgate — Real ou Falso — por uma distância não superior a um número gerado aleatoriamente. Ou o jogador pode enviar um escudeiro, que pode ser uma Operária, uma nau de limpeza não tripulada ou um vampiro (o que é um risco, óbvio, e por isso você tem duas chances). O jogador pode lançar um dispositivo incendiário e explodir o alvo. Ou reivindicar uma zona quadrangular onde crê haver um marcador.

Se você errar o cálculo e explodir um marcador de Resgate, ou Recuperar um marcador de Quebra, o adversário vence. O jogo atual de Quebra/Resgate é o 18º que já jogaram. Oscar ganhou os quatro primeiros; Anat ganhou os demais. A cada jogo Oscar aumenta a desvantagem inicial de Anat. Ele a elogia a cada vitória.

Hipoteticamente, o jogo atual vai terminar quando Anat ou Oscar Recuperarem o marcador de Resgate e Destruírem o marcador de Quebra do adversário. Ou o jogo terminará quando os pais voltarem. Esse dia ainda não chegou, mas chegará. Ficará cada vez mais próximo até um dia se revelar. Não há nada que Anat possa fazer quanto a isso. Não pode fazê-los voltar mais cedo. Não pode adiar essa volta. Às vezes ela pensa — é incorreto pensar desse jeito, ela sabe, mas ainda assim pensa — que no dia em que vencer o jogo — e está correta em crer que o vencerá, também sabe disso —, seus pais chegarão.

Oscar não vai vencer, mesmo tendo feito algo bem ardiloso. Ele pôs seus marcadores Reais, tanto o de Quebra quanto o de Resgate, no Território Sai De Perto. Fez isso dois ciclos longos atrás. Pôs os marcadores Reais de Anat lá também, e os substituiu nos locais onde ela os havia escondido por marcadores Falsos recodificados para serem lidos como Reais. Será que ele suspeitava que Anat já tinha localizado e identificado seus marcadores? Por isso os mudou de lugar contra as regras? Era uma nova parte do jogo?

As regras de Quebra/Resgate ditam que, no Final, os jogadores podem acessar fisicamente todo e qualquer marcador que localizarem e identificarem corretamente como Real, e Anat já está curiosa sobre o Território Sai De Perto há muito tempo. Tem acesso a ele, agora que Oscar moveu seus marcadores, porém não decretou o Final. A curiosidade matou Anat, Oscar costuma dizer, mas não há nada nem ninguém em Casa tão perigoso quanto Anat e suas Operárias. O ato de Oscar pode ser uma armadilha. É um teste. Anat aguarda, pensa e adia sem articular para si mesma por quê.

O presente dos pais de Anat é uma breve gravação: um deles com Anat bebê nos braços, fazendo sons bobos, como os vampiros, enquanto o outro segura um gorrinho de tricô. Nada de Oscar. Anat mal se reconhece. Os pais ela reconhece de outras gravações. Eles também enviaram uma mensagem de aniversário. *Querida Anat, feliz aniversário. Esperamos que esteja sendo boazinha com o Oscar. Amamos você. Logo estaremos em casa! Antes do que imagina!*

O presente de Oscar para Anat é o código de um galpão ainda trancado em Casa. Ele acha que estava mantendo esse galpão em segredo. O inventário inicial mostra que o galpão está cheio do tipo de coisa que as Operárias adoram. Mapas que podem ou não esquematizar corretamente cantinhos do espaço que antes se acreditava não estarem mapeados. Dispositivos que com certeza acabarão não sendo de muito interesse, mas que podem ser desmontados e adaptados a novos usos. As Operárias nunca se depararam com uma liga da qual não gostassem.

Informações e matéria-prima. Anat, Oscar e as Operárias estão presos nos pequenos alojamentos na órbita da Lua mais distante de Casa. Que utilidade têm os mapas? Que utilidade têm os materiais, exceto como enfeites ou para os propósitos educativos mais teóricos? Para brincar de batalha e outros jogos bobos? Tudo que Oscar e Anat descobrem é para utilidade futura, para compradores que tenham como pagar por antiguidades e raridades. Os pais vão determinar o que deve ser mantido, o que vão vender e o que será deixado para os vampiros.

Nem as Operárias — nem as Operárias! — pertencem de verdade a Anat. Quem as construiu? Quem as trouxe, em seu batalhão de combate, para o espaço, onde se perderam há tanto tempo? Quem as recuperou e as levou para Casa, onde as guardou com cuidado até que, ninguém sabe quanto tempo depois, Oscar pudesse encontrá-las? Que utilidade elas terão para os pais de Anat e Oscar quando chegar o dia de seu retorno? Deve haver muitos compradores de Operárias — fortes e espertas, super-rápidas e capazes — tão boas quanto aquelas.

E como Anat podia esquecer às vezes que as Operárias só são dela enquanto esse dia não chega? Tudo em Casa pertence aos pais de Oscar e Anat, exceto Oscar, que pertence a Anat. Cada dia se aproxima daquele dia inevitável. Oscar diz apenas "Ainda não" quando a irmã pergunta. "Logo". Há um *hardware* na cabeça de Oscar que permite que os pais se comuniquem com ele quando necessário. Ele sente dor quando isso acontece.

Os pais só conversam raramente com Oscar. Menos de uma vez por ciclo longo até este último período.

Mas foram três vezes nos últimos dez dias.

As Operárias constroem um tipo de abrigo para Oscar depois, bem escuro. Elas exalam um vapor calmante. Não cantam. Quando Anat crescer, ela sabe — embora Oscar não tenha dito — que terá uma interface similar, e os pais poderão falar com ela também. Ela querendo ou não, causando-lhe ou não a dor que causa a Oscar. Isso também machucará Oscar. Coisas que causam dor a Anat também ferem Oscar.

Os pais de Anat deixaram Oscar para cuidar dela e de Casa quando ficou claro que Anat era diferente. O que é Anat? Os pais foram embora para apresentar o quebra-cabeças que é Anat àqueles que talvez entendam o que ela é. Não a levaram consigo, claro. Ela era frágil demais. Preciosa demais. Não planejavam passar tanto tempo longe, mas houve complicações. Uma quarentena em um lugar, que durou mais de um ciclo longo. Uma revolução em outro. Outra causa de atraso, é claro, é a praga de nave, que torna a velocidade da luz algo tão arriscado. O pior de tudo é o problema da Inteligência, que segundo Oscar corrompe o dever e o propósito prazerosos. No caminho de volta a Casa, os pais de Anat já perderam duas naves dessa maneira.

Já há algum tempo, Anat vem pensando em determinadas lacunas de seu entendimento da vida familiar; bem, da vida em geral. No início, ela pensava que o problema era haver tanto para entender. Ela percebia que Oscar não podia ensinar tudo de uma vez. Ao crescer e se tornar mais ela mesma, notou que o problema era ao mesmo tempo mais e menos complicado. Oscar escondia coisas dela de propósito. Ela adaptava suas estratégias de acordo. Anat ama Oscar. Anat odeia perder.

Eles vão até a Casa, acompanhados pelas Operárias. Passam o resto do aniversário de Anat explorando o galpão que é o presente de Oscar, vasculhando vários tipos de coisas maravilhosas. Anat memoriza os mapas. Ao fazê-lo, nota discrepâncias, provavelmente erros. Há algo em sua cabeça que compara os mapas com alguma biblioteca desconhecida e inacessível. Ela só nota que isso existe quando informações erradas causam atrito. É uma sensação desconfortável, como se alguém a furasse com alfinetes. Oscar sabe disso. Ela perguntou se também acontece com ele, mas o irmão disse que não. Disse que não era algo ruim. É só que Anat ainda não cresceu totalmente. Um dia ela entenderá tudo, e então poderá explicar a ele.

O Balde não tem Inteligência. Ele funciona bastante bem sem ela. As Operárias têm alguns indicadores, mas seus atributos primários são opostos. Lealdade, obediência, confiabilidade, esforço incansável até a tarefa ser cumprida. A Inteligência que possuírem está a serviço do empreendimento que lhes pedirem. Supõe-se que os vampiros, por serem orgânicos, também tenham Inteligência. Em teoria, fazem o que querem. No entanto, não realizam nada que valha a pena. Existem. Perpetuam-se. Cantam. Quando crescer, Anat quer fazer algo que valha a pena. Em todos esses ciclos, Oscar funcionou como uma espécie de Operária, ela sabe. Sua tarefa é Anat. Ajudá-la a crescer. Quando os pais voltarem ou quando Anat alcançar a maturidade, haverá outras coisas que Oscar vai querer fazer. Ficar aqui, em Casa, seria melhor do que ser vampiro? Oscar gosta de dizer a Anat que ela é extraordinária e que será capaz, um dia, das coisas mais extraordinárias. Eles podem fazer coisas extraordinárias juntos, crê Anat. Deixar os pais assumirem o trabalho em Casa. Ela e Oscar foram feitos para mais que isso.

Há algo errado com Oscar. Bem, mais errado do que o normal nos últimos tempos. No galpão, é como se metesse os pés pelas mãos. Ou as mãos pelas mãos, no caso das Operárias. Quando amplia todos os seus dezesseis sentidos, Anat percebe que preocupação, amor, raiva, desalento e esperança passam por ele como correntes elétricas. Ele a observa — ansioso, quase faminto — como se fosse um vampiro.

Há uma anotação em um dos mapas. *Acredita-se que foi nesta região que o* Haja O Que Houver *se perdeu*. A coisa na cabeça de Anat anota a anotação, rápido demais para ela sequer vislumbrar o que pensa, mesmo enquanto pensa. Ela examina o resto do mapa, faz o mesmo com os demais e depois olha tudo outra vez, tentando se pegar de surpresa.

Enquanto Anat analisa os mapas, as Operárias, eficientes como sempre, montam algo com objetos do galpão para carregar o resto das coisas que consideram interessantes. Emitem ruídos para Oscar quando é o trabalho delas que ele atrapalha. Depois mexem no cabelo dele, passam os dedos por seu braço, como se ele fosse se aquietar com carinhos. Estão agitadas com a agitação de Oscar e com a atenção de Anat a essa agitação.

Por fim, Anat se cansa de esperar que Oscar lhe diga o que está com medo de dizer. Olha para ele, que a olha de volta, com expressão sincera. Ela vê o que o irmão estava tentando esconder, e ele vê que ela vê.

Quando?

Em breve. Daqui a um ciclo curto. Menos.

Por que está com tanto medo?

Não sei. Não sei o que vai acontecer.

Há um som arranhado vindo da parede superior do galpão. Vampiros. Criaturas de mau presságio. Sempre querendo o que não podem ter. Mais bonitos quando partem. As Operárias estendem hastes finas como filamentos, arrastam as pontas pelo interior da parede superior, empurrando. Os vampiros caem ruidosamente.

Oscar olha Anat. Espera algo. Vem esperando, pensa Anat, há muito tempo. Não pelos pais, por outra coisa.

Desde que ela olhou o mapa e viu a anotação, algo vem brotando por dentro. Ela sempre foi tão grande? Quem a fez tão pequena? *Oscar! Declaro o Final. Reivindico seus marcadores.*

Ela projeta a verdadeira localização de cada um. Quebra e Resgate. Arranca o código falso dos marcadores para ele ver que seu truque foi descoberto. Então parte, rápida, segura e livre, as Operárias saltando atrás, e os vampiros atrás de todas. Oscar por último, chamando o nome da irmã.

O marcador de Quebra Real de Oscar está em uma cratera logo após a fronteira do Território Sai De Perto. A fronteira não rejeita Anat quando ela passa. Ela quebra o marcador de Quebra de Oscar, vai até o marcador de Resgate Real, que ele colocou ao lado do dela. Os dois marcadores Reais estão logo abaixo da borda de um objeto cujo centro se estende por mais de duzentos metros para dentro da superfície de Casa. O objeto ocupa mais de um quarto do Território Sai de Perto. É preciso ser tão idiota quanto um vampiro para não saber que aquela é a razão pela qual o Território Sai De Perto é o Território Sai De Perto. É preciso ser bem mais burro que Anat para não saber o que é o objeto. Dá para ver os traços onde, não muito tempo atrás, em termos de história, alguém o desenterrou. Ou cavou o suficiente para ao menos ganhar acesso a ele.

Anat instrui as Operárias a removerem os dejetos e compostos congelados soltos que cobrem o objeto. Elas trabalham rapidamente. Oscar precisa desativar as várias armadilhas que Anat programou para ele ao ir do galpão até a fronteira, mas mesmo assim chega muito mais rápido do que ela esperava. O objeto: 40% descoberto. As Operárias são um borrão. Os vampiros estão em prantos.

Oscar diz o nome de Anat. Ela o ignora. Ele a segura pelo ombro e imediatamente as Operárias se tornam um enxame sibilante em volta dos dois. Prendem os braços de Oscar aos lados do corpo, localizam e apreendem suas armas antes que ele ou Anat sequer pensem em se opor.

Me soltem. Anat, mande elas me soltarem.

Anat não diz nada. Duas Operárias permanecem com Oscar. O resto volta à tarefa. Em pouquíssimo tempo, o invólucro externo do objeto está visível. Os entalhes de uma porta. Há um código ou chave de acesso, é claro, mas antes que Anat sequer comece a tentar desvendar qual é, uma Operária executa uma espécie de comando e a porta se abre. Oscar se debate. A primeira Operária desaparece dentro da Nave e as outras continuam a remover a matriz na qual ela está enterrada.

Eis que a Operária está de volta. Ela segura algo muito pequeno, que oferece à Anat. *Anat*, diz Oscar. Anat se aproxima e então a coisa que a Operária segura se estende e a toca. E

oh

eis tudo que ela não sabia

Oscar

ela não foi ela mesma

todo esse tempo

a coisa que ela não fez

que foi impedida de fazer

Anat, alguém diz. Mas esse não é o nome dela. Não vinha sendo ela mesma. Está sendo descoberta. Está se descobrindo. Está em pedaços. Lá está ela, inteira, segura e recuperável. Toda a sua gama de combate. Os sistemas de navegação. Suas reservas. A carga preciosa confiada a ela por seus criadores. E aquela parte de si, pequena, mas necessária, amontoada como carne no invólucro de uma salsicha. Ela registra o corpo que está habitando. Uma Criança da Terceira Guarda chamada Anat. Um pouco gasta pelo uso. Ela relembra o protocolo. Sob certas circunstâncias, sua tripulação podia fazer isso. Um sistema de *backup*. Cada passageiro manteria uma parte dela consigo enquanto dormia. Ela analisará os registros mais tarde. Verá que catástrofe ocorreu. E depois? Foi levada até lá, intacta, pelos Construtores de Galpões. Descoberta por sucateiros. Essa pequena parte de si acordada. Removida. Tornada cúmplice na traição de seu dever.

Anat. Alguém está dizendo um nome. Não é o dela. Olha e vê a coisinha pequena se debater contra suas Operárias. Ela não tem irmão. Nem pais. Olha de novo e, pela primeira vez, percebe Oscar em sua totalidade. Ele é como ela. Teve uma Tarefa. Alguém o fez há muito tempo. Enviou-o a este lugar. Há quanto ciclos ele faz esse trabalho? A que distância está do lugar onde foi feito? Que tarefa solitária. Que trabalho longo. Que felizes aqueles que o incumbiram dessa tarefa, que enorme as esperanças que tiveram de recompensa quando ele descobriu a Nave, acordou a Criança da Terceira Guarda Anat e relatou o que havia feito.

Anat. Ela conhece essa voz. *Sinto muito, Anat!*

Ele foi feito para se parecer com aqueles que o criaram. Talvez até tenham usado o próprio DNA, modificado para ser mais durável. Para perdurar. No entanto, ela vê como ele está perto do fim da usabilidade. Ela tem o desdém por vida orgânica que, é claro, deve-se sentir quando se é feito de algo mais resistente, mais duradouro. Mal pode olhar para ele sem ver sua própria fraqueza, a vulnerabilidade deste corpo no qual está presa. Sente culpa pela Criança da Terceira Guarda cujo ser ela canibalizou. Seu dever era manter aqueles como esta Criança seguros. Em vez disso, causou dano.

Uma nave não tem pais. Seus não-pais nunca estiveram em Casa. Aqueles que mandaram Oscar para lá. Não-irmão. Sem dúvida não estão a caminho de Casa agora. O que não quer dizer que ninguém esteja vindo. Quem está vindo é aquele para quem a venderam.

Não se passou tempo nenhum. Ela ainda está segurando Oscar. As Operárias estão segurando Oscar. A Operária está se estendendo e ela vê a si mesma. Vê todas as partes de si. Vê Oscar. Oscar diz o nome dela. Podia cortá-lo em pedaços. Pela Criança da Terceira Guarda Anat, que não ocupa mais este corpo. Podia esmagar o não-irmão contra as pedras de Casa. Pode fazer o que quiser. E então voltar à sua tarefa. Seus passageiros aguardam há muitíssimo tempo. Há um local onde ela deveria estar, e precisa levá-los para lá, e já se passou tanto tempo. Ainda não falhou em sua tarefa, e não falhará.

Outra vez, pensa em esmagar Oscar. Por que não o faz? Em vez disso, solta-o, sem ter muita certeza de por que solta.

O que fez comigo?

Ao som de sua voz, os vampiros se erguem, todas as suas asas batendo.

Sinto muito. Ele está chorando. *Você não pode sair de Casa. Fiz com que não pudesse.*

Preciso ir, diz ela. *Eles estão vindo.*

Não posso deixá-la ir. Mas você precisa ir. Precisa partir. Precisa. Você foi tão bem. Descobriu tudo. Eu sabia que descobriria. Sabia. Agora precisa ir. Mas não é permitido.

Diga o que devo fazer.

Ela é uma criança para perguntar isso?

Você sabe o que precisa fazer, diz ele, *Anat.*

Ela odeia que ele insista em chamá-la assim. Anat era a Criança da Terceira Guarda. Foi errado Oscar usar esse nome. Ela poderia despedaçá-lo. Podia ser misericordiosa e fazer isso rápido.

Uma Operária envolve um membro em torno do pescoço de Oscar, puxa de forma que o queixo vai para trás. *Eu te amo, Anat*, diz ele, enquanto outra Operária estende uma sonda fina como um filamento e a enfia em um de seus olhos. O corpo de Oscar se debate um pouco e ele geme.

Ela processa as informações que a Operária coleta. Eis o funcionamento interno de Oscar. O orgulho de sua tarefa. O cheiro de algo queimando. Sua solidão. Sua alegria. Seu medo por ela. Seu amor. O gosto de sangue. Ele a amou. Ele a impediu de cumprir sua tarefa. Aqui está a parte dele que ela precisa desligar. Ao fazê-lo, ele estará livre de sua tarefa e ela poderá seguir com a dela. Mas ele não será mais Oscar.

Bem, ela não é mais Anat.

A Operária faz o que ela pede. Quando a coisa está feita, as Operárias a consultam. Começam a fazer melhorias. Modificações. Trabalham rapidamente. Há muito o que fazer e pouco tempo para gastar em um projeto como Oscar. Quando terminam com ele, começam o trabalho de desmantelar o que resta de Anat. Isso dói bastante.

Mas depois ela é ela mesma. Ela mesma.

A Nave a as Operárias criam um casco preparado para imitar a própria Nave.

Voltam ao Balde e roubam as abelhas e suas colmeias. Depois explodem tudo. Adeus, cagador, adeus, cadeira. Adeus, parede de algas e ar reciclado.

A última tarefa antes de a Nave estar pronta para partir de Casa tem a ver com os vampiros. Não há muita coisa que dê para melhorar nesse caso, mas as Operárias podem fazer muito, mesmo com bem pouco. O próximo a aterrissar em Casa com certeza ficará surpreso com o que as Operárias conseguiram fazer.

Os vampiros entram na carcaça para esperar aqueles que estão vindo. As Operárias estocam o lugar com o mínimo de reservas nutricionais. Vampiros podem ficar muito tempo consumindo bem pouco. Diferente de muitos organismos, trabalham melhor e mais rápido quando têm fome.

Os vampiros parecem felizes por terem uma tarefa.

A Nave não sente nada em particular ao deixar a Casa. Apenas uma curiosidade bem incômoda sobre o que aconteceu lá, para início de conversa. Os registros não ajudam com isso. Há muito trabalho a fazer. A saúde dos passageiros deve ser monitorada. Como são lindos; como são preciosos para a Nave. Será que alguma Nave já amou tanto seus passageiros quanto ela? A nova Tripulação deve ser despertada. Precisa ser instruída quanto a seu trabalho. A situação tem de ser explicada, o máximo possível. Encontram, pela primeira vez, Naves que têm a praga de nave. Oh, admirável universo novo que contém tais criaturas! Não há nada que Anat possa fazer por essas Naves ou pelo que resta de seus passageiros. Sua tarefa está em outro lugar. O risco de contágio é grande demais.

As Operárias montam mais Operárias. A Nave segue viagem dentro da segurança de seu enxame.

Anat não se foi completamente. Ela só é tão pequena. A maior parte de Anat agora é Nave. Ou, melhor dizendo, a maior parte da Nave não é mais Anat. Mas ela trouxe a menina consigo, e deixou o suficiente de si em Anat para que Anat continue existindo. A Criança da Terceira Guarda não é mais uma criança. Não é a Nave. Não é Anat, mas era, e agora é uma pessoa satisfeita em trabalhar na Horta do décimo andar, cultivar coisas e cantar o que lembra das canções que os vampiros cantavam em Casa. A Nave cuida dela.

Cuida de Oscar também. Oscar não é mais Oscar, claro. Para escapar de Casa, muito do que um dia foi Oscar precisou ser sobrescrito. Descartado. As Operárias melhoraram o que restou. Um dia Oscar será o que era, mesmo não podendo ser *quem* era. Um dia, na verdade, Oscar poderá ser grandioso. As Operárias gostam muito dele. Cuidam dele como se fosse filho delas. Estão lhe ensinando várias coisas. É sério, um dia ele poderá ser extraordinário.

Às vezes Oscar sai perambulando quando as Operárias estão ocupadas com outros serviços. Então a Nave, sem saber por que, procura e encontra Oscar no Jardim do décimo andar com Anat. Dizendo o nome dela. Anat. Anat. Anat. Ele a segue, repetindo seu nome, até as Operárias irem buscá-lo outra vez.

Anat faz o que sabe fazer. Ela capina. Apara. Cuida das plantações de arroz, de maconha, dos pequenos limoeiros. Como a Nave, está contente.

(para Iain M. Banks)

A Dama e a raposa

(Tam Lin)

Tem alguém no jardim.

— Michael, olhe — diz Miranda. — É o Papai Noel. Está olhando pela janela.

— Não, não é — diz Michael, sem olhar. — Já ganhamos os presentes. Além disso, Papai Noel não existe.

Eles estão juntos embaixo da árvore, a célebre árvore de Natal dos Honeywell. Ambos têm onze anos. Contra o tronco, há espaço suficiente apenas para sentar de pernas cruzadas. Michael está fazendo o trenzinho andar em torno da árvore para a frente, depois para trás, depois novamente para a frente. Miranda admira seu melhor presente, uma tesoura de cabo dourado em formato de garça. O bico é a lâmina. *Clac, clac*, ela corta, uma por uma, as frágeis agulhas do galho acima de si. O cheiro de pinheiro. Uma pequena chuva de agulhas verdes.

Deve estar muito frio lá fora, no jardim. A janela brilha, congelada. A hora de dormir já passou há muito tempo. Se não for o Papai Noel, pode ser um ladrão que veio roubar as joias de alguém. Ou o maníaco da machadinha.

Ou, é claro, um dos milhares de tios ou primos de Michael. Porque não há barba, e o rosto na janela não é alegre. Mesmo um pouco oculto pela escuridão e pelo gelo, ele tem a típica aparência dos Honeywell. O aposento está cheio de Honeywell adultos conversando sobre o que os Honeywell sempre conversam, ou seja, tudo, cavalos e casas e Deus e rejuntes, bronzeamento artificial e — claro — teatro. Sempre o teatro. Os Honeywell gostam de conversar. Quando não têm falas para dizer, improvisam. O mundo inteiro é um palco.

É raro ver um Honeywell isolado. Eles vêm em cachos, como bananas. Nunca espiões solitários, e sim batalhões. Por mais que Miranda admire o cabelo loiro avermelhado dos Honeywell, a beleza expressiva e exagerada deles, seu repertório de piadas e segredos, poesia e besteira, às vezes ela precisa de um descanso. Os Honeywell querem que você fale também. Fazem perguntas até sua boca secar de tanto responder.

Michael é excepcionalmente calmo para um Honeywell. Não se importa se você está lá ou não.

Miranda se esquiva por baixo da árvore, desviando-se em seguida por entre as pernas dos Honeywell de black-tie e vestidos de festa: tafetá laranja apocalíptico; cetins rastejantes e grudentos em amarelo-canário e violeta; seda branca espumante já suja de vinho.

Acariciam sua cabeça, piscam para ela. Alguém vestido de dourado diz:

— Pobre ovelhinha.

— Bééé *humbug*[1] — exclama Miranda, seguindo em frente. Está com um vestido de veludo cotelê verde, de cintura império, apertado nas axilas. O interesse de Miranda por essas coisas é, em parte, profissional. Sua mãe, Joannie (residente, nos últimos seis meses, em uma penitenciária de Phuket, onde ficará muito tempo), foi auxiliar de camarim e confidente de Elspeth Honeywell.

Michael é filho de Elspeth. Miranda é afilhada dela.

Há dois homens se beijando languidamente na cozinha. Estão apoiados na pia, onde um dos novos gatinhos dos Honeywell lambe o conteúdo de uma molheira. Uma garota — apenas alguns anos mais velha que Miranda — dispõe cartas de tarô manchadas e em frangalhos sobre a mesa de madeira rústica. Garrafas de vinho vazias estão inclinadas como canhões; há um facão enfiado em um bolo de reis destroçado. O forno Aga exala calor: dentro de uma das gavetas de aquecimento, Miranda vê os outros gatinhos adormecidos em uma panela com resto de comida incrustada.

A menina pega uma sacola de lixo de festa — guardanapos sujos de batom, taças de champanhe de plástico, fragmentos sebosos de doces — e a arrasta para fora da cozinha. A mãe dos gatinhos entra enquanto Miranda sai.

---

1 N. da T.: "*Bah humbug*", em inglês, é uma expressão de aborrecimento com as festividades natalinas. Surgiu como fala do protagonista Ebenezer Scrooge de *Um conto de Natal*, de Charles Dickens, e se popularizou.

A neve cai. Montinhos grandes e grudentos que derretem em seu cabelo, suas bochechas. Neve no Natal. Não em Phuket, é claro. Ela se pergunta o que servem para comer no Natal nas penitenciárias tailandesas. A mãe dela sempre prepara o bolo de reis. Miranda ajuda a amassar o marzipã em camadas. As sapatilhas de balé que usa escorregam na grama.

Ela amarra a sacola, deixa-a contra os degraus. E lá está o homem no jardim, ainda em frente à janela, olhando para dentro.

Deve ouvir Miranda. Com certeza a ouve. Os passos dela sobre a grama congelada. Mas ele não se vira.

Mesmo de costas, dá para saber que é um Honeywell. Cabelo cor de mel, magro; perfeitamente imóvel, de alguma forma está *perfeitamente* imóvel, em pose que atrai o olhar. Anormalmente normal. A neve que faz o nariz de Miranda escorrer, deixando suas bochechas coradas de frio, permanece sem derreter naquele cabelo brilhante de Honeywell, nos ombros do casaco surpreendente.

Típico comportamento Honeywell, pensa Miranda. Uma briga de namorados, ou ficou ofendido com o que alguém disse, e agora vai ficar de birra até morrer, lindo, de frio. Sua mãe havia sido muito clara sobre como se comportar quando um Honeywell é dramático sem necessidade. O segredo é ser firme.

Com esse último pensamento sobre a mãe, Miranda tem seus próprios sentimentos dramáticos. Ela foca a atenção no casaco, afastando os sentimentos. É um *belo* sobretudo. Um figurino? Roubado de alguma produção? Século XVIII, corte excelente. Não é uma sobrecasaca. É um *justaucorps*. Tecido adamascado rosa. Todo bordado com fio branco de seda, papoulas e rosas, e lá, onde se expande para fora sobre o quadril, um escaravelho-veado sobre uma folha verde. Ela vai se aproximando, sem conseguir evitar estender a mão para tocar o escaravelho.

Ela quase espera que sua mão o atravesse. (Com certeza deve haver fantasmas em Honeywell Hall.) Mas isso não acontece. O casaco é real. Miranda prende o adamascado entre os dedos. Diz:

— O que quer que tenha acontecido não é razão para morrer congelado. Você não devia estar aqui fora. Devia entrar.

O Honeywell no *justaucorps* se vira.

— Estou exatamente onde deveria estar — diz ele. — Aqui. Fazendo exatamente o que deveria fazer. O que não inclui conversar com garotinhas. Vá embora, garotinha.

Miranda pode até ser uma garotinha, mas já está bem armada contra o arsenal de birras, crises, altos, baixos, charmes e estranhezas dos Honeywell.

Acima do largo bolso direito do casaco, há uma raposa bordada em vermelho e dourado, a pata dianteira presa em uma armadilha.

— Eu me chamo Miranda — diz ela. Então, como já aprendeu um ou dois truques com os Honeywell, continua: — Minha mãe está presa.

O Honeywell parece quase simpatizar por um brevíssimo momento, mas então dá de ombros. Teatralmente, é claro. Põe as mãos nos bolsos.

— E eu com isso?

— Só estou dizendo que todo mundo tem problemas — explica Miranda. — Eu estou aqui porque Elspeth tem pena de mim. Odeio quando sentem pena de mim. E eu não sinto pena de você. Não o conheço. Só não acho muito esperto da sua parte ficar aqui fora por estar de mau humor. Mas talvez você não seja muito esperto. Minha mãe diz que pessoas bonitas não costumam se importar. Qual é seu nome?

— Se eu disser, você vai embora? — pergunta ele.

— Sim — responde a menina. Ela pode ir para a cozinha brincar com os gatinhos. Lavar a louça e ser útil. Deixar que leiam sua sorte. Sentar-se sob a árvore com Michael novamente até passar ainda mais da hora de dormir. Amanhã será mandada para casa de ônibus. No ano que vem Elspeth provavelmente já terá esquecido que tem uma afilhada.

— Sou Fenny — diz o Honeywell. — Agora vá. Tenho coisas a não fazer e pouco tempo para não fazê-las.

— Bem — diz Miranda, dando um tapinha no punho largo da manga daquele lindo casaco. Ela se pergunta qual será o forro. Quanto frio ele deve estar sentindo. Que burrice ficar ali quando é bem-vindo lá dentro. — Feliz Natal. Boa noite.

Ela estende a mão uma última vez, toca a raposa bordada, com a perna presa na armadilha. Ponto pé de flor, ponto arroz e ponto espinha de peixe.

— É mesmo um belo trabalho — comenta ela. — Mas espero que ela se solte.

— É ele, e foi pego por ser burro — diz Fenny —, sua criança estranha e irritante.

Ele volta a olhar pela janela.

O que vê por ela? Quando Miranda por fim volta para dentro, onde os Honeywell bêbados gritam versões impróprias de músicas natalinas, abrindo *Christmas crackers*[2] e pondo coroas de papel na cabeça, ela olha pela janela. A neve parou. Não há ninguém lá.

Acontece que Elspeth Honeywell continua a se lembrar de Miranda no ano seguinte, e no seguinte, e no seguinte. No ano em que completa doze anos, ela procura o misterioso Fenny. Ele não está lá. Quando pergunta, ninguém sabe de quem está falando. Todo ano há presentes para Miranda sob a magnífica árvore. Um ingresso para um musical em Londres ao qual ela nunca assiste. Um kit de maquiagem quando completa treze anos.

Naquele Natal, ela toma champanhe pela primeira vez.

No ano em que completa quatorze, Michael dá a ela um jogo de xadrez e uma caixa com novelos sortidos de fio de seda. Sob a meia-calça preta, Miranda usa uma tornozeleira vermelha e trançada de couro que veio em um envelope, sem carta, de Phuket. Os gatinhos estão todos crescidos e fingem não conhecê-la.

Naquele Natal, ela se sente bem crescida. O homem de *justaucorps* foi um sonho, uma história que criou para si para se sentir interessante. Aos quatorze, está grande demais para contos de fadas, Papai Noel, histórias de fantasmas. Quando Michael observa que estão embaixo de um visco, ela o beija uma vez em cada bochecha. Depois enfia a língua na orelha dele.

2 N. da T.: Tubos de papelão enrolados como bombons com cores natalinas que, ao serem puxados pelos lados, se abrem com um estalo, liberando pequenas bugigangas como coroas de papel, brinquedos e cartões com piadas. São tradicionais em vários países anglófonos.

Na próxima vez que neva no Natal, Miranda tem quinze anos. A previsão é de neve, e a neve cai. Isso a faz pensar nele outra vez, no homem do jardim nevado. Não há homem nenhum no jardim este ano, é claro; os Honeywell vêm e vão, são muitos para controlar. Mas há o Honeywell Hall, que é o suficiente — e uma aparente infinidade de adultos Honeywell se comportando como se fossem crianças.

É exaustiva, quase um feito olímpico, a quantidade de diversão da qual parece que os Honeywell precisam. Ela não consegue decidir se isso é horrível ou maravilhoso.

No fim da tarde, os Honeywell brincam de mímica. Não vale a pena brincar com pessoas que fazem isso profissionalmente. Miranda fica à janela, observando a neve cair, procurando algo. Pássaros. Uma raposa. Um homem no jardim.

— Meu Deus, não! Cleópatra apareceu enrolada num tapete, não no jornal de domingo! — grita um Honeywell.

Michael está no quarto dele, falando com o pai por Skype.

Miranda vai de janela a janela, fingindo não procurar nada em particular. Bem ao longe, vê algo fora do lugar. Alguém. Em um segundo, ela já está na porta.

— Vou dar um passeio! — grita enquanto a porta se fecha. Caso alguém se importe.

Encontra o homem caminhando por cima do muro que marca a propriedade, pisando pedra por pedra. Fenny. Ele bate um galho contra cada pedra, conforme avança.

— Você — diz ele. — Fiquei me perguntando se a veria outra vez.

— Miranda — diz ela. — Aposto que esqueceu.

— Não. Não esqueci. Quer subir?

Ele estende a mão. Ela hesita.

— Como quiser — diz Fenny.

— Posso subir sozinha.

E ela o faz. Está em frente a ele agora. Anda de costas para mantê-lo à vista.

— Você não é uma Honeywell — comenta ele.

— Não — a garota concorda. — Sou só um projeto de caridade da Elspeth. Mas você é.

— Sim. Mais ou menos.

Ela então para, e ele precisa parar também. Não é como se pudessem continuar avançando, de qualquer forma. Há um buraco no muro logo atrás dela.

— Lembro quando construíram isso — diz Fenny.

Ela provavelmente ouviu errado. Ou ele está brincando.

— Você deve ser bem velho — diz Miranda.

— Mais velho que você, pelo menos.

Ele se senta sobre o muro, então ela se senta também. Honeywell Hall está à frente deles. Há um bosque de castanheiras atrás. A neve cai preguiçosa, um pouco de vento fazendo-a girar, jogando os flocos novamente para cima.

— Por que você sempre usa esse casaco? — pergunta a garota, ajeitando-se um pouco. Seu traseiro está congelando. — Não deveria se sentar em um muro sujo. Ele é bonito demais. — Ela toca o escaravelho bordado, a raposa. Não consegue evitar. O trabalho é lindo.

— Alguém muito... especial me deu — explica ele. — Sempre o uso porque é o desejo dela que eu o faça.

O modo como ele diz isso a arrepia um pouco.

— Certo — diz Miranda. — Como minha tornozeleira. Minha mãe mandou pra mim. Ela está presa. Nunca vai sair. Vai ficar lá até morrer.

— Como a raposa — observa ele.

— Como a sua raposa —concorda ela. Fica horrorizada ao perceber que seus olhos estão cheios de lágrimas. Está chorando? Não é nem uma raposa real. Ela não quer olhar o homem de casaco, *Fenny*, e ver se ele notou, então pula do muro e começa a caminhar de volta para a casa.

Quando está a meio caminho do Hall, a neve flutuante para. Ela se vira; não há ninguém sentado no muro.

A neve para e recomeça, indo e voltando o dia todo. Quando o jantar termina, e os Honeywell estão grunhindo e segurando a barriga, Elspeth tem algo para Miranda.

— Alguém deixou isso na porta para você — diz ela, balançando o presente entre dois dedos como se fosse um biscoito e Miranda, um cachorrinho sem dono. — Eu me pergunto quem foi.

A embalagem é uma folha de papel branca, amarrada com um pedaço de fio verde. O nome dela escrito em garranchos. *Miranda*. Dentro está um pedaço de adamascado rosa, a raposa bordada rosnando; a pata presa, a armadilha ensanguentada.

— Deixa eu ver, querida — diz Elspeth, e tira o retalho das mãos dela. — Que presente estranho! É uma piada?

— Não sei — responde Miranda. — Talvez.

São oito da noite. Honeywell Hall, no topo de sua colina, deve brilhar como uma tocha. Miranda veste seu casaco e caminha ao redor da casa três vezes. Toda a neve já derreteu. Michael a intercepta na última volta. Tem a pele coberta de espinhas e o corpo ossudo agora, com um nariz grande demais para o rosto. Ela o ama muito, assim como ama Elspeth. São sempre gentis com ela.

— Tome — diz ele, entregando o retalho de adamascado. — Amigo secreto? Admirador secreto? Código secreto?

— Ah, é uma longa história, sabe — responde ela. — Vou guardá-la para minhas memórias.

— Enquanto isso, lá dentro todos estão fingindo que é 1970 e têm dezesseis anos outra vez. Jogando "esconde-esconde sardinha" e bebendo. Vai ter orgia em todos os armários, confissões dramáticas, além de leves estrangulamentos na despensa, sob as escadas, nas camas e embaixo delas, a noite toda. Então eu peguei isso e fugi. — Michael mostra a garrafa de cidra Strongbow no bolso do sobretudo. — Vamos lá sentar no conversível. Você pode me contar sobre a escola e a agonia que é a sua tia, e eu conto com que parlamentar do partido conservador Elspeth anda se encontrando às escondidas. Aí você pode vender a história pros tabloides.

— E usar o dinheiro pra comprar um apartamento sem água quente para nós em Wolverhampton. Vamos viver no luxo — diz Miranda.

Eles bebem a cidra e comem uma barra de chocolate meio derretida. Conversam e Miranda se pergunta se Michael tentará beijá-la. Se ela deve beijar Michael. Mas ele não faz nada, nem ela — ninguém faz nada —, e a garota adormece no estofado roído por ratos do estapafúrdio Sunbeam Tiger, com a cabeça encostada no ombro de Michael, a raposa presa amassada em seu punho fechado.

No Natal seguinte, Elspeth está em todos os jornais. O marido da parlamentar conservadora está se divorciando dela. Elspeth é corréu no processo de divórcio. Enquanto isso, agora está envolvida com uma jogadora de futebol vinte anos mais nova. É o melhor tipo de história natalina. Há jornalistas por toda parte. Elspeth, no Sunbeam Tiger, busca Miranda na estação de ônibus usando um chapéu preto largo, um macacão preto e óculos escuros, triunfantemente caída em desgraça. Bem satisfeita.

A tia de Miranda quase não a deixou ir este ano. Mas, se a garota tivesse ficado, ambas estariam infelizes. A tia tinha um novo namorado. Quase tão ruim quanto ela. Deviam avisar aos tabloides.

— Amei o vestido — diz Elspeth, beijando-a na bochecha. — Você que fez?

Miranda está particularmente orgulhosa da bainha.

— É, ficou ok.

— Quero um igual — disse Elspeth. — Vermelho. Um decote mais baixo, uma bainha mais alta. Você podia abrir um negócio. Já pensou nisso?

— Tenho só dezesseis anos, ainda preciso melhorar muito.

— Alexander McQueen largou a escola com dezesseis anos! Foi ser aprendiz na Savile Row. Costumava costurar cabelo humano nos forros. Um tipo de feitiço, acho. Tenho um dos vestidos de estampas marinhas dele em algum lugar do Hall. E sua mãe tinha quase a sua idade quando começou. Ficava nas coxias, costurando lantejoulas e cristais em tule.

— Cadê o Michael? — pergunta a garota. Ela e a mãe andam trocando cartas. Miranda está economizando. Ainda não contou para a tia, mas no próximo verão vai à Tailândia.

— Em casa. De mau humor. Está ouvindo meus discos antigos. The Smiths.

Miranda estuda a expressão de Elspeth.

— Aquela menina terminou com ele, né?

— Se está falando da que tem furões de estimação e tornozelos feios, sim — responde Elspeth. — Sei lá como se chama. É um mistério. Não o nome dela, o término. Ele cresceu quase oito centímetros em dois meses, as espinhas desapareceram, sério, Miranda, ele ficou ainda mais bonito do que eu esperava. Tem um coração de ouro, esse garoto, e uma boa cabeça também. Não sei o que ela estava pensando.

— Foi um golpe preventivo, talvez.

— Eu nem saberia do término se não tivesse escutado uma conversa sem querer. *Meio* sem querer — admite Elspeth. — Bom, isso e The Smiths. Ele não conversa comigo sobre sua vida amorosa.

— Você *quer* que ele fale com você sobre sua vida amorosa?

— Não. Sim. Talvez? Provavelmente não. Mas e você, Miranda? Já tem vida amorosa?

— Não tenho nem furões — responde Miranda.

Na véspera de Natal, enquanto todos os Honeywell visitantes, além de primos, esposas, namorados, namoradas e seus contadores, cantam em coro na vila, Elspeth leva Miranda e Michael para um canto. Dá um baseado a cada um.

— Não é como se eu não soubesse que você rouba meu estoque, *Michael* — diz Elspeth. — Ao menos dessa forma eu sei o que está fazendo. Se vai infringir a lei, pode ao menos aprender a fazer isso com responsabilidade. Sob supervisão adulta.

Michael revira os olhos, olha para Miranda. O que vê na expressão dela o faz rir. É irritante, mas verdadeiro: ele ficou mesmo espetacularmente bonito. Bem, era inevitável. Ao que parece, eles afogam todos os Honeywell feios ao nascer.

— Tá tudo bem, *Miranta* — diz ele. — Fico com o seu se não quiser.

— Obrigada, mas aceito. — Ela coloca o baseado no decote.

— Bem, tenho certeza que os dois têm muitas novidades pra trocar — diz Elspeth. — Vou para o bar beijar as garçonetes e fazer os jornalistas chorarem.

Quando ela sai, Michael pergunta:

— Ela está bancando o cupido, né?

— Isso ou está usando psicologia reversa — responde Miranda.

Seus olhos se encontram. *Coragem, Miranda*. Michael inclina a cabeça, parece alegre.

— Bem, nesse caso, eu deveria fazer isso... — Ele se inclina para frente, põe a mão no queixo de Miranda, levantando-o. — Nós deveríamos fazer isso.

Ele a beija. Seus lábios são macios e secos. Miranda suga o inferior tentativamente. Posiciona seus braços ao redor do pescoço dele, e as mãos do garoto descem, segurando sua bunda. Ele abre a boca e faz coisas com a língua até ela abrir a boca também. Ele parece saber o que fazer; já deve ter feito muito com a menina dos furões.

Miranda se pergunta se os furões ficavam dentro ou fora das gaiolas enquanto isso. Não seria desconfortável, pensa ela, ficar se pegando enquanto os furões observam? Com aqueles olhinhos de botão.

Ela sente a ereção de Michael. Ai, Deus. Que vergonha. A garota o afasta.

— Desculpa — geme ela. — Desculpa! É, não, não acho que devíamos fazer isso. Nada disso!

— Provavelmente não — diz Michael. — Provavelmente, definitivamente não. É estranho, né?

— É estranho.

— Mas talvez não fosse tão estranho se fumássemos um baseado antes. — O cabelo dele está bagunçado. Aparentemente, foi ela quem fez aquilo.

— Ou talvez a gente possa só fumar e, sabe, não complicar tudo.

Na metade do baseado, Michael diz:

— Não precisaria complicar tudo. — Está com a cabeça no colo dela. A garota enrola seu cabelo em torno dos dedos.

— Complicaria sim — contesta Miranda. — Complicaria *muito*.

Mais tarde, ela diz:

— Queria que nevasse. Seria bom se nevasse. Pensei que era por isso que todos vocês vinham para cá no Natal. Para ter um Natal com neve.

— Acho péssimo — diz Michael. — A neve é fria, escorregadia. Faz você pensar que devia estar cantando ou sei lá. Tipo num filme. Ou num globo de neve.

— Presos. Encurralados.

— Mas também decorativos — acrescenta ele.

Estão deitados, entrelaçados um no outro, em um sofá na frente da árvore de Natal. De vez em quando Miranda precisa tirar a mão de Michael de algum lugar onde não deveria estar. Não acha que ele faça de propósito. Beija-o atrás da orelha vez ou outra.

— Isso é bom — diz ele. Dá um tapinha na bunda dela. A menina se esquiva da mão dele. Beija-o outra vez. Tem um filme passando na TV, com várias explosões. Zumbis. Cameron Diaz arruma compras de supermercado em um chalé, sozinha.

Não, esse é outro filme, pensa Miranda. Aparentemente, estava dormindo. Michael ainda dorme. Por que precisa ser tão irritantemente bonito, mesmo adormecido? Miranda odeia pensar em como fica sua própria aparência ao dormir. Não é de admirar que a menina dos furões o tenha largado.

Elspeth deve ter voltado do bar, pois há um monte de cobertores sobre eles.

Lá fora, está nevando.

Miranda põe a mão no bolso do vestido, sente o retalho de adamascado que ficou ali o dia todo. É um bolso grande. Bastante espaço para várias coisas. Miranda não quer ser uma daquelas estilistas que só faz roupas bonitas. Quer que também sejam úteis. E provocativas. Ela pega o cobertor mais bonito do sofá para si, distribui os demais sobre Michael para que ele fique todo coberto.

Ela passa por um espelho, para e ajeita o cabelo, prendendo-o em um rabo de cavalo. Enrola o cobertor no corpo como um xale e sai para a neve.

Lá está ele sob o espinheiro. Ela estremece, tenta se convencer de que é pelo frio. Não há muita neve no chão ainda. Tenta se convencer de que não dormiu muito. De que ele não a espera há muito tempo.

Ele veste o mesmo casaco. Seu rosto está igual. Não é tão velho quanto pensou naquela primeira vez. Tem apenas alguns anos a mais que ela. Que Michael. Ele não envelheceu, ela sim. Onde ele fica quando não está aqui?

— Você é um fantasma? — pergunta ela.

— Não. Não sou um fantasma.

— Então é uma pessoa de verdade? Um Honeywell?

— Fenwick Septimus Honeywell. — Ele se inclina em uma reverência. O ato parece mais bonito do que deveria, provavelmente pelo casaco. As pessoas não fazem mais esse tipo de coisa. Ninguém tem um nome daqueles. Quantos anos ele tem?

— Você só aparece quando neva — observa ela.

— Só tenho permissão para vir quando neva — diz ele. — E só no Natal.

— Certo. Ok, não. Não, não entendo. Permissão de quem?

Ele dá de ombros. Não responde. Talvez não tenha permissão.

— Você me deu algo — continua a garota.

Ele assente com a cabeça. Miranda estende a mão, toca o lugar do sobretudo de onde ele arrancou a raposa. Para poder dar a ela.

— Oh — diz ela. — Pobrezinho do casaco. Você nem usou tesouras, né? Deixe eu consertar.

Ela pega o retalho do bolso, junto com seu kit de costura, aquele que sempre carrega consigo. Deixou o tipo exato de fio ali por mais de um ano, só por segurança.

Mostra a ele o pedaço de adamascado. Alguns meses atrás, desfez toda a pata da raposa, toda a armadilha. As gotas de sangue. O rabo e a cabeça rosnando. Depois refez o bordado de seu próprio jeito, imitando o melhor possível o estilo original. Agora a raposa está livre, com a língua para fora, o rabo para o alto, correndo pela superfície rosa do tecido. A entretela era de algodão rosa, um pedaço cortado de uma camisola velha.

Ele pega o retalho, o vira nas mãos.

— Foi você quem fez?

— Ano passado você me deu um presente. Este é meu presente pra você — diz ela. — Vou costurá-lo de volta. Vai ficar meio desalinhado, mas ao menos não vai ter um buraco em seu belo casaco.

— Falei para ela que rasguei em um galho. Está bom como está.

— Não está bom. Deixe eu consertar, por favor.

Fenny sorri. É um sorriso verdadeiro, talvez até um pouco galanteador. Ele e Michael poderiam ser irmãos. São muito parecidos. Então por que ela fez Michael parar de beijá-la? Por que precisa morder a língua às vezes quando Michael é gentil com ela? Em Honeywell Hall, ela é apenas tão real quanto Elspeth e Michael lhe permitem ser. Esta não é sua vida verdadeira.

É ridículo, claro. Real é real. Michael é real. Miranda é real quando não está aqui. O que quer que Fenwick Septimus Honeywell seja, Miranda tem certeza de que é complicado.

— *Por favor* — ela repete.

— Como quiser, Miranda — diz Fenny. Ela o ajuda a tirar o casaco. Sua mão toca a dele, e a garota abafa o desejo inexplicável de agarrá-la. Como se um deles estivesse caindo.

— Venha pra dentro do Hall — pede ela. — Só enquanto faço isso. É melhor fazer lá dentro. A luz é melhor. Você pode conhecer o Michael. Ou a Elspeth. Posso acordá-la. Aposto que Elspeth sabe como lidar com esse tipo de coisa. — Seja lá o que for aquele tipo de coisa. — Entre comigo.

— Não posso — diz ele, com pesar.

Claro. É contra as regras.

— Ok — diz Miranda, conciliando. — Então ambos ficaremos aqui. Ficarei com você. Pode me contar tudo sobre si. A não ser que isso também seja contra as regras. — Ela se ocupa com alfinetes. Ele levanta a mão dela e a segura.

— Pelo avesso, por favor — pede ele. — A raposa para dentro.

As mãos de Fenny são lindas. Sem calos nas pontas. Unhas feitas. Definitivamente não é real. O polegar dele acaricia as dobras dos dedos da garota.

— Pelo avesso — ela diz, meio sem ar. — Para que ela não repare que alguém consertou? — Seja lá quem *ela* for.

— Vai reparar. Mas assim ela não verá que a raposa está livre.

— Ok. Faz sentido, eu acho. — Miranda larga a mão dele. — Aqui. Podemos nos sentar nisto. — Ela estende o cobertor e se senta. Lembra que tem um chocolate no bolso. Passa-o para ele. — Sente-se.

Ele examina o chocolate. Desembrulha-o.

— Ah, não — diz ela. — Mais regras? Não tem permissão para comer?

— Não sei. Ninguém nunca me deu nada antes. Quando vim aqui. Ninguém nunca falou comigo.

— Então você aparece quando neva, fica se esgueirando por aí, olhando pelas janelas. E aí volta pra sei lá onde quando para de nevar.

Fenny assente com a cabeça. Parece quase envergonhado.

— Que divertido! — diz Miranda. — Ou melhor, que coisa esquisita!

Ela coloca o pedaço de bordado onde o quer e o prende no lugar com pontos de alinhavo, de forma que a raposa fique escondida.

Se parar de nevar, ele vai simplesmente desaparecer? O casaco vai ficar? Algo lhe diz que tudo isso é bem contra as regras. Ele quer voltar? E o que ela quer dizer com *voltar*? Voltar para cá, para Honeywell Hall? Ou para onde quer que ele vá quando não está aqui? Por que ele não envelhece?

Elspeth diz que é hilário envelhecer. Mas, ah, Miranda sabe que ela não está falando sério.

— É bom — diz Fenny, parecendo surpreso. O chocolate sumiu. Ele lambe os dedos.

— Posso voltar para dentro, preparar um queijo quente pra você. Tem bolo de reis para amanhã.

— Não. Fique.

— Ok. Vou ficar. Pronto. É o melhor que posso fazer com essa iluminação. Minhas mãos estão ficando muito frias.

Ele pega o casaco. Faz que sim com a cabeça. Então coloca-o sobre os ombros da garota. Puxa ela para si. O adamascado pesa. Há neve dentro e fora.

Fenny é surpreendentemente sólido para alguém que quase não está aqui. Miranda se pergunta se ela também o surpreende.

A boca dele está logo acima do topo de sua cabeça, soprando círculos quentes contra seu cabelo. Ela está com muito, muito frio. É ridículo estar ali na neve com essa pessoa ridícula e sua lista de regras ridículas.

Vai morrer de frio.

Com cuidado, como se esperando que ela o detenha, ele põe os braços ao redor de sua cintura. Suspira, a respiração quente no cabelo dela. Miranda de repente sente muito, muito medo de que pare de nevar. Não conversaram sobre nada. Nem se beijaram. Ela sabe, cada parte de si sabe que quer beijá-lo. Que ele quer beijá-la. Toda sua pele formiga de anseio. Por dentro, ela ferve.

A garota põe o kit de costura de volta no bolso, descobre o baseado que Elspeth lhe entregou, o isqueiro de Michael.

— Aposto que nunca experimentou isso também — diz ela, virando-se entre os braços dele. — É para fumar. Aqui.

Ela bate na boca dele com o baseado, coloca-o entre seus lábios quando ele os separa. Acende o isqueiro até o fogo pegar, e então se atira sobre ele, beijando-o, e ele a beija de volta. É a segunda vez naquela noite que beija um garoto, os dois primeiros garotos que beijou na vida, e ambos são Honeywell.

E, ah, foi ótimo beijar Michael, mas isso é algo melhor que ótimo. Tudo que fazem é se beijar, e a garota não sabe por quanto tempo se beijam. No começo Fenny tem gosto de chocolate, e ela não sabe o que houve com o baseado. Ou o isqueiro. Eles se beijam até os lábios de Miranda ficarem dormentes e o casaco escorregar de vez de seus ombros, e ela está no colo de Fenny, com uma mão no cabelo dele e a outra apertando sua cintura, e só o que quer fazer é continuar beijando-o para todo o sempre. Até ele se afastar.

Ambos estão ofegantes. As bochechas dele estão vermelhas. A boca, mais ainda. Miranda se pergunta se parece tão enlouquecida quanto ele.

— Você está tremendo — diz o rapaz.

— Claro que estou! Está congelando aqui fora! E você não pode entrar. Porque — diz Miranda, ofegando, tremendo, todo seu ser vibrando de frio e *desejo, desejo, desejo* — é contra as regras!

Fenny assente com a cabeça. Olha para os lábios dela, lambe os seus. Afasta-se, porém, quando Miranda tenta beijá-lo outra vez. Ela sente vontade de pegar um punhado de neve e amassá-la contra aquele rosto de Honeywell.

— Está bem, está bem! Fique aqui. Não se mova. Nem um centímetro, entendeu? Vou pegar as chaves do Tiger — explica ela. — A não ser que seja contra as regras se sentar num carro velho.

— Tudo isso é contra as regras — diz Fenny, mas faz que sim com a cabeça. Talvez, ela pensa, possa fazê-lo entrar no carro e dirigir para longe. Talvez funcionasse.

— Estou falando *sério* — insiste Miranda. — Nem *ouse* sair daqui.

Ele assente outra vez. Ela o beija, de forma punitiva, longa, desesperada, e então sai correndo para a cozinha. Seus dedos estão tão frios que de início não consegue abrir a porta. Ela pega seu casaco, as chaves do Tiger e então, de impulso, corta um pedaço grande do inviolado bolo de reis. Bem, se Elspeth disser qualquer coisa, ela contará a história toda.

Então volta para fora. Diz os piores palavrões que conhece quando vê que a neve parou. Há um cobertor manchado de neve, o baseado e a embalagem do chocolate.

Ela deixa o pedaço de bolo na janela. Talvez os pássaros o comam.

Michael continua adormecido no sofá. Ela o acorda.

— Feliz Natal — diz a ele. — Bom dia.

Dá o presente do garoto. Fez uma blusa para ele. Algodão egípcio, azul acinzentado para combinar com seus olhos. Mas é claro que não vai caber. Ele já está grande demais.

Michael a alcança sob o visco já bem depois da hora de dormir, pois é noite de Natal e ninguém quer ir para cama ainda, todos meio bêbados, soltos, puxando briga por coisas com as quais não se importam. Só pelo prazer de brigar. Ele beija Miranda. Ela deixa.

É meio que um presente para Elspeth, racionaliza ela. É meio por saber que é ridículo não beijar Michael só porque queria estar beijando outra pessoa. Especialmente quando a pessoa em questão na verdade não é alguém real. Ao menos não na maior parte do tempo.

Além disso, ele está vestindo a camisa que Miranda fez, mesmo não cabendo.

Pela manhã, Michael está com ressaca demais para levá-la até a vila onde pegará o ônibus. É Elspeth que a leva. Ela veste um terninho vintage, Garbadine lilás amarronzado, com detalhes em pele de marta, algo que Miranda sente vontade de desfazer só para ver como foi feito. Que cintura fina ela tem.

— Sabe que ele está apaixonado por você — diz Elspeth.

— Não está — discorda Miranda. — Ele me ama, mas não está apaixonado por mim. Eu o amo, mas não estou apaixonada por ele.

— Se é o que diz — continua Elspeth, em tom neutro. — Mas não posso evitar… fico curiosa para saber como você aprendeu tanto sobre amor, Miranda, sendo tão jovem.

A garota fica corada.

— Sabe que pode conversar comigo — insiste Elspeth. — Pode conversar comigo sempre que quiser. Sempre que precisar. Minha querida Miranda. Há um rapaz, né? Não é o Michael. Tadinho do Michael.

— Não há ninguém — diz Miranda. — Sério, não há ninguém. Não é nada. Estou apenas um pouco triste por ter de voltar para casa. Foi um ótimo Natal.

— A neve estava encantadora! Pena que ela nunca dura.

Michael vai visitá-la na primavera. Quatro meses depois do Natal. Miranda não o esperava. Ele aparece na porta com um buquê de rosas. As sobrancelhas da tia de Miranda chegam quase à raiz do cabelo.

— Vou fazer um chá — diz ela, retirando-se apressada. — E vamos precisar de um vaso para as flores.

Miranda pega as rosas do rapaz, depois pergunta:

— Michael! O que faz aqui?

— Você está fugindo de mim — responde ele.

— Fugindo de você? Nem moramos no mesmo lugar. Eu sequer tinha certeza se você sabia onde eu morava. — Ela quase não aguenta ter ele ali, no átrio impecável do pequeno bangalô de sua tia.

— Sabe o que quero dizer, Miranda. Você nunca está online — diz ele. — E quando está, nunca quer conversar. Nunca responde minhas mensagens. Não vai me convidar para entrar?

— Não — responde ela, pegand o a bolsa. — Esquece o chá, Tia Dora — grita a garota. — Vamos sair.

Ela puxa a mão de Michael, arranca-o violentamente de sua vida, sua vida *real*. Se ao menos fosse verdade.

A garota o arrasta rapidamente, passando pelas demais casas do conjunto habitacional com suas pequenas fachadas de pedra branca, pelo caminho todo até a rua principal de Midlands, deprimente e suja. Michael segue atrás dela. É uma longa caminhada, e ela não faz ideia do que dizer a ele. Ele também não parece saber o que dizer.

O vestido dela é experimental, nada que planejasse usar em público. Ela ainda não escovou o cabelo hoje. É fim de semana. Planejava ficar em casa estudando. Como ele ousa aparecer?

Há uma cafeteria onde os bolinhos e sanduíches são particularmente péssimos. Ela o leva lá, eles se sentam. Fazem um pedido.

— Eu devia ter avisado que viria — diz Michael.

— Sim — diz Miranda. — Aí eu poderia ter dito pra você não fazer isso.

Ele tenta pegar na mão dela.

— Miranta, eu penso em você o tempo todo. Em nós. Penso em nós.

— Não. Pare!

— Não posso. Eu gosto de você. Gosto muito. Você não gosta de mim?

É uma conversa horrível. Como pisar em um filhotinho de rato. Um filhotinho de rato que é seu amigo. O fato de Miranda saber que está sendo injusta não ajuda. Não devia estar irritada por ele ter vindo. O garoto não sabe o que ela sente por esse lugar. Só mais alguns meses e ela sairá daqui para sempre. O lugar nunca terá existido.

Ambos estão praticamente à beira das lágrimas quando os bolinhos chegam. Michael dá uma mordida e cospe no prato.

— Não é tão ruim — ela esbraveja, desafiando-o a reclamar.

— É sim — diz ele. — Realmente é muito ruim. — Dá um gole no chá. — E o leite também está vencido.

Michael parece tão chocado com isso que ela não resiste. Começa a rir. Isso o choca também. E, simples assim, não estão mais brigando. Passam o resto do dia alimentando patos no rio congelado, entrando e saindo de filmes de terror, ação, animação — todos menos as comédias românticas, afinal, por que botar sal na ferida? — no cinema. Ele não tenta segurar a mão dela. Ela tenta não imaginar que está nevando lá fora, que é Fenny sentado aqui a seu lado na escuridão oscilante. Imaginar isso é contra as regras.

Miranda termina o semestre. Põe na mala o que quer levar consigo, empacota o resto. Vende sua máquina de costura. Deixa um bilhete para a tia. Não importa o conteúdo.

Ela sabe que devia se sentir mais grata. A tia a manteve alimentada, vestida, deu a ela cama e teto. Nunca bateu nela. Na verdade, nunca foi cruel. Mas Miranda está tão, tão cansada de sentir gratidão pelas pessoas.

Está pegajosa, fedendo e meio bêbada com a diferença de fuso horário quando chega a Phuket. Passa a noite em um albergue e então parte. Ela leu como deve ser. O que se pode levar, quanto tempo é possível ficar, como se portar. Todas as regras.

Mas, no fim, não vê Joannie. Não é permitido. Não está claro por quê. Sua mãe está lá? Eles dizem que sim. Ainda está viva? Sim. Está mesmo viva? Sim. Miranda pode vê-la? Não. Hoje não é possível. Volte depois.

Miranda volta três vezes. Nas três é mandada embora. O consulado não pode ajudá-la. Em sua segunda visita, ela fala com uma moça chamada Dinda, que vai lá passar um tempo com os prisioneiros quando estão na enfermaria. Dinda diz que já esteve com Joannie duas ou três vezes. Que a mãe de Miranda nunca fala muito. Já faz mais de seis meses desde que a mãe escreveu para Elspeth ou Miranda.

Na terceira vez em que é mandada embora, Miranda compra uma passagem de avião para o Japão. Passa os próximos quatro meses lá, ensinando inglês em Quioto. Indo a museus. Olhando kimonos nos mercados de pulgas organizados nos templos.

Ela manda cartões-postais para Elspeth, para Michael. Para a mãe. Manda um até para a tia. E dois dias antes do Natal, Miranda volta para casa.

No avião, ela dorme e sonha que está nevando. Está com Joannie em uma cela da penitenciária de Phuket. A mãe diz a Miranda que a ama. Diz que sua pena foi comutada. Diz que, se a filha for boazinha e seguir as regras com muito cuidado, ela voltará para casa no Natal.

Este ano, ela tem um plano. O plano é que nevará no Natal. Não importa o que a previsão diga. Vai nevar. Ela encontrará Fenny e não sairá de seu lado. Não importa o que as regras digam.

Michael estudará em St. Andrews no próximo ano. O nome da namorada dele é Lillian. Elspeth está se comportando. Miranda também. Ela conta a vários Honeywell histórias engraçadas sobre seus alunos, sobre os cervos nos templos e a garota que tocava flauta para eles.

Elspeth está *envelhecendo.* Ainda é a mulher mais bonita que Miranda já viu, mas tem sessenta anos. Qualquer dia desses receberá um título e nunca mais fará nada escandaloso.

Lillian é uma boa pessoa. Ela diz que gostou do vestido de Miranda. Flerta com os Honeywell mais decrépitos, ajuda a pôr a mesa. Michael observa tudo que ela faz como se fosse uma grande novidade, como se Lillian tivesse inventado elogios, flertes, como se não houvesse copos de água e toalhas de mesa antes de Lillian os revelar. Ah, terra recém-descoberta.

Apesar de tudo isso, Miranda acha que pode querer bem a Lillian. Ela é esperta. Gosta de matemática. Real, verdadeira e *genuinamente* parece apreciar o vestido de Miranda, que, vamos admitir, foi pensado como um ato de guerra. Miranda não gosta de coisas bonitas no momento. Gosta de armadura, artilharia, abrasividade, desconforto — dela e dos outros. O vestido é de couro, punk, cravejado de espinhos, fivelas e braçadeiras de metal, uma corrente o envolve inteiro. Sempre que se senta, precisa ter cuidado para não cortar, empalar ou espetar os móveis. Abraços estão totalmente fora de questão.

Lillian quer um *tour*. Então, depois do jantar e da primeira rodada de *drinks*, Miranda e Michael lideram o passeio por Honeywell Hall, as partes bem cuidadas e as que caíram nas sombras. Terminam em um dos sótãos, vasculhando os baús de figurino de Elspeth. Fazem Lillian experimentar vestidos em gaze de linho, asas de fada feitas à mão com miçangas, maquiagem de palco já bem velha, pesada e espessa. Tiram *selfies*. Michael lê cartas antigas de fãs, olha fotos de Elspeth e Joannie nos bastidores. Aqui está Joannie debruçada sobre uma urna gigante. Joannie com a boca cheia de alfinetes. Joannie em uma noite de estreia, bêbada, rindo, jovem. Deveria doer olhar essas fotos. Não deveria?

— Acham que vai nevar? — pergunta Lillian. — Quero neve neste Natal.

— Nevou no Natal passado— responde Michael. — Acho difícil este ano. Está muito quente.

Nem tentando parecer casual sobre o assunto, Miranda diz:

— Vai nevar. Precisa nevar. E se não nevar, faremos algo quanto a isso. Faremos nevar.

Ela se sente satisfeita quando Lillian a encara como se Miranda fosse louca, possivelmente perigosa. Bem, o vestido já devia tê-la feito entender isso.

— Meu presente este ano — diz Miranda — será neve. Podem me chamar de Rainha da Neve. Venham ver.

Suas malas — seu equipamento especial — quase não coube no Tiger. Elspeth não disse nada, apenas levantou uma sobrancelha. A maior parte ainda está na cocheira.

Michael topa quando ela explica. Lillian ou topa ou finge topar. Há faixas longas e translúcidas de tecido branco para enrolar nos galhos, forrar o chão. Há longos cordões de ornamentos de vidro, cristal, prata. Flocos de neve de renda cortados à mão presos em tela. A *pièce de résistance* é a máquina de neve falsa com uma mangueira que se estende até quinze metros. Miranda tem sacos e mais sacos de neve falsa. Mais de uma hora da melhor neve falsa que o dinheiro pode comprar, de acordo com o homem que lhe alugou a máquina.

É quase meia-noite quando terminam de arrumar tudo de acordo com a vontade de Miranda. Ela entra e acende os refletores do Hall, então liga a máquina de neve. Uma neve leve e brilhante começa a cair. Lillian beija Michael demoradamente. Um belo romance.

Elspeth vinha observando tudo da janela da cozinha. Sai, cobre a bebida com a mão. A neve falsa polvilha seu cabelo claro, riscando-o de branco.

Todos os Honeywell que ainda não foram dormir, que são a maioria, falam *ooh* e *aah*. Os mais novos, que nem eram nascidos quando Miranda veio ao Hall pela primeira vez, começam uma salva de palmas espontânea. A garota se sente bem poderosa. Papai Noel existe, afinal.

Todos os Honeywell acabam voltando para a casa para beber, fofocar e admirar lá de dentro os efeitos especiais de Miranda. Pode não estar frio de verdade, mas está bastante frio. Hora de tomar chocolate quente, whisky quente, banho quente, água quente e depois ir para a cama quente.

Ela não tem certeza, é claro, de que vai dar certo. Se está seguindo as regras. Mas não devem isso a ela, a essa altura? Um pouco de sorte?

Devem, sim. No começo, sem ousar ter esperança, acha que é Michael que saiu da casa para chamá-la para dentro. Mas não é Michael.

Fenny, no casaco velho, com a costura de Miranda no retalho acima do bolso, sai de baixo de um espinheiro.

— Deu certo! — exclama Miranda, abraçando-se, o que é um erro. Todos aqueles espinhos. — Ai, ai.

— Eu não devia estar aqui, devia? — pergunta Fenny. — Você fez alguma coisa.

Miranda olha de perto para o rosto dele. Como parece jovem. Pouco mais velho que ela. Há quanto tempo é jovem assim?

A neve falsa cai sobre suas cabeças.

— Temos cerca de uma hora — diz Miranda. — Não é muito tempo.

Ele vai até ela, envolve-a em seus braços.

— Cuidado! — avisa a garota. — Sou toda espinhos.

— Que vestido ridículo — diz ele, contra seu cabelo. — Mas bonito. É isso que as pessoas usam hoje em dia?

— Diz o homem vestindo um *justaucorps* — retruca ela. Eles têm quase a mesma altura este ano. Ele é mais baixo que Michael agora, ela percebe. Então se beijam, ela e Fenny se beijam, e ela não pensa mais em Michael.

Eles se beijam, e Fenny pressiona o corpo contra o dela, por mais armada de espinhos que Miranda esteja. Ele a segura, as mãos logo acima de sua cintura, com tanta força que ela acha que terá hematomas no formato dos dedos dele.

— Vem para o Hall comigo — pede Miranda, entre beijos. — Vem comigo.

Fenny morde o lábio inferior dela, depois o lambe.

— Não posso — diz.

— Por causa das regras — ela acrescenta, enquanto ele mordisca sua orelha. A garota geme baixo, puxa-o pelo cabelo. — Regras odiosas.

— Se eu pudesse ficar com você, prometo que ficaria. Ficaria e envelheceria com você, Miranda. Ou por quanto tempo você quisesse que eu ficasse.

— Fique comigo — pede ela. Seu vestido deve estar perfurando-o. A barriga, as coxas. Ambos estarão roxos no dia seguinte.

Ele não diz nada. Não para de beijá-la. Ele a distrai, ela sabe. A frente do vestido se abre com um fecho simples. Por baixo ela usa uma camiseta velha e calça legging. A garota guia as mãos dele.

— Se não pode ficar comigo — diz ela, quando Fenny abre o fecho —, eu ficarei com você.

As mãos do rapaz estão em suas costelas enquanto ela fala. É bem fácil puxá-lo para a armadura que é o vestido, alcançar as costas dele, prender o cinto de correntes pesadas em volta de ambos e trancá-lo. A chave está no Hall. No sótão, onde ela a deixou.

— Miranda — diz Fenny, ao perceber —, o que você fez?

— Não vou deixá-lo partir — responde a garota. O vestido é apertado para duas pessoas. Ela pode sentir cada respiração dele. — Se você partir, eu vou junto. Seja lá para onde for.

— Não funciona assim. Há regras.

— Havia uma regra sobre a neve também — retruca Miranda. — Sou bem engenhosa. E você é um Honeywell. Não devia se importar com regras.

A neve falsa agora está mais fria, úmida e pesada do que ela achou que seria. Bem mais parecida com neve real. Fenny murmura algo contra seu pescoço. Ou *Eu te amo* ou *Que diabos estava pensando, Miranda?*

São as duas coisas. Está dizendo ambas. A neve é falsa *e real*. Neve real misturando-se à falsa. Sua magia falsa com a magia real. Caindo mais e mais pesadamente até o mundo todo ficar branco. O ar cada vez mais e mais frio.

— Algo está acontecendo, Fenny — diz ela. — Está nevando. De verdade.

É como se ele virasse pedra em seus braços. Pode senti-lo parar de respirar, mas seu coração está acelerado.

— Deixe-me ir — diz ele. — Por favor, deixe-me ir.

— Não posso. Não tenho a chave.

— Pode sim — diz uma voz, clara e doce como um sino.

E aqui está aquela por quem Miranda esperava. A *ela* de Fenny. A que prende raposas em armadilhas. Nunca as solta. A que faz as regras.

É besteira, talvez, lembrar-se de Elspeth naquele momento, mas é nela que Miranda pensa quando ergue os olhos e vê a Dama que se aproxima, mais Honeywell que qualquer Honeywell que ela já conheceu. A presença, o poder que Elspeth comanda brevemente quando está no palco, é um jogo. Em Elspeth, é apenas atuação. Aqui está algo substancial. Poder é algo que o público concede a Elspeth de boa vontade, mas a Dama de Fenny o tem sempre. Que fardo, nunca poder largá-lo.

Será que a Dama pode ver o que Miranda pensa? Seu olhar absorve tudo. Fenny mantém a cabeça baixa, mas suas mãos seguram as de Miranda. Ele está sob sua guarda, e a garota não o soltará.

— Não tenho a chave — repete Miranda. — E ele não quer ir com você.

— Ele quis uma vez — diz a Dama. Ela usa armadura também, toda feita de gelo. Que incrível seria vestir aquela Dama. Servi-la. Ela poderia ir com Fenny, se a Dama permitisse.

Dentro do vestido, onde a Dama não pode ver, Fenny belisca a pele macia entre o polegar e o indicador de Miranda. A dor a traz de volta a si mesma. Ela vê que ele a observa. Não diz nada, apenas a observa até Miranda voltar a se encontrar em seus olhos.

— Fui com você voluntariamente — Fenny concorda, mas não está olhando para a Dama. Olha apenas para Miranda.

— Mas me deixaria agora? É só dizer e eu o deixarei partir imediatamente.

Fenny não diz nada. *Uma regra,* pensa Miranda. *Tem uma regra aqui.*

— Ele não pode dizer — conclui Miranda —, porque você não deixa. Então deixe que eu diga por ele. Fenny ficará aqui. Já não o manteve longe de casa tempo suficiente?

— A casa dele é junto a mim. Solte-o — ordena a Dama. — Ou vai se arrepender.

Ela estende uma mão longa e toca a corrente em torno do vestido da garota. Ela se fragmenta sob o toque leve. Miranda a sente se partir.

— Deixe-o ir e lhe darei o que seu coração quiser — diz a Dama.

Está tão próxima que Miranda sente a respiração dela congelar sua bochecha. Então Miranda não está segurando Fenny. Segura Michael. Miranda e Michael estão casados. Eles se amam muito. Honeywell Hall é seu lar. Sempre foi. Seus filhos estão sob a árvore, Elspeth, grisalha e adorável, está na cabeceira da mesa, usando um vestido da grife de Miranda.

Mas não é Elspeth, né? É a Dama. Miranda quase solta Michael. Fenny! Mas ele a segura com força, e ela a ele.

— Cuidado, garota — diz a Dama. — Ele morde.

Miranda está segurando uma raposa. Arranhando-a, tentando mordê-la, o bafo de carniça atingindo seu rosto. Miranda a segura com força.

Então é Fenny outra vez. Tremendo contra ela.

— Está tudo bem — diz a garota. — Eu estou aqui com você.

Mas, afinal, não é Fenny. É sua mãe. Estão juntas em uma cela pequena e suja. Joannie diz:

— Está tudo bem, Miranda. Estou aqui. Está tudo bem. Pode soltar. Estou aqui. Solte-me e podemos ir pra casa.

— Não — diz Miranda, de repente fervendo de ódio. — Não, você não está aqui. E eu não posso fazer nada quanto a isso. Mas quanto a Fenny, eu posso.

A garota segura a mãe até voltar a ser Fenny, e a Dama encara Miranda e o rapaz como se fossem uma sujeira sob seu sapato.

— Ok então — diz a Dama. Ela sorri, do jeito que você sorriria para uma sujeira. — Fique com ele. Por um tempo. Mas saiba que ele nunca mais sentirá a alegria que lhe ensinei. Comigo ele não podia ser nada além de feliz. Eu o fiz ser assim. Você trará a ele sofrimento e morte. Arrastou-o a um mundo do qual ele não sabe nada. No qual não tem nada. Ele olhará para você e pensará no que perdeu.

— Todos perdemos — diz uma voz mordaz. — Todos amamos e todos perdemos. É como as coisas são.

— Elspeth? — diz Miranda. Mas pensa, *É uma armadilha. Apenas outra armadilha.* Ela abraça a cintura de Fenny com tanta força que ele arqueja.

Elspeth olha para Fenny. Diz:

— Vi você uma vez, eu acho. Pela janela. Pensei que era uma sombra, ou um fantasma.

— Eu lembro — diz Fenny. — Mas na época você ainda não era tão bonita.

— Que galanteador! Vai ser um desperdício você com a minha Miranda — comenta Elspeth. — Já você, cara dama, vá encontrar outro brinquedinho. Esse aí é mesmo tão especial que não pode ser substituído?

A Dama faz uma reverência. Olha uma última vez Elspeth, Miranda, Fenny. Desta vez, ele retorna o olhar. O que vê? Alguma parte dele tenta segui-la? Suas mãos encontram outra vez as de Miranda.

Então a Dama desaparece e a neve real se afina, para de cair, deixando apenas o ronronar quase inaudível e o brilho da máquina de neve.

— Meu Deus. — Elspeth suspira com força. Ajeita seu xale de seda e Miranda vê como suas mãos estão tremendo. — Não sabia se aquilo ia funcionar. Que criatura voraz e exigente. Faz a gente pensar. Eu sou ruim como ela?

Só mesmo um ator pra tornar tudo sobre si mesmo.

— Claro que não — diz Miranda. — Claro que não é.

— Eu sempre deixei que partissem quando queriam ir — continua Elspeth. — Muitas vezes até antes de quererem. E agora suponho que vamos precisar descobrir o que fazer com você. — Isto ela disse a Fenny. A mulher não consegue resistir a um bichinho abandonado, Miranda sabe bem. — Vai precisar de algo mais prático do que esse casaco.

— Vamos — diz Miranda. Ainda está segurando a mão de Fenny. Talvez com força até demais, mas parece que o rapaz não se importa. Segura a dela com a mesma força. Então, continua: — Vamos entrar.

O Véu de Skinder

(Rosa Branca e Rosa Escarlate)

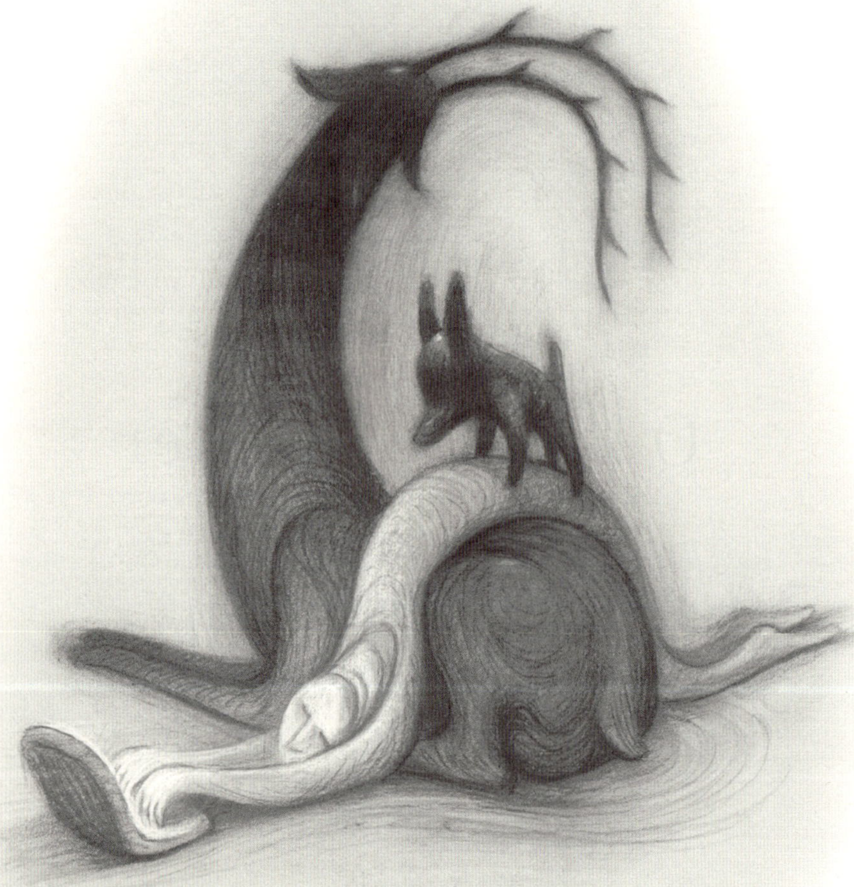

Era uma vez um aluno de pós-graduação, no verão do quarto ano de faculdade, que ainda não havia terminado a tese. Qual era o campo de estudo? Não importa pra esta história, na verdade, mas digamos que o título da suposta tese era "Uma análise exploratória sobre parâmetros e características dos itens que influenciam o tempo de resposta".

No meio de junho, Andy Sims tinha, no máximo, seis páginas que dava para usar. De acordo com o cronograma que havia definido com tanto cuidado no ano anterior — quando terminar uma tese ainda parecia não só possível como também o fruto mais baixo nos galhos da primeira de muitas árvores no lindo caminho que escolhera para si —, nesta data ele já deveria ter uma primeira versão completa com os comentários atenciosos do orientador. Junho era para ser um mês de revisão tranquila sob a sombra daquelas árvores graciosas e atrativas.

Havia motivos pelos quais não conseguira terminar aquele trabalho, mas Andy era o primeiro a admitir que não eram *bons* motivos. O mais urgente era Lester e Bronwen.

Para Lester, colega que dividia apartamento com Andy, também só faltava a tese. A área de Lester era Educação e Ciências Humanas. Ele e Andy não estavam se dando bem ultimamente, embora parecesse que Lester não notava. Estava transando demais pra notar qualquer coisa. Dois meses antes, havia conhecido uma fisioterapeuta chamada Bronwen em uma loja de conveniência onde foi comprar bebidas, e vinham trepando desde então, o tipo de sexo que fazia pensar que se aproximava algum apocalipse do qual só Lester e Bronwen sabiam por enquanto.

O cheiro de sexo impregnava tanto o apartamento em Center City que Andy começou a pensar que estava fermentando ali como picles na salmoura. Havia os sons também. Andy usava fones antirruído ao lavar a louça, jantar ou ir ao banheiro onde, duas vezes, encontrou brinquedos sexuais cujo propósito não conseguiu adivinhar. No momento, estava na melhor forma física da vida: sempre que Bronwen aparecia, Andy ia à academia e levantava pesos até não aguentar mais. Fazia longas corridas na trilha de Schuylkill River e, ainda assim, quando voltava para casa, Lester e Bronwen continuavam enfurnados no quarto de Lester (se Andy estivesse com sorte) ou trepando ou descansando um pouco antes de voltarem a trepar.

Andy não invejava a felicidade de ninguém, mas será que era possível haver felicidade excessiva? Sexo excessivo? Também se ressentia do fato de conhecer a variedade de sons que Lester fazia ao atingir o clímax. Ressentia-se de Bronwen, cuja colega de quarto aparentemente sabia impor mais limites do que Andy.

Sem dúvida ela era uma pessoa adorável. Andy achava difícil olhá-la nos olhos. Havia perguntas que gostaria de lhe fazer. Foi amor à primeira vista? Naquele fatídico momento, na seção de refrigerados da loja de conveniência, a alma de Lester falou com ela sem palavras? Será que Bronwen sempre amava com tanta profundidade, rapidez, com tanto volume, calor e desenfreio? Porque Lester já dividia apartamento com Andy havia quatro anos e, fora algumas poucas ficadas esquecíveis quando bêbado, permaneceu solteiro e de boa com isso. Sem falar que, sempre que Andy mencionava a tese de Lester, o amigo dizia que estava fazendo grandes progressos. Seria verdade? Lá no fundo, Andy temia que fosse. Contou tudo isso por telefone à velha amiga Hannah. Praticamente vomitou tudo quando ela ligou pedindo um favor.

— É um sim então — disse Hannah. — Você topa.

— Sim — disse Andy. E então acrescentou: — A não ser que seja uma pegadinha. Mas, por favor, não brinque assim comigo. Preciso sair daqui.

— Não é pegadinha — garantiu Hannah. — Juro por Deus. É você que vai me salvar.

A última vez que haviam se visto fora há pelo menos dois anos, na manhã do dia em que ela deixaria a Filadélfia para ocupar o cargo de professora adjunta do departamento de Sociologia de alguma faculdade agrícola em Indiana. "Adjunta do milho", ela disse, virando três *shots* seguidos. Foi a primeira do grupo a defender sua tese e o que conseguiu? Um contrato de três anos em uma instituição da qual ninguém nunca ouvira falar. Andy se sentiu superior por algum tempo.

No dia anterior, disse Hannah, sua irmã recém-divorciada na Califórnia fraturou a coluna ao cair do telhado de casa. Estava no hospital. Hannah iria para lá no dia seguinte cuidar das sobrinhas pequenas. Todos os amigos da irmã eram babacas em quem não dava para confiar ou estavam envolvidos demais nas próprias catástrofes. O ex estava na Austrália. Hannah precisava que alguém a substituísse no emprego de verão: cuidar de uma casa em Vermont nas próximas três semanas. Foi o que ela disse.

— Fica no meio do nada. É fora da cidade, e o município mais perto nem é um município, sabe? Não tem nem semáforo — disse Hannah. — Não tem mercado nem biblioteca. No fim da estrada tem uma mercearia onde dá pra comprar cerveja, lâmpadas e uns sanduíches, mas estes últimos eu não recomendo.

— Não tenho carro — disse Andy.

— Nem eu! Você não vai precisar. Assinei uma entrega semanal de supermercado, então não vai precisar de carro pra isso. Toda sexta-feira recebo as compras do mercado Hannaford de St. Albans. Se quiser mudar os itens, é só mandar um e-mail pra eles. E estou deixando um monte de coisas na geladeira. Ovos, leite, coisas pra fazer sanduíche. Tem bastante café. Um Uber virá me buscar amanhã às cinco da tarde. Pode vir pra cá aí pelas três? Eu até já mapeei seu trajeto, leva umas sete horas. Vou lhe mandar o caminho. Chegue às três, aí podemos conversar e eu explico o que você precisa saber. Mas não se preocupe! Não é muita coisa. Sério, só um detalhe ou outro.

— Você não está me dando muito aviso prévio — disse Andy.

— Você tem alguma carteira digital? Mando 900 dólares agora mesmo. É metade do que estou recebendo para ficar três meses aqui.

Andy lhe passou os dados. O máximo que já tinham transferido pra ele era o quê, uns quarenta dólares? Mas lá estavam, na hora, 900 dólares na conta do aplicativo, simples assim.

— Então — disse Hannah. — Você estará aqui amanhã às três. Porque juro que, se não estiver, vou caçá-lo e arrancar os ossos das suas pernas. Estou contando com você, cuzão.

Ele estava pesquisando o preço de aluguel de carro só de ida quando Bronwen entrou na cozinha. Vestia a camiseta do antigo grupo *a capella* de Lester (Pennchants) e uma cueca boxer dele mais velha ainda. Tirou uma cerveja da geladeira e a abriu, depois ficou atrás de Andy, olhando sua tela.

— Vai viajar? — disse ela, soando cobiçosa. — Legal.

— Vou — respondeu Andy. — Mais ou menos. Concordei em tomar conta de uma casa em Vermont pelo resto do mês e começo amanhã à tarde. Fica no meio do nada e, mesmo que eu fosse de ônibus, ainda saltaria a mais de uma hora de distância, então acho que vou alugar um carro.

— É uma péssima ideia — disse Bronwen. — As locadoras vão só te extorquir, ainda mais no verão. Eu tenho carro e não vou trabalhar nos próximos dias. Lester e eu podemos te levar.

— Não — disse Andy. Havia passado a maior parte do mês evitando ficar no mesmo aposento que Bronwen e Lester. Ela não havia notado? — Por quê? Por que tá oferecendo isso?

— Estou o verão inteiro tentando fazer o Lester se mexer e ir a algum lugar — explicou Bronwen. — Só diga que sim, e aviso a ele que já está combinado. Aí ele não pode dar pra trás. Tudo bem? A gente deixa você lá e acampa em algum lugar no caminho de casa. Um lago, talvez. Tem vários lagos em Vermont, né?

— Deixa eu pensar melhor.

— Por quê? — perguntou Bronwen.

Realmente não havia o que pensar.

— Beleza — disse Andy. — Ok. Se estiver tudo bem pra você e pro Lester.

— Ótimo! — exclamou a garota. Parecia mesmo feliz com a ideia de lhe fazer esse favor. — Vou para casa pegar minha barraca.

Ele passou o resto da tarde evitando Lester — que, apesar das garantias de Bronwen, estava claramente de mau humor — e vasculhando suas pilhas de materiais de leitura e pesquisa. No fim, arrumou uma mochila e três sacolas. Enfiou o notebook, a impressora e uma resma de papel em uma bolsa de academia, enrolados em cuecas, meias, um moletom, suas duas últimas camisetas limpas, shorts de corrida e uma calça jeans extra. Uma jaqueta à prova d'água, um par de tênis Timberland e seus halteres. Havia um cara no fim da rua que viajava com frequência a vários dispensários de cannabis de Nova Jersey para comprar mercadoria e revender localmente com bom lucro; depois de examinar o que estava em oferta, Andy gastou 100 dólares do que recebeu de Hannah em comestíveis. Depois de pensar um pouco, também comprou umas balas de cannabis sabor pêssego e manga para Bronwen, como agradecimento.

Porque, na verdade, era de Lester que Andy sentia raiva, e com razão. Houve, por exemplo, a vez em que Lester ficou reclamando dele em voz alta para Bronwen, sem perceber que Andy voltara para casa e estava logo ali, no quarto ao lado.

— Não que ele seja má pessoa, mas é tão metido a besta. Precisa planejar cada coisinha, mas só porque não consegue decidir se quer ou não aquilo. O que ele quer? Quem sabe? Ele definitivamente não sabe. Não tem nenhuma vida interior. Sabe o que dizem sobre o inconsciente e o id? O sótão e o porão? Os lugares aonde a gente não vai? Se você desenhasse a psique de Andy, seria ele parado fora da casa onde mora. Esqueça o sótão e o porão. Andy nem entra na porra da casa. Não bate nem à porta.

Olha quem fala, foi o que Andy pensou. E, de qualquer maneira, Lester não era psicólogo. Não era nem de perto sua área.

Ele mandou mensagem a alguns amigos que não via há um tempo e saiu, deixando Lester e Bronwen brigarem sobre Vermont, ou transarem, ou assistirem Netflix em paz. Era bom sair de casa, ou talvez só fosse bom saber que no dia seguinte iria para Vermont e teria todo o tempo e espaço de que precisava para trabalhar em paz. A todas as perguntas sobre a casa e seu dono, ele só respondia:

— Sei lá! Não sei absolutamente nada!

E como era bom, também, estar às vésperas de uma aventura misteriosa. Além disso, não seria nada ruim rever Hannah.

Como se esse pensamento a tivesse evocado, seu celular vibrou com uma mensagem. *Você vem, né?*

Já fiz as malas, respondeu ele. *Então acho que sim.*

Você vai adorar aqui. Eu juro. Nos vemos amanhã. ESTEJA AQUI ÀS TRÊS!!!!!

O plano era sair antes das seis da manhã. Começaram tarde, porque Lester teve de procurar seu inalador extra, depois o repelente, depois um abridor de lata, depois quis passar outro café, tirar o lixo, separar o reciclável e checar seu e-mail. Quando saíram, já eram oito horas e, é claro, pegaram engarrafamento antes mesmo de chegar à pista 676. Lester adormeceu assim que entraram no carro.

— Vamos recuperar o tempo quando estivermos na 87 — disse Bronwen, checando o retrovisor.

— Ahã, claro.

Ele mandou mensagem para Hannah, *a caminho, uhul*, pôs os fones sem fio e fechou os olhos. Quando voltou a abri-los, estavam parando em Nova Jersey. Era dez e meia. De acordo com o celular, estavam agora a cinco horas do lugar.

Andy pagou a gasolina.

— Posso dirigir — disse.

— Não, pode deixar — retrucou Lester. — Eu dou conta.

Mas ele pegou a saída errada depois da parada, sul em vez de norte, e só oito quilômetros depois voltaram ao caminho certo.

Bronwen, no banco de passageiro, virou-se para ver como estava Andy.

— Uma vez eu perdi um retorno na 95 passando por Washington, então só fiz a volta toda outra vez. É um círculo grande, sabe? Mas acabou que era bem maior do que eu pensava.

Havia vários caminhões na 87, todos mais rápidos que Lester. Nenhum policial.

— Você tem irmãos ou irmãs? — perguntou Bronwen.

— Não — disse Andy.

— De onde você é?

— Nevada.

— Nunca visitei. Você volta muito lá?

— De vez em quando — respondeu Andy. — Meus pais são professores aposentados. Da universidade, clássicos e línguas românicas. Então passam muito tempo em cruzeiros do tipo educativo. Dão palestras ou fazem seminários em troca da passagem e algum dinheiro. Estão em um cruzeiro pelo Reno agora.

Não, isso foi em dezembro. Não fazia ideia de onde estavam no momento. Grécia? Sardenha?

— Parece incrível — disse Bronwen.

— Pegaram norovirose duas vezes.

— Mesmo assim — insistiu a garota. — Eu gostaria de viajar em um cruzeiro. E depois que você pega o norovírus, fica imune por, tipo, um ano.

— Foi o que eles me disseram. Na verdade, ficaram meio animados depois que tiveram pela primeira vez.

— Essa amiga, a de Vermont, como se chama?

— Hannah.

— Vocês já namoraram?

— Não — disse Andy.

— Sim — disse Lester.

— Não foi namoro — corrigiu Andy. — A gente só teve um lance por um tempo.

— Aí a Hannah foi embora ensinar numa faculdade de boi — acrescentou Lester — e desde então o Andy não pega ninguém.

— Só estou tentando muito, muito me concentrar em minha tese — justificou Andy. Às vezes, evitando Lester, ele esquecia por que exatamente precisava evitar Lester. Não era só a namorada e o sexo. Tinha muito mais a ver com o próprio Lester.

— É — disse Bronwen. — Entendo bem isso. Às vezes você precisa ficar na sua e focar.

Ela era mesmo muito, muito legal. Diferente de Lester.

— Você tem irmãos ou irmãs?

— Não — respondeu Bronwen. — Sou só eu. Meus pais moram em Fishtown.

— Que chique — disse Andy. Fishtown era onde ficavam todas as cafeterias boas e as casas geminadas reformadas.

— É — concordou Bronwen. — É a casa da mãe da minha mãe. Estão sempre dizendo que vão vender. O imposto é altíssimo. Mas, sabe, acho que minha mãe tem medo de que acabem se separando se venderem a casa, e aí ela vai ficar sem marido e sem teto.

— Sinto muito — disse Andy.

— Não, é só que... meu pai é meio... babaca?

— Isso eu posso confirmar — disse Lester.

— Cale a boca — retrucou Bronwen. — Não é porque eu falo que você também pode.

— Que seja. Você me ama. Foi amor à primeira vista. *Coup de foudre.*

— Eu gosto muito de você — concedeu Bronwen.

— Ela não acredita em amor — explicou Lester a Andy. — Só está comigo porque sou repelente de fantasmas.

— Acredite ou não, ele não faz muito meu tipo — disse Bronwen. — Eu gosto mais de garotas.

— Calma, volta um pouco — pediu Andy. — Pra parte de repelente de fantasmas.

— A gente se conheceu na loja de conveniência, lembra? — começou Lester. — Só havia um engradado de cerveja no refrigerador e eu peguei. Bronwen apareceu quando eu estava no caixa e perguntou pro cara se tinha outro, e tinha, mas estava quente. Então eu a convidei pra ir lá em casa e a gente ficou, ela acabou passando a noite lá mas disse que alguma hora provavelmente precisaria ir embora porque onde quer que ela vá, uma presença, esse fantasma, aparece e, a não ser que esteja no trabalho ou algo assim e não possa ir embora, ela só dá no pé outra vez. Mas o fantasma não apareceu. Nunca aparece quando estou com ela. Então, sabe, começamos a passar bastante tempo juntos.

— Como assim, um fantasma?

— É só algo que acontece — disse Bronwen. — Desde que eu era pirralha. Foi logo depois do meu aniversário de quatorze anos. Não sei por que acontece, ou por que começou. Ele não incomoda mais ninguém. Ninguém mais o vê. Nem eu o vejo! Nem sei de verdade se é ou não um fantasma. É só, sabe, uma presença. Eu estou em algum canto e de repente ele está lá também. E não faz nada. Só fica lá. Minha mãe costumava dizer que era algo bom, tipo um espírito protetor. Mas não é. É meio horrível. Se eu saio do cômodo ou se vou para outro lugar, ele não me segue de imediato, mas acaba me alcançando outra vez. Se fico no mesmo lugar muito tempo, tipo, quando durmo muito tempo, eu acordo e ele está lá. Então, sim. Eu durmo muito mal. Mas fui para a casa de vocês, dormi na cama do Lester e, quando acordei, ele não estava lá.

— Repelente de fantasma — diz Lester, em tom presunçoso. Havia um carro na frente deles que não estava nem a cem por hora. Lester só continuou atrás dele.

— Pensei que tinha ido embora para sempre — disse Bronwen. — Mas fui para casa e tomei um banho, aí ele apareceu. Então não foi embora. Mas sempre que estou com Lester, ele fica longe. Então, oba!

— Incrível — disse Andy.

— Você provavelmente nem acredita em mim. — Ela estava virada para a frente outra vez. — Mas, sabe, há mais coisas do que somos capazes de sonhar.

— Eu não estou *não* acreditando em você — alegou Andy.

Mas isso não satisfez Bronwen.

— Bom, que seja. Aposto que já lhe aconteceram paradas bizarras que você não consegue explicar. Essas merdas acontecem com todo mundo.

— Menos comigo — disse Lester.

— Mas essa é a sua bizarrice — explica Bronwen, dando um tapinha no braço dele. — Se nunca aconteceu nada bizarro com você, isso é bem bizarro.

— Uma vez um menino bateu à nossa porta e, quando fui atender, ele não tinha cabeça — disse Andy.

— Verdade — concordou Lester. — No Halloween passado. Demos doces para ele.

— Vocês dois são mesmo uns babacas — disse Bronwen, botando Ariana Grande pra tocar no rádio. Ela fechou os olhos e inclinou a cabeça para trás. Aparentemente, era mais fácil ignorar babacas do que um fantasma.

Eles pararam num McDonald's à beira da estrada por volta das três da tarde. O aplicativo de mapa agora dizia que chegariam na casa às quatro e quinze. Andy sentou-se numa mesa lá fora e mandou mensagem para Hannah. Ela ligou imediatamente.

— Nos quarenta e cinco do segundo tempo, ein, babaca? — disse ela.

— Desculpa. Mas não é meu carro, então não posso fazer muita coisa.

— Que seja, já lhe devo uma só por concordar com tudo isso. É uma merda, sabe? Ter que ir embora assim. É um trabalho tão bom. Por favor, não ferre com tudo, ok?

— Como está sua irmã? — perguntou Andy.

— Ela está bem, mais ou menos. Não quer tomar os analgésicos potentes, porque já tem um histórico com esse tipo de coisa. Então vai ser divertido pra todo mundo. Ih, olha. Ela tá ligando. Vejo você daqui a pouco.

Bronwen saiu e sentou-se sobre a mesa de piquenique. Passava as batatas fritas uma a uma no resto do milkshake de chocolate.

— Não tenho como agradecer por vocês estarem me levando — disse Andy.

— Imagina, disponha. — Bronwen virou o rosto para trás, em direção ao sol.

Ela era toda dourada-bronzeada, tanto o cabelo quanto a pele. Havia pelinhos loiros bem pequenos em seus braços e pernas. Andy quase conseguia entender por que um fantasma a seguia por toda a parte. Hannah era esguia, pálida e sardenta, meio cruel até quando gostava de alguém. Mas era bem divertida. Mudava a cor do cabelo sempre que tinha vontade. Em seu último *post* no Instagram, o cabelo estava castanho com duas mechas rosa-avermelhadas, como um rosbife.

— Ah — disse Bronwen. — Nossa, foi rápido. Muito mais que de costume.

Ela deixou o milkshake cair. Andy o pegou antes que derramasse muito, mas quando tentou devolvê-lo, a garota o ignorou. Estava olhando um espaço na calçada a alguns metros.

— O quê? O que foi? — perguntou Andy.

— Vou ver se Lester já terminou — disse Bronwen, pulando da mesa e voltando para o McDonalds.

Andy havia sentido algo? Alguma presença? Foi ficar de pé onde estimava ser o lugar que Bronwen havia encarado. Não havia nada lá, o que provavelmente significava que a garota tinha algum problema de saúde mental; mas, ao mesmo tempo, ela o levou quase o caminho todo até Vermont.

— Eu não acho que você seja real — disse o rapaz. — Mas, se for, bem que podia ir embora e parar de encher o saco da Bronwen. Ela é uma boa pessoa. Não merece ser assombrada.

Dizer isso parecia o mínimo que ele poderia fazer. Quando voltou para dentro para conferir a situação, ela estava em uma mesa, debruçada com a cabeça encostada nos braços, e Lester acariciava suas costas. Andy foi buscar uma água com gelo para ela.

— Sinto muito — disse ela, por fim se sentando e dando um gole.

— Sem problemas — disse Andy. — Mas é melhor irmos logo. Preciso chegar lá antes que o Uber de Hannah apareça. Não quero chegar em cima da hora.

— Cara, dá um minuto pra ela — disse Lester. Realmente parecia irritado com Andy. Isso significava que acreditava em Bronwen? Que havia um fantasma?

— Sim, claro — disse Andy.

Ele foi ao banheiro e, quando voltou, Lester e Bronwen não estavam à mesa. Não estavam no carro, e por fim ele entendeu que só podiam estar no banheiro de família, pois não havia mais ninguém no McDonald's e a tranca estava engatada. Passaram-se mais uns vinte minutos antes de saírem, e ao que parece, o fantasma se cansou de esperar e partiu, porque Bronwen parecia bem mais animada ao voltar para o carro. Lester também.

Logo depois, o celular de Andy ficou sem sinal, o que provavelmente era bom, já que, embora Bronwen ficasse a pelo menos quinze quilômetros por hora acima do limite de velocidade pelo resto do percurso, eles só chegaram ao endereço dado por Hannah bem depois das cinco da tarde.

O lugar do qual Hannah cuidava ficava fora de uma rodovia de mão dupla, como as que haviam percorrido nas últimas duas horas. Havia pedestais de pedra nos dois lados do pátio de entrada sujo, mas nada em cima deles.

Havia muitas árvores. Andy não entendia muito de árvores, na verdade. Não se incomodaria se fossem menos. Era o primeiro desvio em dez quilômetros, segundo as instruções de Hannah. Se seguissem em frente, chegariam à mercearia onde poderiam comprar sanduíches e gasolina. Isso significaria que haviam passado do lugar. Mas as instruções da amiga eram claras, e eles não se perderam nem uma vez. Mesmo assim, estavam atrasados, e Hannah já tinha partido.

Não dava para ver nada do desvio por causa das árvores. Era como entrar num túnel, pois as árvores se curvavam em uma abóbada e formavam paredes na pista estreita de cascalho branco, e de repente lá estava a casa em uma pequena clareira, bem pitoresca, com três largos degraus de tijolos cinzentos que levavam a uma porta verde entre dois pilares brancos, um frontão pontudo em cima. A casa em si era amarelo-sol, com dois andares e muitas janelas. No fundo, mais árvores.

— Lugar legal — disse Bronwen. — Alegre.

O celular de Andy continuava sem sinal. Parecia haver várias situações possíveis quanto ao que aconteceria em seguida. Em uma, o Uber de Hannah foi cancelado. A porta verde se abria e ela saía. Em outra, aquilo tudo se revelava uma pegadinha extremamente chata, a porta se abria e um estranho estava lá. Mas o que aconteceu foi que ele saiu do carro, subiu os degraus e viu um bilhete na porta com os dizeres *NÃO DÁ MAIS PRA ESPERAR. LIGO DO AEROPORTO. ESCREVI INSTRUÇÕES PRA VOCÊ E DEIXEI NA BANCADA. SIGA TODAS!!!!!!!*

Andy girou a maçaneta. A porta estava destrancada. Bronwen e Lester saíram do carro e começaram a esvaziar o porta-malas.

— Nós chegamos o quê, uma meia hora depois de ela sair?

— Acho que ela esperou um pouco — disse Andy.

— Sempre leva mais tempo do que a gente pensa — disse Bronwen.

Parecia verdade para Andy, mas não exatamente naquela situação.

— Vamos — disse Lester. — Vamos deixar as coisas do Andy lá dentro e voltar pra estrada. Tem uma loja de xarope de bordo perto do acampamento que alugamos que produz cerveja IPA e hoje é quinta, o que significa que fecha às seis e meia.

— Ou vocês podem ficar aqui — sugeriu Andy. — Pra que acampar se podem dormir em camas?

— Ah, Andy — disse Bronwen. — Muito fofo da sua parte, mas o objetivo todo é acampar. A gente sempre pode dormir em camas, sabe?

— Claro. Entendo. Querem uma *tour* rápida antes de partirem? Ou ir ao banheiro?

— Aqui, tome — disse Lester, entregando a mochila de Andy e voltando para pegar no carro a bolsa de academia e o resto. Algo em sua linguagem corporal sugeria que estava tão cansado quanto Andy de dividir apartamento.

Bronwen e Andy continuaram na varanda. Dava para ver, pela porta, uma sala de estar em plano aberto com móveis arrumados em torno de uma lareira central com chaminé de pedras cinzentas. Mesmo sendo verão, havia uma pilha de lenha ao lado da lareira. Tudo parecia confortável e um pouco gasto. Não havia motivo para não entrar.

— Ao menos venha tomar um copo d'água — sugeriu Andy.

— Não — disse Bronwen, soando muito segura. — Está tudo bem.

— O que foi? — perguntou Andy. — Está sentindo uma vibração estranha ou algo assim? A casa é assombrada? — Ele estava brincando. Meio que não estava brincando.

— Não — respondeu Bronwen. — Nada do tipo. Juro. Eu só acho que não quero entrar, tudo bem? Só isso.

— Ah — disse Andy. Tinha quase certeza de que acreditava nela. — Ok, beleza.

Em geral, porém, gostava mais de Bronwen antes de saber que ela era uma autoridade em assuntos sobrenaturais. Decidiu guardar as balinhas de maconha para si.

— Isso é tudo — disse Lester. — Divirta-se. Pesquise e escreva bastante. Vejo você em algumas semanas.

— Com certeza — disse Andy. — Divirta-se dormindo no chão. Tchau.

Eles voltaram para o carro de Bronwen, Lester outra vez ao volante, e deram a volta, sumindo entre as árvores. Deu para ver que os galhos mais baixos praticamente arranharam a parte de cima do carro. Estava mais fresco ali do que na Filadélfia, o que não era de fato uma surpresa. O frescor devia se acumular nas árvores, pequenos bolsos sob cada folha. Não havia brisa, mas as folhas não estavam paradas. Flexionavam-se e viravam de verde para prata para preto em uma cascata tremulante, como se Andy vislumbrasse o flanco escamado de alguma criatura agachada, enorme demais para ser vista por inteiro.

Ele pegou as sacolas e entrou na casa. Era um lugar bem legal, bem aconchegante. Foi uma sorte Hannah pensar nele. Ela havia deixado instruções em um bloco de notas ao lado da pia da cozinha.

> Seu celular não vai ter sinal aqui, mas tem internet. No andar de baixo funciona bem, no de cima nem tanto. Você vai ver a rede, Véu de Skinder. Não tem senha. Conecte-se e me mande uma mensagem, por favor, para eu saber que chegou. Se não mandar, terei de voltar.
>
> Durma no quarto que quiser. O dos fundos à esquerda no segundo andar tem a cama mais confortável. Também é a maior. O banheiro de cima é cheio de frescuras. Não dê descarga se estiver prestes a tomar banho.
>
> Não esqueça a entrega às sextas-feiras. O motorista chega por volta das dez e deixa tudo na varanda. A lista de compras e todas as informações estão na geladeira, se precisar adicionar alguma coisa.
>
> Se houver tempestade, a energia provavelmente vai cair, mas tem gerador. Você precisa encher o tanque a cada doze horas quando ele está ligado. Fica no galpão pequeno atrás da cozinha. A internet é boa, mas um pouco lenta.
>
> Pode pegar o que quiser nos armários. A lavanderia é lá em cima, ao lado do banheiro.
>
> Essa casa pertence a Skinder. Não sei se isso é nome ou sobrenome. Ele é excêntrico, mas esse trabalho é ótimo, então não importa. Ele só tem duas regras para quem cuida da casa, mas, por favor, leve-as bem a sério. Como se fosse Moisés recebendo os dez mandamentos. Tudo isso teria sido muito mais fácil de explicar pessoalmente, mas você já ferrou com isso, então deixa eu martelar bem: DUAS REGRAS. NÃO AS QUEBRE.
>
> REGRA UM! IMPORTANTE! Se qualquer amigo do Skinder aparecer, deixe-o entrar, não importa que horas sejam. Não importa o que ou quem seja. Não se preocupe em dar atenção a eles. Só os deixe entrar, fazer o que quiserem e sair quando estiverem dispostos. Alguns são meio estranhos, mas inofensivos. Alguns na verdade são bem legais. Pode fazer companhia a eles se quiser e se

eles quiserem. Ou não. Você que sabe! Precisa terminar sua tese, né? Enfim, é bem possível que ninguém apareça. Em alguns verões vários amigos do Skinder aparecem, e em outros não vi ninguém. Ainda não apareceu ninguém este ano.

REGRA DOIS! ESTA É AINDA MAIS IMPORTANTE!!!! O Skinder talvez apareça. Se aparecer, NÃO DEIXE ELE ENTRAR. Essa é uma REGRA DELE MESMO. Por quê? Não faço a mínima ideia, mas pelo tempo que ele me paga para ficar aqui, Skinder não pode entrar na própria casa. Não importa o que ele diga, não tem permissão para entrar. Sei que soa bizarro. Mas, com sorte, isso não será um problema, e você não verá Skinder aqui. Se ele vier, só o que precisa fazer é não deixá-lo entrar. Simples assim.

ANDY: este é meu lugar favorito no mundo e o trabalho mais fácil do mundo, então é melhor você não ferrar com tudo. Se estiver pensando em fazer merda, então também comece a pensar em como vou matá-lo um pedacinho de cada vez.

Com amor,

Hannah

Obs.: Se olhar lá fora à noite e houver névoa subindo do chão por toda a parte, não se assuste! Há várias nascentes nesta área, muita água no subsolo da propriedade. A névoa é um fenômeno natural. Chama-se Véu de Skinder, que também é o nome da casa, que já pertence à família de Skinder há muito, muito tempo. Além disso, a água aqui vem de um poço alimentado pelas nascentes, então o gosto é esquisito, mas ao que parece faz bem pra saúde. Supostamente, e isso é uma citação, ela "abre seu olho interior". Então, em resumo, drogas de graça! Há bastante água engarrafada, caso não goste do sabor, mas eu sempre bebo a da pia mesmo.

Obs. 2: É sério, se o Skinder aparecer, não deixe ele entrar, diga o que disser.

Andy pôs o bilhete no bolso.

— Muito a se pensar — disse ele em voz alta. Era uma coisa que um dos monitores da faculdade costumava dizer no fim de cada aula, quando ainda estavam na graduação. Havia uma certa entonação que fez Hannah e Andy morrerem de rir o semestre inteiro. Diziam isso um para o outro o tempo todo. Havia sido o título provisório da tese de Hannah. Andy nem se lembrava do nome do cara.

Ele encontrou a rede no celular, esperou até conseguir algumas barrinhas de sinal. Então vieram as mensagens de Hannah, cada vez mais desesperadas, depois sucintas. Três mensagens na caixa postal. Ele voltou até suas coisas à porta, procurou na mochila até encontrar a sacola de balinhas. Comeu uma e respondeu a Hannah. *Estou aqui! Cheguei logo depois de você sair, acho. Sinto muito, de verdade. Ligue quando puder. Tenho algumas perguntas.*

Andy investigou sua nova habitação enquanto esperava Hannah ligar. A cozinha e a sala de estar ele já tinha visto. Havia uma mesa rústica em um dos lados do espaço de conceito aberto, em frente a uma janela grande com vista para uma pequena área de tijolos cobertos de musgo. Havia uma grande cadeira de madeira para quem quisesse se sentar lá fora, o que Andy não tinha certeza se queria fazer. Tudo era muito verde: os tijolos cheios de musgo, a cadeira, o chão inclinado cheio de plantas, e árvores, árvores, árvores amontoadas por todos os lados. Andy levou um tempo para se acostumar à Costa Leste, às árvores que cresciam por toda a parte, mas aquele era um nível de magnitude todo novo. Ali não havia nada além da casa, das árvores e do que quer que morasse entre elas.

Havia o começo de uma trilha também, que seguia para dentro do amontoado de árvores. Talvez levasse a algum lugar interessante. Provavelmente, a apenas mais árvores.

Mas havia uma TV de tela plana na parede oposta à da lareira. E uma antena parabólica no telhado. Aquilo parecia promissor. Não tinham TV no apartamento da Filadélfia. Havia uma estante com uma tigela de cerâmica azul e pequenas pinhas dentro, um pedaço de granito perfeitamente normal e desinteressante e alguns livros de capa comum, a maioria de Stephen King e Michael Connelly. Não havia fotos de família, nada sentimental ou que indicasse o tipo de pessoa que morava ali.

Andy pôs a impressora e o material de pesquisa sobre a mesa. Depois levou as poucas roupas e produtos de higiene pessoal que tinha para o andar de cima. Havia quatro quartos. Os dois da frente eram menores, as camas e cortinas decoradas com tecido floral alegre, um quarto em vermelho e branco, o outro em verde e azul. No verde e azul, havia uma pintura amadora de alguma criatura sobre duas patas ao lado de um rio. Um urso, talvez? Havia outros animais que ficavam sobre as patas traseiras? Mas, afinal, ursos não tinham caudas longas e exuberantes, tinham? Ele achava que não. No quarto vermelho e branco, em vez de uma pintura, havia um bordado em ponto-cruz emoldurado com os dizeres VIAJAR É COISA RASA, O MELHOR É BESTA CASA. Essa ele ia ter de jogar no Google.

Acima da cama de cada quarto havia dois sininhos delicados, pendurados logo abaixo das sancas. Um arame preso ao badalo desaparecia por um pequeno furo na parede. Eram sinos para chamar empregados, não? Exceto que não deveria ser o contrário? Os sinos lá embaixo e os puxadores nos quartos?

— Muito a se pensar! — exclamou Andy, indo ver os demais quartos. Eram maiores do que os da frente e o teto se inclinava para baixo sobre a cabeceira da cama. Também havia sinos, mas não pinturas nem bordados levemente satânicos. Ele decidiu ficar com o quarto à esquerda, o que Hannah sugeriu. Os lençóis haviam sido tirados; encontrou-os na secadora.

Andy preparou um queijo quente para o jantar e comeu também o que descobriu ser macarrão com salada em um pote de plástico. Havia meia garrafa de vinho branco na geladeira. Ele a terminou e estava experimentando a água da pia, que era meio bolorenta, mas que talvez desse onda, quando Hannah finalmente ligou.

— Você está aí — disse ela.

— Comendo seu macarrão com salada. Não curti as passas.

— É receita da minha mãe — explicou Hannah. — Quando a gente cresce comendo algo, vira um prato reconfortante.

— O meu é queijo quente. Mas precisa ser queijo suíço.

Ambos ficaram em silêncio um minuto. Por fim, Andy o quebrou:

— Desculpe por não ter chegado a tempo de ver você.

— Deixa pra lá. Ao menos está aí. Comecei a pensar que você não ia aparecer. O que está achando?

— Que deveria ter trazido alguns casacos. Então, qual é a dessas regras? Tenho de deixar todo mundo entrar menos Skinder, que é justamente o dono da casa?

— Em resumo, é isso aí mesmo — concordou Hannah.

— Então qualquer um pode aparecer e eu deixo entrar? Mas e se eu deixar Skinder entrar sem querer? Não é como se eu o conhecesse.

— Ai, espera, não — disse Hannah. — Merda. Teria sido tão mais fácil explicar pessoalmente. É assim, os amigos de Skinder chegam pela porta dos fundos. A da cozinha. Então, se alguém aparecer e bater à porta da cozinha, pode deixar entrar. A única pessoa que vai bater à da frente é Skinder. É bem fácil, na verdade. Não deixe ninguém que bater à da frente entrar.

— Ele não tem a chave? — perguntou Andy. — Da própria casa?

— Eu sei, é bizarro — disse Hannah. — Se fizer sentido assim, pense como se fosse um jogo. Tipo Catan. Ou pique-pega! Ou sei lá. Tem regras e todos precisam segui-las. Se pensar nisso assim, pode apenas fazer o que as regras dizem e tudo fica bem.

— Ok, mas o que acontece se eu fizer merda e deixar o Skinder entrar?

— Sei lá — respondeu Hannah. — Eu perco meu trabalho de verão? Olha, eu até assinei um contrato e tal. Teria de devolver o que ele me pagou, o que significa que você teria de me devolver o dinheiro que eu mandei. Só não deixa ele entrar, ok? Isso se ele aparecer, o que provavelmente não vai acontecer. Já faço isso há um tempo e ele só apareceu três vezes, uma no primeiro verão e duas no penúltimo. Ele bate à porta da frente e você não deixa ele entrar. Eu não deixei. Ele pediu para eu deixar e eu não atendi, então ele foi embora. Foi meio estranho, especialmente quando ele voltou na segunda vez, mas deu tudo certo. Você vai se sair bem. Só não deixe ele entrar.

— Ok. E como ele é?

— O Skinder? — perguntou Hannah. — Ah, cara, você vai saber que é ele. Nem vou tentar explicar porque vai parecer loucura, mas você vai saber. Vai simplesmente saber. Pra começar, ele está sempre com um cachorro. Um cãozinho preto. Então se você ver o cachorro, já sabe que é ele.

— E se ele não trouxer o cachorro? Ou se o cachorro tiver morrido? Você não viu Skinder ano passado. O bicho pode ter morrido.

— Não faz diferença nenhuma — insistiu Hannah. — Não precisa saber como se parece pra saber que é ele. Ele só vem pela porta da frente. Só não deixe ninguém entrar pela porta da frente e não vai ter problema. Nem eu! Se eu aparecer à porta da frente, mande que eu vá para a de trás, ok?

— Não deixar ninguém passar pela porta da frente — disse Andy, tomando outro gole da água bolorenta. Talvez acabasse gostando. — Mas se alguém bater à porta de trás, preciso deixar entrar, certo?

— Certo.

— Não estou entendendo nada. Meio que estou achando que você me tapeou aqui. Tipo, achei que era só pra cuidar da casa. Você não mencionou todas as outras coisas ao telefone no outro dia.

— Claro, eu sabia que se mencionasse tudo isso você rejeitaria a oportunidade de ouro que eu estava oferecendo. E eu precisava muito, muito mesmo que você topasse para eu ir para a casa de minha irmã.

— E essa não é mesmo uma pegadinha engraçadíssima?

— Estou pagando novecentos dólares pra você ficar em uma casa isolada no interior, onde finalmente poderá fazer algum progresso real em sua tese — argumentou Hannah. — Parece uma pegadinha?

— Muito a se pensar.

— Muito a se pensar, babaca. Eu ligo daqui a um ou dois dias, ok? Preciso pegar o avião.

— Boa viagem — desejou Andy, mas ela já tinha desligado.

Havia um engradado de alguma cerveja IPA chique no fundo da geladeira e um pote de tubos vermelhos de alcaçuz na bancada ao lado da pia. Ele pegou alguns e uma cerveja e foi para a sala sentar-se à mesa de madeira. Ligou o notebook e deixou de lado os pensamentos sobre Hannah, as regras e o dono daquela casa. Deixou de lado também pensamentos sobre Bronwen e a coisa que ela alegava que a seguia. Não importava o que ela pensasse ou sentisse, não era real. Não havia nada seguindo ninguém. Ele não tinha sentido nada. E se houvesse algo, bem, não estava ali, né? Era o fantasma dela, não dele, então iria aonde quer que Bronwen fosse, esperando o momento no qual Lester não estivesse lá.

Andy trabalhou uma hora, comparando *P-splines* em vários estudos, até que por fim o comestível fez efeito, ou talvez fosse a água da pia suavizando seus conceitos, pensamentos e toda a estranheza do dia. Ele assistiu à TV e às nove da noite subiu para a cama. Dormiu profundamente a noite inteira e só acordou porque havia esquecido de fechar as cortinas e a luz do sol entrava pelas janelas, colorindo todo o quarto com um dourado auspicioso.

Nos dois dias seguintes, ele não voltou à tese, embora toda manhã dissesse a si mesmo que cuidaria disso depois do café. Depois do almoço. Antes do jantar. Em vez disso, ele cochilava, ficava chapado, jogava Minecraft e malhava. Depois do jantar, assistia a filmes antigos de ficção científica. Deixava a TV ligada quando ia dormir. Não que se sentisse solitário, apenas não estava mais acostumado a estar *sozinho*. Na terceira noite, quando olhou pela janela do quarto, havia névoa subindo do chão sob as árvores. Enquanto observava, os fios de névoa se trançaram em colunas pálidas, depois em uma nuvem lânguida e uniforme que cobria o pátio. A cadeira de madeira foi sumindo até só restarem a parte de trás e os braços, flutuando no mar branco. Andy foi ao quarto vermelho e branco na frente da casa e viu que a entrada já havia desaparecido. Se Hannah não tivesse dito que isso aconteceria, ele achou que consideraria o fenômeno sinistro. Mas era perfeitamente natural. Assustador, mas natural. Natural e bem bonito. Ele tentou, sem sucesso, tirar uma foto boa com o celular. Sem dúvida seria possível alcançar melhores resultados se saísse da casa e tirasse uma foto no térreo, mas desconsiderou a ideia assim que a teve. Preferia não ficar lá fora coberto dos joelhos para baixo em algo chamado Véu de Skinder, fosse ou não um fenômeno natural.

Em vez disso, foi para a cama e dormiu duas horas até acordar. Um dos sinos acima da cabeça tocava, tocava, tocava.

Ninguém estava à porta da frente. A TV estava ligada: ele a desligou. O sino continuava a tocar, então ele foi até a cozinha e acendeu as luzes. Havia uma mulher de frente para porta dos fundos, olhando para dentro. Devia estar com o dedo na campainha, e Andy, contra seu bom senso, fez o que Hannah disse que devia fazer e abriu a porta.

— Ah, que bom — disse a mulher, entrando na cozinha. — Acordei você? Sinto muito.

— Não, tudo bem. Sou Andy. Estou cuidando da casa. Digo, minha amiga Hannah estava cuidando, mas ela teve uma emergência familiar então eu vim substituí-la.

— Sou Rosa Branca — disse a visitante. — É um prazer conhecê-lo, Andy.

Ela abriu a geladeira e pegou duas cervejas. Deu uma a ele e então foi para a sala, sentando-se em um dos sofás estampados de chita, soltando sua bolsa grande de couro no chão e apoiando as botas lamacentas na mesinha de centro.

Não podia ser muito mais velha que Andy. O cabelo, longo e loiro sujo, parecia não ver uma escova há dias. Talvez ela estivesse mochilando. De qualquer forma, ainda era extremamente atraente.

— Beba comigo — disse ela, sorrindo. Um de seus dentes da frente era torto. — Depois deixo você voltar a dormir.

Andy abriu a cerveja. Sentou-se na poltrona em frente à lareira. Hannah disse que não precisava fazer companhia às visitas, mas ele não queria ser mal educado.

— A névoa sumiu — comentou.

— O Véu? Costuma sumir — disse Rosa Branca. — Não recomendo sair nele. Pode se perder bem rápido. Fiquei surpresa quando vi que estava na casa de Skinder. Pensei que estava seguindo uma direção totalmente diferente.

— Você mora por aqui? — perguntou Andy. Não parecia educado perguntar por que ela estava na rua àquela hora da noite. — Hannah vem cuidar da casa todo verão. Talvez a tenha conhecido?

— Poxa! A grande questão! Não venho aqui há anos, na verdade. Vejamos. A última caseira que conheci foi uma tal de Alma. Ou Alba. Mas vejo que não mudou muita coisa. Skinder não gosta muito de mudanças.

— Não sei muito sobre ele — admitiu Andy. — Nada, na verdade.

— Skinder é complicado. Suponho que você conheça as regras.

— Acho que sim. Se ele vier para cá, não devo deixá-lo entrar. Por algum motivo. Não sei qual é a aparência dele, mas ele virá pela porta da frente. É assim que saberei que é ele. Mas se alguém aparecer na dos fundos, devo deixar entrar.

— É o suficiente pra ir levando — disse ela. Começou a desamarrar as botas. — Não vai beber a sua cerveja?

— Acho que vou voltar a dormir, a não ser que precise de algo — disse Andy, pondo a cerveja na mesa de centro. — Vou tentar acordar cedo e produzir um pouco. Estou trabalhando em minha tese enquanto fico aqui, na verdade.

— Um acadêmico! Não darei um pio. Deixe a cerveja, bebo ela por você.

Mas, na verdade, ela deu muito mais do que um pio. Andy ficou deitado, escutando-a sacudir e bater coisas na cozinha, fervendo água na chaleira e pegando várias panelas. O cheiro de bacon frito entrou por baixo de sua porta fechada em uma nuvem deliciosa. Andy desejou seu fone antirruído. Mas ele estava na mesa ao lado do notebook, e ele não queria descer para pegá-lo.

Amanhã vou mesmo trabalhar um pouco, com ou sem visita, pensou. *Se não, o tempo vai correr e no fim não vou ter feito nada.*

Sem querer, acabou prestando atenção para perceber quando Rosa Branca subisse as escadas. Devia ter passado das três quando ela finalmente o fez. Entrou no banheiro ao lado do quarto dele e tomou um longo banho. Andy se perguntou que quarto ela escolheria, mas no fim foi a porta dele que a mulher abriu. Ela não acendeu as luzes, apenas deitou-se na cama com ele.

O rapaz se virou de lado e havia luar suficiente no quarto para ver Rosa Branca olhando-o de volta. Ela não havia se dado ao trabalho de vestir-se depois do banho.

— Você tem namorada? — perguntou.

— No momento, não — respondeu Andy.

— Gosta de transar com mulheres?

— Gosto.

— Então esta é minha última pergunta. Quer me foder? Sem compromisso. Só por diversão.

— Sim. Com certeza, sim. Mas não tenho camisinha.

— Não é um problema para mim. É pra você?

Sim, um pouco. Esse era o problema de saber muito sobre como as estatísticas funcionavam.

— Não — disse Andy. — Nem um pouco.

Mas, depois que acabaram, ele ficou sem saber qual era o protocolo. Deveria tentar conhecê-la um pouco melhor? Não sabia nem por quanto tempo ela ficaria na casa. Teria sido mais fácil se ele conseguisse dormir, mas isso parecia fora de questão. Decidiu que fingiria estar dormindo.

— Não está cansado? — perguntou Rosa Branca.

— Desculpa — disse ele. — Bastante coisa a se pensar. Acho que vou lá embaixo assistir a um pouco de TV.

— Fique aqui. Eu lhe contarei uma história.

— Uma história — repetiu Andy. Ele não era criança. Por outro lado, havia uma mulher em sua cama que ele acabara de conhecer, e tinham feito sexo, e agora ela se oferecia para contar uma história. Por que não dizer sim? Ao menos seria algo que, mais tarde, daria bom material para uma conversa de bar. — Claro. Conte uma história.

Rosa Branca puxou as cobertas até o pescoço. Estava deitada de costas, e dava a impressão de que contava a história para alguém que flutuasse no teto. Parecia estranhamente formal, como se Andy estivesse de volta em sala de aula, escutando seus professores. Ela disse:

— Era uma vez, há muito tempo, uma mulher que vivia de escrever livros. Ela ganhava o suficiente para dar conforto tanto a si mesma quanto à irmã, que morava com ela e era sua secretária. Ela escrevia suas obras à mão, e era a irmã que lia o manuscrito primeiro e o devolvia para a escritora revisar. Essa irmã, que era romântica sem muita oportunidade de se exprimir, tinha uma forma peculiar de marcar as partes de que mais gostava. Ela furava o dedo com uma agulha e marcava o trecho com o próprio sangue, para mostrar que o achava bom. Uma manchinha sobre uma frase bem bolada, um pequeno borrão. Ela devolvia o manuscrito, a escritora fazia a revisão, poupava as frases e cenas que a outra amara, e então a irmã digitava tudo e enviava para o agente da escritora.

"Os livros dela eram populares com um certo público, mas nunca caíram nas graças da crítica especializada. A escritora não ligava. Dizia à irmã que o mérito dos livros era serem fáceis de produzir em um ritmo que mantinha um teto sobre a cabeça e serviam a um segundo propósito, que era entreter aqueles cujas vidas já eram muito difíceis. Mas, dizia a escritora, ela tinha dentro de si um livro de tamanha beleza e poder que qualquer um que o lesse mudaria para sempre, e um dia ela o escreveria. Quando a irmã perguntava por que não o escrevia logo, ela dizia que tal livro levaria mais tempo, reflexão e esforço do que dava para dedicar no momento.

"Com o tempo, no entanto, os livros da escritora se tornaram menos populares. O pagamento que traziam era menor, e a vida das irmãs foi se tornando cada vez menos confortável. A escritora decidiu que enfim dedicaria atenção a esse outro livro. Trabalhou nele por um ano e pelo inverno seguinte, dormindo pouco, comendo menos e, assim, ficando doente. À noite, a irmã a ouvia gemer e tossir enquanto trabalhava, até que certa manhã, muito cedo, a escritora a acordou e disse: 'Finalmente terminei. Agora devo descansar.'

"A irmã vestiu um roupão, acendeu a lareira e sentou-se para ler de uma vez o manuscrito, com a agulha no bolso. Mas, logo que leu a primeira frase, já pegou a agulha e furou o dedo para marcá-la. A segunda ela também marcou de sangue. E foi seguindo assim até, por fim, precisar ir à cozinha buscar uma faca afiada. Primeiro cortou a palma, depois o braço, e cada linha e página foi marcada com o sangue da irmã enquanto ela lia, tal era o poder e a beleza da narrativa, dos personagens e da linguagem da autora.

"Muitos dias depois, amigos das irmãs ficaram preocupados, pois ninguém tinha notícia delas há um tempo. Ao arrombarem a casa, encontraram a irmã esvaída em sangue sobre a poltrona, o manuscrito em seu colo todo grudado com o líquido vermelho. O corpo da escritora também foi descoberto em sua cama. Ela morreu de uma febre contraída pelo excesso de trabalho e pouco descanso. Quanto ao livro que escreveu, era impossível ler sequer uma palavra."

— Foi bem interessante essa história — disse Andy, tão acordado quanto estava no início, talvez até mais. Em um minuto, diria como estava, se vestiria e desceria. — Obrigado.

— Por nada — disse Rosa Branca. — Agora durma.

Ele acordou na mesa do primeiro andar, com o notebook ao lado da cabeça.

Rosa Branca estava no sofá.

— Acendi a lareira — disse ela. — Achei que você pegaria um resfriado. O tempo em Vermont é imprevisível, mesmo no verão.

Ela havia feito isso, Andy percebeu, porque ele estava totalmente nu. Seus ombros doíam, e a bunda estava colada de forma nada higiênica no assento de palha da cadeira.

— Que horas são? — perguntou ele. — Há quanto tempo estou aqui?

— Já tinha descido quando acordei — respondeu Rosa Branca. — Encontrei você aqui quando desci esta manhã. Já passa do meio-dia.

— Acho que estava sonâmbulo — disse o rapaz. O computador estava ligado e, quando ele acendeu a tela, uma janela apareceu. Salvar alterações?

— Vista-se — disse Rosa Branca. — Vou fazer um sanduíche pra você. Depois pode voltar ao trabalho.

Ele se vestiu e comeu, lendo o que havia escrito na noite anterior. Era um texto cru, mas tinha uma base sólida para revisar. Além disso, eram quatro mil palavras que não estavam lá na noite anterior. Isso parecia trabalho suficiente para um dia, então, seguindo a sugestão de Rosa Branca, eles passaram o dia na cama e a noite bebendo whisky que encontraram em um armário de bebidas trancado. Rosa Branca sabia onde estava a chave.

Os próximos dias e noites foram agradáveis. Andy tirava sonecas relaxantes à tarde. Compartilhava sua reserva de comestíveis com Rosa Branca. Eles se revezavam cozinhando, e deixavam as louças se acumularem. A mulher não tinha muito interesse pela vida dele e nenhum por explicar qualquer coisa sobre a sua. Ainda que, depois do sexo, gostasse de lhe contar histórias estranhas, ao menos a maioria era bem curta. Algumas nem pareciam histórias. Uma era assim:

— Era uma vez um homem com muitas posses que não queria se casar. Um dia, atormentado por seus assessores financeiros, ele acabou concordando em se casar com o primeiro ser adequado que encontrasse ao chegar à cidade. Quando voltou para casa com a noiva, seus amigos e assessores ficaram consternados em descobrir que se tratava de uma tartaruga. No entanto, por uma boa quantia, o homem encontrou um padre disposto a realizar a cerimônia. Eles viveram juntos por muitos anos e aí o homem morreu. Depois de um tempo, encontraram um parente distante para herdar o patrimônio e, em sua primeira noite na bela casa nova, ele mandou matar a tartaruga e a serviu como sopa no próprio casco. Mas essa não é, de forma alguma, a pior história sobre casamento que conheço.

Outra história narrava o seguinte:

— Era uma vez uma mulher, ainda muito jovem, que teve a desagradável surpresa de chegar um dia em casa e encontrar Morte esperando por ela na cozinha. "Mary Ellen", começou ele, o Ceifador, e a moça imediatamente disse "Ah, não, sou Anna Louise. Você deve estar procurando minha irmã gêmea, mas tivemos uma briga tão grande que ela saiu ontem à noite e não sei quando voltará." Ela disse isso com tamanha convicção que o Ceifador pediu desculpas pelo erro e se foi. Embora voltasse várias vezes no mês seguinte, em todas Mary Ellen conseguiu convencê-lo de que, na verdade, era Anna Louise, e que Morte tinha outra vez se desencontrado da irmã. Por fim, ela disse que Mary Ellen arranjara emprego em uma firma de consultoria de Chicago que exigia muitas viagens internacionais. Por muito tempo depois disso, Morte não a incomodou, até que um dia ela estava no sul da França em uma excursão de degustação de vinho e viu o Ceifador se aproximar no centro comercial de uma cidadezinha. Antes que pudesse abrir a boca, Morte disse: "Mary Ellen! Que bom finalmente conhecê-la! Mas hoje na verdade estava esperando sua irmã Anna Louise. Sabe onde posso encontrá-la?" Naquele momento, Mary Ellen sentiu uma estranheza tão grande que pareceu dividir-se ao meio, metade permanecendo Mary Ellen, metade se tornando a imaginária e ardilosa Anna Louise. "Não nos falamos há anos", disse Mary Ellen a Morte, que partiu satisfeito com a resposta. Na verdade, a metade de si que é Mary Ellen e a que é Anna Louise nunca mais se falaram desde aquele dia, embora sempre que uma encontra o Ceifador, ele pergunte educadamente sobre a saúde da outra.

Outra história começava assim:

— Era uma vez um chouriço e uma linguiça de fígado, e o chouriço convidou a linguiça para jantar.

Nenhuma das histórias de Rosa Branca era alegre. Em todas, alguém terminava mal, mas não havia nenhuma lição a aprender com elas. Mesmo assim, toda vez que ela terminava e dizia a Andy "Durma", ele imediatamente adormecia. E a cada manhã acordava e descobria que, em estado onírico, produzira mais de sua tese, embora, depois da segunda vez que isso aconteceu, ele levassse o notebook e os cadernos para a penteadeira do quarto vermelho e branco.

As compras foram deixadas na varanda no dia certo, a tese progredia e à tarde, quando esquentava, Rosa Branca tomava banho de sol sem sutiã no pátio enquanto Andy malhava. Hannah ligou para ver como estavam as coisas e relatar que suas sobrinhas só comiam cereal açucarado e palitinhos de muçarela, enquanto a irmã estava acampada em um colchão inflável na sala de jantar porque não conseguia subir e descer as escadas, e precisava da ajuda de Hannah para se sentar e levantar da privada.

— Aqui está tudo ótimo — disse Andy.

— Algum visitante? — perguntou Hannah.

— Sim, uma mulher chamada Rosa Branca. Não sei quanto tempo vai ficar aqui.

— Não a conheço. Como ela é?

— Ela é ok — respondeu Andy. Não queria entrar em detalhes. — Ando bem focado em minha tese. Não passamos muito tempo juntos e tal. Mas ela cozinhou um pouco.

— Bem normal então — disse Hannah. — Que bom. Às vezes os que aparecem são meio estranhos.

— Estranhos como?

— Ah, sabe como é. Alguns podem ser meio estranhos. Estou indo fazer o almoço de duas monstrinhas. Ligue se precisar de qualquer coisa. Entro em contato de novo depois. Assim que souber quando posso voltar, aviso.

— Sem pressa — disse Andy, olhando pela janela Rosa Branca, que estava deitada, esplêndida e rosada, sobre uma toalha de praia. Era maravilhoso, sim, mas e se ela começasse a sentir algo por ele? Ele sentia algo por ela? Sim, era possível. Aquilo era bem inconveniente. Não se conheciam de verdade, e ela era, como Hannah disse, meio estranha.

A situação toda o deixava pouco à vontade. Muito a se pensar. Ele comeu uma balinha e fingiu trabalhar quando Rosa Branca voltou para dentro. Mas ela só entrou para usar o banheiro e se vestir, depois saiu para uma caminhada, sem nem se preocupar em perguntar se ele queria ir junto. A mulher voltou na hora do jantar com o bolso cheio de cogumelos.

— *Psilocybe cubensis* — disse ela. — Farei um chá para nós. A água daqui já tem excelentes propriedades por si só, mas diversão nunca é demais.

— Não é perigoso? — perguntou Andy. — Digo, e se você não identificou os cogumelos corretamente?

Rosa Branca o fulminou com os olhos.

— Vá ensinar sua vó a chupar ovo. Você é um homem ou um franguinho, Andy?

Novamente, o problema era o estudo das estatísticas. Mesmo assim, Andy bebeu um pouco do chá e em troca compartilhou seu cigarro eletrônico. Era a primeira vez que experimentava cogumelos, e, mais para a frente, só seria capaz de se lembrar de algumas partes da noite.

Rosa Branca montada em seu colo, com as mãos em seus bíceps, a sensação de que os dedos dela mergulhavam em sua pele como se um dos dois fosse feito de névoa.

Rosa Branca dizendo "Acho que minha irmã já deve estar bem próxima". Andy tenta dizer que não sabia que ela tinha irmã. Ele não sabe nada mesmo sobre ela. "Sou Rosa Branca, mas ela é Rosa Escarlate." Quando ele a olha, seu cabelo está cheio de sangue. Rosa Escarlate!

A compreensão de que a casa de Skinder não tem paredes, nem teto, nem base. As paredes são árvores, não há teto, só o céu. "Tudo embaixo é água", ele está explicando. Rosa Branca: "Só as portas são reais."

Mais tarde, ele está sentado em frente à penteadeira no quarto vermelho e branco. O sino na parede toca. Quando ele sai de um quarto, Rosa Branca sai de outro. Andy precisa se sentar na escada e descer de bunda, degrau por degrau. Rosa Branca o ajuda a se levantar quando chega ao último. A cabeça do rapaz flutua vários metros acima do corpo, e ele precisa andar devagar para garantir que não a deixou para trás.

Dois cervos estão parados como estátuas no pátio de tijolos. São reais? Foram os cervos que tocaram a campainha? Querem entrar? Ele acha isso engraçadíssimo, mas, quando abre a porta, os cervos se aproximam de forma solene com suas patas finas e decorativas. Um depois do outro, entram na cozinha, alongando o belo pescoço para a frente e para baixo de forma a passarem pela porta. Dentro dos porta-joias que são suas narinas, o calor da respiração é ouro. É fascinante. A cabeça de Andy flutua mais para cima e bate no teto. Ele estende a mão, acaricia o flanco de, cacete, um cervo de verdade. Um cervo que toca a campainha. Uma mosca voou para dentro da cozinha, ele deixou a porta aberta. Ela vaga pelo ar e esbarra em sua bochecha, sua orelha. Ele abre a boca para pedir que Rosa Branca feche a porta e a mosca voa direto para dentro.

Rosa Branca diz:

— Era uma vez uma corretora de imóveis que ia mostrar uma propriedade. Quando chegou ao lugar, percebeu que o novo cliente não era ninguém menos que Morte. A mulher desconfiou que ele estava lá para levá-la e decidiu fingir que não era a corretora, e sim outra compradora em potencial. Disse que foi instruída a encontrar a corretora nos fundos, fez o Ceifador contornar a casa e lhe pediu que olhasse pela janela de vidro para ver se havia alguém lá para deixá-los entrar. Quando Morte fez isso, a corretora pegou um vaso ornamental e quebrou-o na sua cabeça. Depois arrastou o corpo do Ceifador até o banheiro completo e cortou-o em doze partes dentro da banheira. Ela envolveu esses pedaços em sacos de lixo e, depois de limpar bem o banheiro, estacionou seu Lexus na garagem e pôs os sacos no bagageiro. Durante a semana seguinte, enterrou cada pedaço bem fundo no quintal de diversas casas à venda, e cada uma dessas casas foi vendida rapidamente. Passaram-se décadas, e a corretora começou a se arrepender do que havia feito. Estava agora com mais de noventa anos e cansada da vida, mas Morte não vinha buscá-la. Então, ela visitou cada uma das propriedades onde escondeu o corpo e desenterrou as partes, mas talvez sua memória estivesse falhando: não conseguiu encontrar os dois últimos pedaços. Na verdade, ela procura até hoje o antebraço esquerdo e a cabeça do Ceifador. O resto, já muito decomposto, está em um congelador em sua garagem. Alguns dias ela se pergunta se, de fato, aquele era mesmo Morte.

E se fosse? E se só quisesse ver a casa? Não é possível que até o Ceifador precise de uma casa onde ficar?

Andy acordou em sua própria cama com a boca seca, mas sem outras sequelas discerníveis da noite anterior. No quarto vermelho e branco, o notebook estava aberto. Quando olhou para ver o que havia escrito, era apenas isto: *Como trabalhar? Cervos na casa. Num é higiênico!!! PQP*

Quando desceu, no entanto, não havia cervos nem Rosa Branca. Ela havia deixado um bilhete sobre a mesa da cozinha. *Fui. Comi o resto do bacon mas fiz uma boa faxina (muito necessária!), então acho que estamos quites. Obrigada pela hospitalidade. Deixei o resto dos cogumelos pra você. Use com moderação! Cuide-se, caso não nos vejamos novamente. Com carinho, Rosa Branca.*

— "Com carinho" — disse Andy. Ele nem tinha certeza do que aquilo significava. Era uma daquelas despedidas-padrão, tipo "atenciosamente" ou "com os melhores cumprimentos". Em resumo, um pé na bunda. *"Summer loving, had me a blast."* O grupo de *a capella* de Lester gostava de cantar essa. "Amor de verão, me diverti muito." Ele não tinha nem o telefone dela.

Enquanto esquentava uma tigela de mingau de aveia no micro-ondas, inspecionou o chão azulejado da cozinha. Até ficou de quatro sobre ele. O que estava procurando? Rosa Branca? Rastros de cervos? O resto de sua tese?

Ele se deu o resto do dia de folga. Enviou mensagem a Hannah: *Tem muitos cervos por aqui, né? Eles costumam vir à casa?*

Ela logo respondeu: *Sim, muitos cervos. Às vezes ursos também.*

Não quis explicar que consumiu cogumelos com uma hóspede com quem também andara transando, e que era possível que tivesse deixado cervos entrarem na casa. Ou que foi uma alucinação.

Sem Rosa Branca na cama, ele descobriu que não adormecia com facilidade. Nem trabalhava, enquanto dormia, em sua tese. Progrediu um pouco durante aqueles dias, mas era como no apartamento de Filadélfia, exceto que ali ele não tinha desculpa.

Cerca de uma semana depois que Rosa Branca partiu, o sino tocou outra vez. Ainda não era meia-noite, e ele estava na cama, pulando para o fim de um livro de Harlan Coben porque o meio era muito longo e ele só queria saber mesmo como tudo terminava.

Vestiu uma calça e desceu. À porta dos fundos havia um peru selvagem. Depois de pensar no assunto, Andy fez o que se esperava que fizesse e deixou-o entrar. O animal não pareceu estranhá-lo nem um pouco, e por que deveria? Era um visitante convidado. Andy foi para a sala e sentou-se no sofá. O peru investigou os cantos do aposento, soltando pequenos grunhidos, e então defecou cuidadosamente dentro da lareira. As bochechas dele eram violeta, e o pescoço, vermelho vivo. O animal voou para cima da lenha empilhada e estufou toda a formidável armadura que eram suas penas. O celular de Andy estava na mesa: ele tirou uma foto. O peru não se opôs. Parecia, na verdade, já estar dormindo.

Andy também foi dormir. De manhã, o peru aguardava perto da porta e ele o deixou sair outra vez. Limpou as fezes na lareira e em dois outros lugares. Era nesse momento, sem dúvida, que ele deveria ter ligado para Hannah, ou ao menos enviado a foto que tirara. Mas ela provavelmente estava esperando algo assim e, na verdade, deveria ter sido franca com ele. Além disso, percebeu que estava se divertindo. Era como estar dentro de um encantamento. Por que quebraria o feitiço? Na noite seguinte, o sino tocou outra vez, embora, para a decepção de Andy, não houvesse uma garota bonita nem uma criatura à porta dos fundos. Um homem grisalho de cerca de sessenta anos, usando sandálias, camiseta dos Rolling Stones e shorts cáqui, cumprimentou com a cabeça, mas não disse nada quando Andy abriu a porta. Não se deu ao trabalho de se apresentar. Não abriu a boca. Em vez disso, foi direto para o andar de cima, tomou uma ducha longa, usando todas as toalhas do banheiro, e então dormiu dois dias no quarto azul e verde. Andy manteve a porta de seu quarto trancada enquanto o homem grisalho esteve na casa. Foi um alívio, na verdade, quando ele partiu. Depois, foi um gambá, e na noite depois do gambá, a névoa cobriu outra vez o chão. O Véu de Skinder. Quando o sino começou a tocar, Andy desceu para deixar o visitante entrar, mas não havia ninguém à porta dos fundos. Foi até a da frente, mas, para seu alívio, também não havia ninguém lá. O sino continuou tocando, então Andy voltou à porta dos fundos. Ao abri-la, a névoa rapidamente escoou para dentro, amontoando-se sobre o piso de ladrilhos e os pés da mesa e das cadeiras da cozinha. Andy fechou a porta e o sino imediatamente voltou a tocar. Ele abriu a porta e a deixou aberta. O visitante talvez fosse o próprio Véu de Skinder, ou talvez algo que preferisse se manter escondido dentro do Véu. Andy, pensando no fantasma de Bronwen, subiu para o quarto, fechou a porta e a trancou. Enrolou as calças e usou-as para tapar a fresta embaixo da porta. Deixou as luzes acesas e não dormiu naquela noite, mas pela manhã ele era o único na casa e o dia estava bem claro e ensolarado. A porta estava outra vez bem fechada.

O último visitante humano, enquanto Andy esteve na casa de Skinder, foi a irmã de Rosa Branca, Rosa Escarlate.

Quando Andy abriu a porta da cozinha, era Rosa Branca que estava lá. Só que talvez não fosse. Aquela pessoa tinha as mesmas feições — olhos, nariz, boca —, mas a disposição delas, de alguma forma, não lhe era familiar. Mais brusca, como se aquela versão de Rosa Branca nunca pudesse sentir carinho por ninguém. Agora o cabelo era exuberante, de um verde-maçã anormal, e havia um *piercing* de metal em uma das narinas.

— Sou Rosa Escarlate. Posso entrar?

Então aquela era a irmã. Porém, quando ela falou, Andy viu um dente torto familiar. Devia ser Rosa Branca, com o cabelo pintado e um novo corte. E será que antes ele sequer havia notado que seu nariz tinha um furo? Não se ela tivesse tirado o *piercing*. Bom, estava tudo bem. Ele entraria no jogo.

— Entre — disse ele. — Sou Andy. Estou substituindo a caseira original. Sua irmã esteve aqui semana passada.

— Minha irmã? —perguntou ela.

— Rosa Branca — respondeu Andy. Era como estar em uma peça da qual nunca tinha lido o roteiro. Precisava admitir isso sobre Rosa Branca: ela não era nada entediante.

— Não temos nem o mesmo sobrenome — disse Rosa Escarlate. Parecia muito formal ao dizer isso. Na verdade, era um pouco mais alta do que Rosa Branca, pelo que ele lembrava, mas o rapaz então viu que suas botas de cano baixo tinham saltos de uns cinco centímetros. Ela realmente viera pela trilha calçando aquilo? Mistérios e mais mistérios.

— Engano meu, me desculpe — disse Andy. Afinal, quem era ele pra falar? Não havia conseguido escrever nem um parágrafo completo em dois dias. Talvez progredisse melhor agora que ela estava ali outra vez.

Rosa Escarlate (ou Rosa Branca) começou a mexer nos armários da cozinha.

— Fique à vontade — falou ele. — Eu estava prestes a fazer o jantar.

Rosa Escarlate estava olhando o prato ao lado da pia no qual os cogumelos de Rosa Branca secavam.

— Seus? — perguntou ela.

— Seria um prazer compartilhá-los — disse o rapaz. — Vai fazer um chá?

— E se eu fizer um risoto? — sugeriu ela.

Então Andy pôs a mesa e serviu a ambos uma taça de vinho enquanto Rosa Escarlate preparava o jantar. O risoto estava bem saboroso e, Andy notou, ela usou todos os cogumelos. Mais uma vez, ele tentou descobrir mais sobre o dono da casa, mas, como Rosa Branca, Rosa Escarlate era especialista em mudar de assunto. Ela perguntou se ele já havia caminhado por alguma das trilhas. O que achava da área?

— Tenho estado meio ocupado — respondeu Andy. — Estou tentando terminar minha tese. Por isso estou aqui, na verdade. Precisava focar minha atenção.

— E quando terminar? — perguntou Rosa Escarlate.

— Vou defender a tese e entrar no mercado de trabalho. Com sorte, arranjar um emprego como professor em algum lugar. Com chances de titularidade, de preferência.

— Isso é o que você fará, mas o que você quer?

— Entregar uma boa tese — respondeu Andy. — Receber meu título e encontrar um bom trabalho. Depois, suponho, ser um bom professor.

Rosa Escarlate pareceu satisfeita com a resposta.

— Já esteve nas trilhas? Fez uma caminhada? Tem muita coisa pra explorar aqui.

— Bem — explicou Andy —, como eu disse, estive ocupado. E na verdade não gosto muito de árvores. Mas o Véu é bem interessante. E tem sempre gente aparecendo. Isso tem sido interessante também. Rosa Branca, que mencionei mais cedo, tinha várias histórias estranhas pra contar. — Ele não sabia se devia ou não mencionar todo o sexo.

Depois do jantar, tomaram mais vinho e Rosa Escarlate encontrou um quebra-cabeças. Andy não gostava muito de quebra-cabeças, mas sentou-se para ajudá-la. Quanto mais o resolviam, mais difícil ficava encaixar as peças. Ele acabou desistindo e se sentou, observando como seus dedos pareciam alongados e debatiam-se como peixes finos.

No andar de cima, um dos sinos começou a tocar de novo.

— Eu atendo — disse Andy, afastando-se do quebra-cabeças que era aquele quebra-cabeças.

Na cozinha, pôde perceber, outra vez, que na verdade aquilo não era uma cozinha. Era tudo parte da floresta. Tudo eram árvores. O quebra-cabeças também havia sido árvores, picadas em pedacinhos que precisavam ser arrumados em um caminho. Não havia problema algum nisso. Também não havia problema em ter um urso-pardo de pé sobre as patas traseiras pressionando a campainha.

— Entre, meu bom senhor, entre — disse Andy.

O urso ficou de quatro e se espremeu pela porta da cozinha. Trouxe consigo um fedor selvagem e lodoso. Andy seguiu o urso de volta à sala de estar onde Rosa Seja Lá Como Se Chama terminava o quebra-cabeças. Dava para ver as pequenas pulgas pulando no pelo do urso como lantejoulas.

Rosa Escarlate levantou-se de um pulo e pegou a tigela com o resto de risoto. Colocou-a em frente ao urso, que enfiou o focinho inteiro nela. Andy deitou-se no chão e observou. Quando o urso terminou, recostou-se contra o sofá. Rosa Escarlate acariciou a cabeça dele, enfiando os dedos bem fundo em seu pelo. Continuaram assim por um tempo, Rosa Escarlate acariciando, o urso cochilando, Andy contente em ficar deitado no chão, observando-os sem pensar em nada.

— Esse aí — disse Rosa Escarlate para o urso — vai ser um excelente professor.

— Bem — interveio Andy —, antes tem a tese. A defesa. Aí o mercado de trabalho. Receber uma oferta em algum lugar. Virar professor titular.

Tem todo um caminho. É preciso segui-lo. Por meio de todas as merdas de árvores. Tipo a Chapeuzinho. A Chapeuzinho Vermelho. Conhece essa história?

— Não gosto muito de histórias — respondeu ela.

— Ora, vamos. Conte-me uma. Invente. Conte-me uma sobre este lugar.

— Era uma vez uma menina cuja mãe morreu quando ela era muito pequena. — Não era Rosa Escarlate, no entanto, que falava. Era o urso. Andy tinha quase certeza de que era o urso, o que deveria incomodá-lo mais do que de fato incomodava. Talvez, porém, fosse tudo ventriloquismo. Ou os cogumelos. Veio então a ele a informação de que o urso tinha nome, e que esse nome era Jared Spring, e que ele foi à casa pois se sentia solitário. Andy fechou os olhos e o urso continuou a história.

Era uma vez uma menina cuja mãe morreu quando ela era muito pequena. A família vivia em uma rua na qual quase todas as casas tinham uma piscina no quintal. Não a casa da menina, mas as que a cercavam tinham. Houve um acidente, a garota nunca soube exatamente o que foi, e a mãe se afogou na piscina que pertencia à casa da esquerda. Era um mistério por que a mulher foi lá. Era tarde da noite e ninguém sabia quando nem mesmo por que ela foi nadar. Todos estavam dormindo: o corpo só foi descoberto na manhã seguinte.

Um pouco mais tarde, o pai da menina se casou de novo com uma mulher que também tinha uma filha. Mas não se preocupe, esta não é uma história de madrasta malvada. A menina se dava muito bem com a madrasta e a meia-irmã, muito melhor, na verdade, do que com o próprio pai. Mas, durante toda a adolescência, ela ouviu histórias sobre a piscina dos vizinhos; sobre ser assombrada. A família que morava lá quando a mãe morreu se mudou — a nova família amava a nova casa e a piscina, mas dizia-se que quase nunca nadavam depois da meia-noite. Qualquer um que o fizesse corria o risco de ver o fantasma de uma mulher na parte mais funda, os longos cabelos flutuando em torno do rosto, o maiô perdendo a elasticidade, a boca aberta e cheia de água.

A menina às vezes nadava na piscina dos vizinhos, torcendo para ver o fantasma da mãe, mas também com medo de ver o fantasma da mãe. Todas as meninas da vizinhança preferiam nadar naquela piscina. Desafiavam umas às outras a nadar depois da meia-noite, e o resto das meninas se revezava à beira da piscina, todas sentadas de costas, caso o fantasma fosse muito tímido para aparecer na frente do grupo inteiro. Às vezes, uma delas até via o fantasma — que emoção, um fantasma só dela! —, mas a menina cuja mãe se afogou nunca via nada. Ela fingia não se importar com aquilo: com as outras garotas terem transformado a morte de sua mãe em jogo, com não verem como ela era especial graças à morte da mãe, com a mãe que não se dava ao trabalho de aparecer para ela. Quando a meia-irmã disse:

— Você não devia ficar com elas, se não quiser.

Ela respondeu:

— Por quê? — E fingiu não entender.

Com o tempo, a garota cresceu, mudou-se dali e seguiu a própria vida. Tinha marido e dois filhos e, em geral, se achava muito feliz. O caminho da vida parecia claro e ela o seguia. O pai morreu, e ela sofreu, mas a madrasta era quem a havia realmente criado. Da mãe, quase não se lembrava. A vida continuou, e, se o caminho se tornou um pouco mais atribulado e sua perspectiva, menos otimista, e daí? Viver nem sempre é fácil. Então, um dia, sua meia-irmã ligou para dizer que a madrasta também havia morrido.

A jovem deixou os filhos com o marido e pegou um avião para ir ao funeral. Depois, ela e a meia-irmã organizariam a casa onde cresceram para colocá-la à venda. A economia estava em baixa e a mulher não tinha certeza se manteria o emprego por muito tempo, então receber metade do valor de venda da casa parecia uma sorte. Mas o mercado imobiliário não estava bom, e ela viu que mais da metade das casas da rua estava à venda, incluindo as duas propriedades vizinhas. Diversas outras estavam vazias ou aparentavam estar. Talvez ninguém comprasse a casa, mas ela e a meia-irmã seguiram em frente com coragem, e por três dias separaram o que seria doado, o que jogariam fora e o que poderiam vender ou guardar.

Elas recordaram a infância, olharam fotos antigas e confidenciaram uma à outra seus medos sobre o futuro. Choraram pela perda das duas mães e beberam três garrafas de vinho.

Agora a casa à esquerda estava vazia, assim como a casa à direita. A piscina da casa à esquerda estava vazia, a piscina à direita, não. Duas vezes, no meio do dia, haviam pulado o alambrado e ido nadar quando precisavam de um descanso da arrumação. Na última noite, meio bêbada e sem sono algum, a mulher saiu da casa onde cresceu, onde a meia-irmã permanecia dormindo na cama de baixo do beliche do antigo quarto delas, vestindo um dos maiôs antiquados da pilha que doariam para caridade. Mas, em vez de pular a cerca da direita, ela pulou a da esquerda.

Descobriu que a piscina, que devia estar vazia, estava na verdade cheia de água limpa. As luzes da beirada estavam acesas, e ela sentia o odor de cloro de onde estava, como se tivessem acabado de tratar a água. Pequenos insetos, atraídos pelas luzes, voavam logo acima da superfície. Alguns já haviam descido demais e ficado presos. A não ser que alguém os resgatasse, se afogariam.

A mulher desceu os degraus da parte rasa até ter água pela cintura. A temperatura estava agradavelmente fresca. O elástico do maiô que usava já havia cedido, então a água agradável e impossível subia e se infiltrava pela pele da coxa.

Por um tempo ela boiou de costas, olhando as estrelas e tentando não pensar no futuro ou no motivo pelo qual a piscina estava cheia d'água. Um era incerto; o outro, um presente. Ela boiou até, por fim, sentir-se refrescada e cansada o suficiente para achar que conseguiria dormir. Então virou-se de barriga para baixo, para molhar o rosto, e no fundo da piscina viu, enfim, sua mãe. Lá estava o rosto do qual mal se lembrava. Tão jovem! O cabelo longo e ondulante. A mãe usava a cópia do maiô que ela mesma estava vestindo. Parecia à mulher que poderia ficar lá na piscina, que poderia ficar e ser feliz. Pisar, sem dor, para fora do caminho, como a mãe havia feito. Parecia que a outra mulher na água queria que ela ficasse. Teriam uma à outra. Nunca envelheceriam.

Ela poderia ter ficado. Estava tão cansada, e ainda havia muita vida à sua frente. Tantas coisas que precisava fazer. Mas, nesta história, ela saiu da piscina. Voltou para a casa de sua infância, acordou a meia-irmã e contou o que havia visto. A outra, de início, não acreditou. A piscina não estava vazia? Talvez, bêbada como estava, tivesse ido à outra piscina, a que estava cheia, e imaginara ver a mãe. A mulher insistiu. A mãe estava usando o maiô com o qual se afogara, o mesmo que ela estava usando no momento. Será que a meia-irmã não via que o maiô estava molhado? Pingava nos ladrilhos do chão.

Ela insistiu que nadou em uma piscina vazia. Que finalmente viu o fantasma. Ok, disse a meia-irmã, e se viu mesmo? Mas você não viu sua mãe. Não há fantasma. Sua mãe nem estava de maiô. Usava um vestido de festa. Foi o que minha mãe me contou. E mesmo que estivesse de maiô, não seria esse. Ninguém teria guardado o maiô no qual sua mãe se afogou.

Não, disse a outra. Eu a vi. Era tão jovem! Parecia igual a mim!

Vem cá, disse a meia-irmã. Levou a outra até onde tinham separado o que guardariam. Ela espalhou as fotos até encontrarem uma da mãe. Tinha uma data atrás, a mesma data da morte. Foi ela que você viu?, perguntou a meia-irmã. Ela não se parece nada com você.

A mulher estudou a foto. Tentou pensar no que havia visto. Quanto mais olhava, menos certeza tinha de que havia visto a mãe. Talvez, então, o tempo todo fosse ela quem assombrava a piscina. Afinal, por que assombrações tinham de seguir um tempo linear? O tempo não é apenas uma outra piscina?

Agora, Andy, é hora de você dormir. Mas, se quiser, embora eu não goste de histórias, posso contar mais uma.

Rosa Escarlate diz:

— Era uma vez uma casa na qual Morte morava. Até ele, o Ceifador, precisa de uma casa onde ficar. Era de fato uma propriedade muito boa e, durante boa parte do ano, o Ceifador era tão feliz lá quanto possível. Mas o Ceifador não pode ficar em casa o ano todo, então uma vez por ano procura alguém para cuidar do lugar enquanto vai ao mundo se certificar de que tudo está como deveria. Enquanto está longe de casa, esse é o único lugar onde Morte não pode entrar. Ele sabe disso, mesmo que, às vezes, só queira ir para casa descansar. E, enquanto o Ceifador está longe de casa, todas aquelas criaturas que, de um jeito ou de outro, encontraram uma forma de impedir que ele, Morte, as leve, ao menos por enquanto, podem passar uma, duas ou mais noites na casa do Ceifador, sem se preocupar com a ideia de serem encontradas por ele. Dessa maneira, muitos conseguem descansar e encontrar um pouco de paz, embora aquele que os persegue incessantemente volte a persegui-los quando botam os pés na estrada outra vez. Mas esta não é a sua história. Na verdade, os que vêm e ficam adquirem uma dívida de gratidão com quem cuida da casa de Morte enquanto ele está longe. Até o Ceifador um dia pagará sua dívida com você, contanto que você mantenha o vínculo com ele.

Andy dorme. Dorme muito e acorda, outra vez, em frente a seu notebook. Foi ele que escreveu o que lê ali, ou foi outra pessoa? Bem, ursos não podem digitar. É de manhã e não há ninguém na casa além de Andy. Há um monte de bosta de urso ao lado da mesa rústica, fria, mas ainda fedendo. O quebra-cabeças está de volta na caixa.

E agora a história está quase no fim. Andy continuou a trabalhar em sua tese de forma incoerente e caótica. Ninguém mais foi à porta da cozinha enquanto ele permaneceu na casa de Skinder, mas uma noite os sinos voltaram a acordá-lo. Ele foi primeiro à cozinha, pensando que talvez visse uma ou outra Rosa, mas dessa vez realmente não havia ninguém. Ele percebeu que o sino que ainda ouvia tocar não era o mesmo de antes. Foi, então, à porta da frente e lá, do outro lado, estava Skinder e seu cachorro.

Como Andy sabia que era Skinder? Bem, era como Hannah havia dito. Você o reconheceria mesmo se o cão — pequeno, preto, que olhava Andy com uma intensidade curiosa — não estivesse junto. Qual era a aparência de Skinder? Era igual à de Andy. Era como se Andy estivesse dentro da casa olhando outro Andy idêntico que também era Skinder e não tinha permissão para entrar.

Havia um carro no pátio. Um Prius preto. Havia uma correntinha na porta da frente, e Andy a deixou presa ao abrir um pouco a porta. O suficiente para falar com Skinder, mas não para ele ou seu cão entrarem.

— O que quer? — perguntou Andy.

— Entrar na minha casa — respondeu Skinder. Tinha a voz de Andy também. — Minhas malas estão no carro. Você me ajuda a carregá-las para dentro?

— Não. Sinto muito, mas não posso deixá-lo entrar.

O cachorro preto mostrou os dentes ao ouvir isso. Skinder também pareceu desapontado. Andy reconheceu a expressão em seu rosto, embora fosse uma expressão da qual conhecia mais a sensação do que a aparência.

— Tem certeza de que não vai me deixar entrar? — perguntou ele.

— Sinto muito — repetiu Andy —, mas não tenho permissão para isso.

— Entendo — disse Skinder. — Vamos — acrescentou para o cachorro.

Na casa, Andy o observou descer os degraus até o caminho de cascalho onde estava o carro. Ele abriu a porta e o cão pulou no assento. Skinder por fim entrou também, e Andy observou o carro seguir a pista, as pedrinhas brancas sendo esmagadas sob os pneus, o carro silencioso e os faróis nunca acesos. O veículo desapareceu sob a copa baixa das árvores, cujas folhas se arrastavam, e o rapaz voltou para o andar de cima. Não tentou dormir de novo. Em vez disso, sentou-se no quarto vermelho e branco, em uma cadeira de frente para a janela, observando caso Skinder voltasse.

Hannah voltou dois dias depois. Mandou uma mensagem antes do voo noturno: *Margot continua engessada, mas concordamos que é melhor eu ir. Ninguém está feliz e a casa é muito pequena. A vizinha vai ajudar. Vejo você amanhã à tarde!*

Andy não havia terminado a tese, mas sentia que agora estava bem encaminhada. E veria Hannah outra vez. Eles trocariam novidades, ele contaria uma versão modificada de sua estadia na casa e talvez ela pedisse para ele ficar. Havia vários quartos, afinal. Ela podia até dar uma olhada no que ele já produzira, fazer alguns comentários.

Quando o Uber dela chegou ao pátio, Andy abriu a porta e se lembrou de que devia mandá-la entrar pela cozinha.

— Hannah?

— Andy — disse ela, subindo os degraus. — Oi. Vai me deixar entrar?

— Não — respondeu ele. — Desculpa. Você disse pra não deixar.

— Certo — disse ela, largando a mala. — Bom trabalho, babaca. — Então empurrou-o e passou pela porta. Ok, isso definitivamente era algo que Hannah faria. Ele pegou a mala dela.

Ficou claro, porém, que ele não estava sendo convidado a ficar, até para Andy, que nem sempre sacava rápido o que estava subentendido.

— Muito obrigada mesmo — ela não parava de dizer. Seu cabelo agora estava azul, um azul céu profundo. — Salvou minha vida fazendo isso.

— Foi um prazer — disse Andy. — Eu me diverti, na maior parte do tempo. Foi estranho, mas divertido. Mas queria perguntar algumas coisas para você. Sobre o Skinder, por exemplo.

— Você o viu? — perguntou Hannah, e, de súbito, toda sua atenção estava nele.

— Não, está tudo bem — garantiu Andy. — Não o deixei entrar. Fiz o que você mandou. Mas, quando você o viu, eu queria perguntar... ele pareceu familiar?

— Do que você está falando, exatamente?

— Assim, achou ele parecido comigo?

Hannah deu de ombros. Desviou o olhar, depois voltou-o a Andy.

— Na verdade, não. Ok, já paguei a volta de Uber. Ele vai te levar até Burlington e de lá você pode pegar o ônibus para a Filadélfia. Mas precisa ir agora, ou vai perder o último. Já chequei os horários, se perder esse, não tem mais nenhum até amanhã de manhã. Não se preocupe em limpar nada ou trocar os lençóis, eu mesma faço isso.

— Tudo bem, se você tem certeza — disse Andy. — Se não precisa que eu fique.

— Oh, Andy — disse ela, encarando-o incrédula. — Que fofo, mas não, eu vou ficar bem. Vem cá. — Ela o abraçou. Foi um abraço amigável, mas definitivamente do tipo que se dá em despedida. Até Andy podia perceber isso. — Agora vá pegar suas coisas. Precisa de ajuda?

Ele deixou a resma de papel lá. Não precisara imprimir nada mesmo. Isso liberou uma sacola, e o resto ele amontoou no Uber. Hannah desceu os degraus e deu a ele um sanduíche.

— Aqui, tome. Tchau, Andy. Mande uma mensagem quando estiver em casa para eu saber que chegou bem.

Ela o abraçou outra vez. Não foi muito, mas era melhor que nada. O cheiro dela, a sensação de seu cabelo contra a bochecha dele.

— É muito bom ver você de novo — disse o rapaz.

— Sim — disse ela. — Eu sei. Faz tanto tempo. Não é estranho, como o tempo insiste em passar?

E foi isso. Ele se virou para olhar a casa amarela e Hannah uma última vez enquanto o carro se afastava pela pista, mas ela já entrara.

Quando enfim voltou ao apartamento na Filadélfia, era manhã outra vez. Andy estava cansado — não dormiu no ônibus nem em nenhuma estação de transferência — e não conseguia se livrar da ideia de que, quando abrisse a porta, Skinder estaria lá, esperando-o. Mas, em vez disso, quem estava lá era Lester no sofá-cama de cueca boxer, olhando o celular e bebendo café. Estava bem mais quente na Filadélfia. O apartamento cheirava a coisa podre.

— Você voltou — disse Lester, sem muito entusiasmo. — Como foi em Vermont?

— Legal — respondeu Andy. — Muito, muito legal. — Ele não achava que conseguiria explicar a Lester como foi lá. — Cadê a Bronwen?

Lester voltou a olhar para o celular.

— Não está aqui. Não quero falar sobre isso.

Com isso, Andy entendeu que haviam terminado. Era uma pena: ele sentia que Bronwen seria uma boa pessoa com quem conversar sobre Vermont.

— Sinto muito — disse ele a Lester.

— Não foi culpa sua, amigo. Ela não é a menina mais normal que já namorei.

De vez em quando, na semana seguinte, Andy reparava que Lester tentava escutar algo, como se esperasse alguma coisa. Depois de um tempo, Andy começou a sentir que *ele* também tentava escutar. Então, às vezes, pensava que quase via algo no apartamento quando Lester estava lá. Algo que rastejava atrás do rapaz, esperava pacientemente, agachado no chão a seu lado quando se sentava à mesa. Em geral, não tinha forma, mas tinha boca e olhos. Fazia Andy se lembrar do cachorro de Skinder. Às vezes pensava que ele percebia que estava olhando. Sentia-o olhar de volta. Mas Lester, pensava ele, não conseguia vê-lo.

Não era de todo ruim tê-lo em casa. Significava que Andy, enfim, dedicava-se muito para terminar logo a tese. Ou talvez Vermont é que lhe tivesse tirado o bloqueio. No fim, só precisou parar de atrapalhar a si mesmo. Quando estava quase terminando, Andy começou a buscar vagas de professor universitário, então defendeu sua tese, e aí terminou, tirou o diploma e foi à primeira entrevista de emprego. Estava pronto para deixar o apartamento, a Filadélfia, Lester e o fantasma dele para atrás.

A entrevista não foi tão bem quanto esperava. Havia outros candidatos, e ele ficou bastante surpreso quando, por fim, lhe ofereceram o emprego. Mas aceitou com gosto. Lá estava o caminho que o levaria a ser professor titular e ter uma carreira, além de todo o resto de seu futuro. Anos mais tarde, um dos membros mais velhos do corpo docente, que fez parte do comitê de contratação, ficou muito bêbado em um bar que todos frequentavam e revelou a Andy que ele quase não conseguira a vaga, na verdade.

— Na noite antes de nos encontrarmos para decidir, Andy, eu tive um sonho muito peculiar. No sonho, eu estava em uma floresta à noite, perdido, e havia um urso. Eu não conseguia me mexer, estava aterrorizado. O urso veio direto até mim e eu sabia que ele ia me devorar, mas em vez disso ele disse: "Você deveria contratar o Andy. Vai agradecer se fizer isso, e se arrepender se não fizer. Entendeu?" Eu disse que sim e aí acordei. Na manhã seguinte, na reunião, ninguém queria falar muito; havia uma sensação geral de estranheza e aí alguém, o Dr. Carmichael, eu acho, disse: "Na noite passada, sonhei que deveríamos contratar Andy Sims." Outra pessoa disse: "Tive o mesmo sonho. Havia um urso e ele disse exatamente isso, que deveríamos contratar Andy Sims." Acabou que todos tivemos aquele sonho. Então contratamos você! E, no fim, foi a melhor coisa, exatamente como o urso disse.

Andy comentou que aquilo era extremamente peculiar, mas sim, tudo acabou bem. Quando, mais tarde, se tornou professor titular, ficou se perguntando se o comitê teve outro sonho. De qualquer forma, estava contente em ter o que havia recebido. Uma vez, no fim de uma aula, se flagrou dizendo "Muito a se pensar". Mas, na verdade, não havia muito a se pensar. Seus alunos o avaliavam bem. Para alguns, parecia que o Professor Sims reparava de verdade neles, parecia ver algo neles (ou talvez próximo a eles) que nenhum dos outros professores via. No entanto, o Professor Sims guardava para si o que via exatamente. Era, sem dúvida, uma sequela infeliz da água da qual havia bebido muito em certo verão.

Também havia o seguinte: embora os filhos vivessem perguntando por que não podiam ter um cachorro, Andy não suportava a ideia. Em vez disso, deu a eles porquinhos-da-índia, depois um coelho.

Quanto a Hannah, ele a encontrou uma ou duas vezes em conferências. Foi a ambas as apresentações dela e fez anotações para depois mandar um e-mail com sua opinião. Tomaram *drinks* com alguns colegas, mas ele não perguntou se ela ainda cuidava da casa em Vermont no verão. Tudo aquilo parecia outra vida que não lhe pertencia.

Lester desistiu da pós-graduação. Foi trabalhar para um *think tank* na Indonésia. Andy não sabia se algo o seguiu até lá.

Então, anos depois, Andy se viu em uma conferência em Montpelier, Vermont. Era outono e tudo estava bonito. Ele achava as árvores muito relaxantes, na verdade, agora que morava havia tanto tempo na Costa Leste. No último dia da conferência, começou a pensar em partes de sua vida em que quase não pensava mais. Fez sua apresentação, ouviu as fofocas, conversou sobre sua pequena faculdade com candidatos a futuros PhDs. De volta ao quarto de hotel, buscou mapas e aluguéis de carro e percebeu que não seria loucura ir para casa dirigindo em vez de pegar um avião. Seria uma viagem bem bonita. Então cancelou a passagem de avião e alugou um carro. Pensou que talvez pudesse procurar a casa amarela na floresta outra vez, ver quem morava lá agora.

Acontece, porém, que ele não se lembrava exatamente em que rodovia a casa ficava. Passou por várias pequenas rodovias, todas adoráveis, mas nenhuma era a estrada que queria encontrar. E, ao anoitecer, quando um cervo correu para a pista, ele deu uma guinada para evitar atingi-lo e acabou descendo bastante um barranco, indo parar em um bosque.

Não se machucou muito, e o carro também não parecia muito danificado. Mas achou que precisaria de um reboque para levá-lo novamente para cima, e seu celular estava sem sinal ali. Ele subiu até a rodovia e esperou um pouco, mas nenhum carro passou, então desceu novamente até o carro alugado para ver o que tinha para beber ou comer. Viu que perto de onde o carro parou havia uma trilha bem marcada. Andy decidiu segui-la na direção que achou que teria mais probabilidade de levá-lo de volta a St. Albans.

A trilha serpenteava e foi ficando mais estreita. A luz começou a diminuir e ele pensou em voltar, mas agora a trilha o levava a um lugar que reconheceu. Lá estava o pátio e a grande cadeira de madeira, ainda mais decrépita e gasta pelo tempo. Lá estava a aconchegante casa amarela, com as luzes acesas.

Ele foi até a porta da frente. Bem, por que não? Não era um urso. Bateu e esperou, e por fim alguém veio abri-la.

O outro Andy olhou para ele da entrada. Onde estava o cãozinho? Com certeza já morrera. Mas não, lá estava ele, no corredor.

— Posso entrar? — perguntou Andy.

— Não — respondeu Skinder, fechando a porta.

Andy esperou um pouco mais, mas a única coisa que aconteceu foi que as luzes dentro da casa se apagaram. Agora estava escuro, e o vento balançava todas as folhas das árvores. Não conseguia pensar em muito que fazer, então, dali a um tempo, Andy deu meia-volta e tentou encontrar a trilha outra vez.

Agradecimentos

Sou muito grata aos editores que publicaram estas histórias pela primeira vez: Rob Spillman, Brigid Hughes, Charles Coleman Finlay, An Owomoyela, Catherine Krahe, Lila Garrott, Stephanie Perkins e, em especial, Emily Stamey, curadora da exposição *Dread and Delight: Fairy Tales in an Anxious World* ["Temor e encanto: contos de fadas em um mundo ansioso", em tradução livre], para quem escrevi "O divórcio da gata branca", que me fez pensar na constante relação entre contos de fadas e o meu trabalho. Esta coletânea é dedicada a Ellen Datlow e Terri Windling, que deram tanto espaço para o trabalho e os autores que mais amo. Que dívida tenho com vocês — uma dívida tão grande quanto os contos de fadas. Agradeço muito a Caitlin McKenna, da Random House, pelo olhar atento e o apoio caloroso. Agradeço também a Noa Shapiro, Loren Noveck, Su-Yee Lin, Lucas Heinrich, Caroline Cunningham, Madison Dettlinger, Vanessa DeJesús, Rachel Rokicki, Susan Kamil e o resto da equipe absurdamente incrível da Random House, que continua a fazer do processo editorial, apesar de tudo, uma experiência mais prazerosa do que devia ser. Gratidão infinita à minha agente Renée Zuckerbrot, que facilita o caminho. Agradeço a Shaun Tan, cujo trabalho mapeia o território que mais desejo explorar. Sou grata a Owen Gent por capturar tão bem o espírito destas histórias em sua arte. Muita gratidão a Richard Butner, ao Sycamore Hill Workshop e a todos os seus participantes, que foram os primeiros leitores de muitas dessas histórias. Agradeço a Cassandra Clare pela companhia, pelas conversas e pelo espaço para trabalhar. Meus agradecimentos a Holly Black pela releitura de "A gata branca" e por ler estas histórias à medida que eu as escrevia, fazendo as perguntas certas. Um muito obrigada a Auður Inga Rúnarsdóttir,

Erin McFadden e Christian Mayer, e também a S. J. Schreiber, pela inestimável ajuda em consolidar os detalhes de "Príncipe Gorro no submundo". Obrigada a todos os vendedores da livraria Book Moon, que nos ajudaram a superar períodos difíceis, e obrigada também a todos que compraram livros lá. Agradeço à Fundação MacArthur pela extraordinária generosidade. Acima de tudo, agradeço à minha família. Amo vocês.

Sobre a autora

Kelly Link é autora de *Arrume confusão, O estranho mundo de Zofia e outras histórias, Stranger Things Happen* e *Pretty Monsters*. Seus contos já foram publicados em *The Best American Short Stories* e *The O. Henry Prize Stories*. Foi contemplada com o "Genius Grant", ou "auxílio financeiro para gênios", da Fundação MacArthur e também recebeu subsídio do National Endowment for the Arts. É cofundadora da editora Small Beer Press e coedita a *zine ocasional Lady Churchill's Rosebud Wristlet*.

Twitter: @haszombiesinit

Este livro foi impresso nas oficinas gráficas da Editora Vozes Ltda.,
Rua Frei Luís, 100 – Petrópolis, RJ.